dtv

Lia Tilon

DER ARCHIVAR DER WELT

Roman

Aus dem Niederländischen
von Ulrich Faure

dtv

Die Autorin hat für diesen Roman ein Arbeitsstipendium und ein Reisestipendium des Nederlands Letterenfonds erhalten. Auch die Übersetzung wurde vom Nederlands Letterenfonds gefördert.

**Nederlands letterenfonds
dutch foundation
for literature**

Textauszug auf Seite 134 aus: James Joyce,
Ein Porträt des Künstlers als junger Mann.
Aus dem Englischen von Klaus Reichert.
© Suhrkamp Verlag Frankfurt am Main 1987.

Mit Unterstützung des Département Hauts-de-Seine –
Musée départemental Albert-Kahn.

Ausführliche Informationen über
unsere Autoren und Bücher
www.dtv.de

Deutsche Erstausgabe
Die niederländische Originalausgabe erschien 2017
unter dem Titel ›Archivaris van de wereld‹
bei Uitgeverij Cossee BV in Amsterdam.
© 2017 Lia Tilon
© der deutschsprachigen Ausgabe:
2019 dtv Verlagsgesellschaft mbH & Co. KG, München
Gesetzt aus der Minion Pro
Satz: Uhl + Massopust, Aalen
Druck und Bindung: CPI books GmbH, Leck
Gedruckt auf säurefreiem, chlorfrei gebleichtem Papier
Printed in Germany · ISBN 978-3-423-28196-6

»La vie, il faut aller saisir la vie là où elle est,
à l'étranger, dans la rue, partout.«
Albert Kahn

»The man who dies thus rich dies disgraced.«
Andrew Carnegie

Für Roël, an den ich unendlich glaube

Boulogne, Paris

In der Nacht weckt mich ein Geräusch, das ich nicht einordnen kann. Im Haus ist es still, es gibt keine Besucher mehr, in den Betten keine schlafenden Gäste – seit alle fort sind, passiert hier kaum noch etwas. Unbewohnt, so wirkt es, das einzige Geräusch ist das vertraute Knarren der Archivschränke – doch was ich jetzt höre, klingt nach einem Sturm, es ist ein fernes, anhaltendes Rauschen, und doch sehe ich bei einem Blick aus dem Fenster, dass sich in den Platanen nichts rührt, auch die Bäume an der Zufahrt stehen reglos. Der Mond zeigt sich kaum, aber ich brauche nicht viel Licht, um die Zweige im Halbdunkel unterscheiden zu können; ich kenne dieses Haus und die Gärten ringsum, die Nebengebäude und natürlich die Garage, ich finde mich überall blind zurecht. Es geht auf Mitternacht zu, vermute ich, und während ich am Fenster stehe, beginnt die Kirchenglocke auf der anderen Seite der Seine zu läuten.

Barfuß tappe ich in die Küche, die Nächte werden frischer, im Vestibül riecht es nach dem Kaminfeuer vom frühen Abend; ich tue mein Bestes, um unser normales Leben irgendwie in Gang zu halten. Ich schalte das kleine Radio ein und höre im Stehen einen Bericht über Tausende Pariser, die auf die Straße gegangen sind. Autos werden einfach so auf dem Boulevard Saint-

Germain abgestellt, Busse blockieren Kreuzungen, Männer und Frauen ziehen in Scharen über die Rue de Rivoli, sie haben sich versammelt, um ihrer Wut Luft zu machen. Die Nachrichten jagen mir eine Heidenangst ein. Nach einer Weile drehe ich den Hahn auf und halte meine Hände unter das fließende Wasser. Es geht wieder los, Kahn und ich verschanzen uns hier, aber ich weiß verdammt gut, was uns erwartet, und ich habe Angst, dass ich es nicht schaffe.

Kahn liegt nur noch im Bett, tagsüber halb aufgerichtet, einen Schal um den Hals geschlungen. Eine Raupe spinnt mit einem einzigen Faden einen Kokon, der Körper wird samt Augen und Herz eingewickelt – voilà –; angesichts eines neuen heraufziehenden Krieges bewegt sich Kahn, als hätte er sich verkapselt, so schwerfällig, dass man es kaum wahrnimmt. In diesen letzten Augusttagen fröstelt er die ganze Zeit und lässt, mit den Kissen im Rücken, den Blick über den Garten schweifen hin zu den Lärchen und Tannen, die er am liebsten mag. Ich sitze bei ihm an dem kleinen Sekretär und vertreibe die Stille mit Geschichten. Das kostet mich keine Mühe, schließlich gibt es genug zu erzählen; jahrelang habe ich die Bücher geordnet, stundenlang habe ich in dem kleinen Raum neben dem Salon gesessen und darauf gewartet, dass meine Dienste benötigt wurden, und obwohl ich wusste, dass ich nicht lauschen sollte, habe ich die Gespräche zwischen den Besuchern verfolgt: Regierungschefs, Wissenschaftlern und Schriftstellern. Kahn war nie ein großer Schwätzer, mehr als einmal habe ich ihn sogar heimlich die Gesellschaft verlassen sehen, aber ich hörte Bergson, Kipling und all den anderen weiter zu, und so erfuhr ich immer mehr über ihn.

Mittlerweile kann ich frei über das Fotoarchiv verfügen. Wir leben hier zwischen Tausenden und Abertausenden Fotoplatten, Hunderte davon habe ich selbst gemacht. Bald wird mit der Evakuierung der Kinder begonnen, und ich habe das Gefühl, dass ich auch das Archiv in Sicherheit bringen sollte. Die Glasplatten sind in Kisten gelagert, sie sind schwer wie Blei, es ist unmöglich, sie alle fortzuschaffen. Und wo sollte ich sie auch hinbringen – sie verstecken, wäre der bessere Ausdruck –, sie, die Stück für Stück Kahns ganze Hoffnung sind?

Seit vierunddreißig Jahren bin ich bei ihm, und mein Herz zieht sich bei dem Gedanken zusammen, dass ich ihn im letzten Moment doch noch im Stich lassen könnte. Zu meinem vierundzwanzigsten Geburtstag drückte er mir eine Kamera in die Hand und wies mich an, so viel wie möglich damit zu fotografieren. Wie gut kann ich mich noch an die Tage erinnern, als ich mit dem Richard-Vérascope herumzog, obwohl ich doch nur Kahns Chauffeur war. Wenn ich ehrlich bin, muss ich gestehen, dass es in meinem Leben Momente gegeben hat, in denen ich viel mehr zu sein glaubte; wenn ich jetzt zurückblicke, wage ich zu behaupten, dass ich immer sein Chauffeur geblieben bin. Ich bin fest davon überzeugt, dass ein Mann wie ich mehr tut als nur fahren; ein wirklich guter Chauffeur führt seinen Dienstherrn in die richtige Richtung. Kahn ist inzwischen so gebrechlich, dass seine Sturheit fast verschwunden ist, und ich kann endlich das tun, wofür ich eingestellt wurde. Es ist meine Aufgabe, ihn sicher an sein Ziel zu bringen.

Kahn wollte die ganze Welt fotografieren. Die Idee war ihm während unserer großen Reise 1908 gekommen, und ich habe mich darüber schier ausgeschüttet vor Lachen. Er hatte mir mit erhobenem Zeigefinger erklärt, dass dank der Erfindung der Farbfotografie nun sein Herzenswunsch in Erfüllung gehen konnte: den Menschen so zu zeigen, wie er tatsächlich ist.

»Hass schlägt keine Wurzeln«, dozierte Kahn mit viel Aplomb, »wenn wir in der Lage sind, dem Fremden ins Gesicht zu sehen. Wie ungewohnt dieses Gesicht auch sein mag, wir werden immer etwas von uns selbst darin erkennen. Wenn der Andere erst einmal in Farbe fixiert ist, kümmern wir uns um ihn.«

Voilà, was also mit mir begonnen hatte, dem betreten dreinschauenden Chauffeur mit seiner Metallkamera, wuchs sich zu einem gut durchdachten Plan aus. Er sollte Fotografen die Möglichkeit eröffnen, mit modernster Ausrüstung über den ganzen Erdball zu ziehen und alles festzuhalten, zu lernen und zu ordnen, was schließlich in seinem *Archiv des Planeten* Platz finden sollte.

Im Lauf der Jahre füllten sich die Schränke mit dem greifbaren Ergebnis seines Wunschtraums, einer unglaublichen Anzahl an farbigen Fotoplatten von Menschen aus allen Ländern, aufgenommen bei ihren täglichen Verrichtungen: Steinmetze in China bei der Pause, Fischer in Irland und Vietnam, Jäger in der Mongolei, in Belgien und Frankreich; einfache Männer und Frauen bei der Arbeit oder beim Essen. Unser Leben veränderte sich schneller als je zuvor, aber das *Archiv des Planeten* sollte uns immer wieder daran erinnern, was es bedeutet, ein Mensch zu sein, zu arbeiten und zu essen wie alle anderen. Hier, in dieser Villa eingelagert, liegt der Kern unseres Daseins. Als Kahn seine Lebensaufgabe in Angriff nahm, war er noch ein junger Bankier, eigensinnig und in sich gekehrt (ich bin mir des scheinbaren Widerspruchs zu seinen weltumspannenden Plänen bewusst), und so fasste er, was er erreichen wollte, in Worte, immer mit leiser Stimme und unerwarteten, ungelenken Gebärden.

Ja, die Fotos wurden gemacht, das Archiv ist zustande gekommen, das kann niemand bestreiten. Anfang der Zwanzigerjahre erlebten wir kurz eine bewegte Zeit, in der die halbe Welt nach Boulogne kam, angelockt von Kahns Ideal, seiner inzwischen legendären Sammlung, seinem immer weiter wachsenden Vermögen. Es scheint noch nicht so lange her zu sein, dass Kahn dank seiner Investitionen zum reichsten Mann in Europa geworden war, und am liebsten hätte ich mich nach dem weltweiten Kampf in meine Garage zurückgezogen, stattdessen musste ich immer Besucher hin und her kutschieren. Jetzt, da wieder ein Krieg vor der Tür steht, kommt niemand mehr, die letzten Monate ist einer nach dem anderen abgereist, das Geld ist weg, die Villa in schlechtem Zustand. Das Haus verliert seinen Glanz, und ich kann mich des Eindrucks nicht erwehren, dass das alles Hand in Hand geht; ein wurmstichiger Apfel mit verfaultem Kerngehäuse.

»Das *Archiv des Planeten*«, beharrt Kahn trotz allem mit unermüdlicher Hartnäckigkeit von seinem Bett aus, »ist niemals vollständig. Es ist unendlich, denn es müssen immer neue Bilder hinzugefügt werden.«

Aber von wem? Wer sollte es ausgerechnet jetzt noch auffüllen wollen? Und nicht zuletzt: warum überhaupt?

Wenn ich nicht schlafen kann, schleiche ich mich oft in den Lagerraum. In Pantoffeln klettere ich die Leiter hinauf, öffne ein paar Kisten und schaue mir die Fotos an, die ich ausgesucht habe: eine Fernsicht oder einen Markt, aber meist sind es Kinder, und während ich in ihre Frätzchen starre, frage ich mich, ob sie wohl unbeschadet durchs Leben kommen. Ich knipse die Lampe an und betrachte das Haus, vor dem sie posieren, während ich leise den Namen des Landes vor mich hinsage, in dem sie leben. Ich hole die Glasplatten behutsam aus dem Dunkel hervor, wie ich auch meine Erinnerungen heraufhole und gegen das Licht halte.

»Dutertre, was geisterst du da nachts herum?«, fragt Kahn, und dann sage ich, der Fensterladen habe sich losgerissen. »Das Geklapper«, könnte ich behaupten, »hat mich wach gehalten.«

Draußen ist es dunkel, der Mond versteckt sich wieder hinter den Wolken, und ich blättere, unter die Lampe gebeugt, in den Reiseberichten und Dokumenten. Mit leichter Hand führe ich Kahn noch einmal durch sein Lebenswerk, lotse ihn über Flüsse, an Stechginster entlang und vorbei an dem irischen Mädchen, vorbei an allem, was ihm wichtig ist. Behutsam folge ich einer Fährte nach links oder biege nach rechts ab und wähle die sichere Route. Am Ende seines Lebens werde ich die ganze Wegstrecke noch einmal zurücklegen und unterwegs Stolperstellen und Mulden meiden. Ich wähle meine Worte sorgfältig. Ich blättere durch meine Tagebücher und Hefte, und wenn ich die Seiten lese, fällt mir auf, wie jung ich damals war, wie unsicher und schüchtern, während ich mich doch vor allem an die Aufregung erinnere, die ich kaum bezähmen konnte.

Ich war einundzwanzig, als ich am 1. November 1905 bei Monsieur Kahn in den Dienst trat. In einem schicken schwarzen

Mantel und mit einer schwarzen Mütze auf dem Kopf fuhr ich ihn täglich von Boulogne-sur-Seine in sein Bankkontor an der Rue de Richelieu nach Paris und zurück. Auf der ersten Seite meines Tagebuchs habe ich ordentlich, wenn auch in noch etwas zittriger Handschrift aufgeschrieben, welche Autos ich zu warten hatte:

1 Panhard & Levassor (acht PS)
1 Daimler (achtundzwanzig PS)
1 Mercedes (vierzig PS)
1 Mercedes (sechzig PS)

Den Panhard und den Daimler nahmen wir für Fahrten in die Stadt, die beiden Mercedes waren für die großen Sommerreisen durch Frankreich, Luxemburg und Holland gedacht. Ich pries mich glücklich wegen meiner Stellung, Kahn entlohnte mich großzügig. Mein Arbeitgeber handelte mit Gold und Diamanten, er finanzierte Industrievorhaben und gewährte internationale Kredite, er schien eine Nase für gewinnträchtige Investitionen zu haben, und heimlich beobachtete ich ihn, den meist schweigsamen Mann da auf meiner Rückbank. Ich fragte mich, wie er mit diesem etwas plumpen Äußeren und der übertriebenen Tierliebe seine Geschäfte betreiben konnte; ich habe nie auch nur einen Anflug von Gerissenheit bei ihm bemerkt. Sobald er am frühen Abend in der geschäftigen Stadt bei mir eingestiegen war, schloss er die Augen und öffnete sie erst wieder in Boulogne.

Dann, im Juli 1908, rief er mich zu sich in die Villa und drückte mir unversehens eine Kamera in die Hand, er glaubte wohl, dass ich mich mit Gerätschaften welcher Art auch immer auskannte. Ich bin nur ein einfacher Chauffeur und Mechaniker. Bis zu jenem Tag war ich noch nie in seinem Arbeitszimmer gewesen, und ich erinnere mich an den matten Lichtstreifen, der über den glänzenden Boden von der Tür bis zu seinem Schreibtisch lief, ich sah das Skelett in der Ecke stehen, die Bücher, Ausschnitte und Stapel von Zeitungen. Das übrige Haus war piekssauber, aber dieser Raum war brechend voll mit staubigem Nippes, Federn und Tintenfässern, es war ein kleiner Raum, und ich musste lächeln, vielleicht, weil er mich an meinen eigenen Arbeitsschuppen erinnerte, wo es genauso chaotisch aussah, aber trotzdem alles ganz zuverlässig seinen Platz hatte. Das Ding, das er mir gegeben hatte, war nicht groß und wog nicht viel, ein metallischer Geruch ging davon aus.

»Ich bin sehr zufrieden mit dir«, sagte Kahn, »und jetzt möchte ich, dass du Paris fotografierst. Dann gehst du zur École normale supérieure, wo ein Spezialist dir beibringen wird, wie man Fotos entwickelt, schwarz-weiß und in Farbe.«

»In Farbe, Monsieur?«

Er hatte es eher beiläufig gesagt, und er sprach leise, wie es immer noch seine Gewohnheit ist, nickte und schob mit beiden Händen ein Buch zu mir herüber. Ich sah, dass seine Finger auf dem Einband zitterten.

»Ist das nicht großartig, Dutertre? Ein Geschenk, ein herrliches Geschenk. So viel habe ich immerhin begriffen, dass es nicht schwierig ist«, fügte er hinzu und zeigte auf den Titel. »Nicht *so* schwierig.«

Es war ein dünnes Büchlein: Autochrome stand auf dem Umschlag und darüber in feinen Buchstaben die Namen der Brüder Lumière. Sonnenlicht fiel durch das offene Fenster auf den Papierkram auf seinem Schreibtisch, und in dem herumtanzenden Staub versuchte ich, die scheinbar kleinen Dinge zu begreifen, die mir gerade präsentiert worden waren.

»Bist du zufrieden, Dutertre?«, unterbrach er meine Gedanken. Er schaute von seinem Stuhl hoch.

Auch das überraschte mich, denn ich hatte es wirklich gut getroffen. Und war Frankreich nicht, wie ich selbst, mit Zittern und Zagen in das neue Jahrhundert hinübergewechselt? Er aber wandte sich wieder ab und sah vor sich hin. Erschrocken fragte ich mich, ob ich ihn vielleicht enttäuscht hatte, in der plötzlichen Stille wurde mir die Spannung im Raum bewusst, ich hob die Kamera an und roch das Eisen, den Geruch von Werkzeugen. Gott bewahre, ich wusste absolut nichts über Fotografie, aber wenn er darauf bestand, würde ich es lernen.

Von seinem Arbeitszimmer aus rannte ich zurück in die Garage, die großen Türen standen offen, die Sonne war inzwischen fast untergegangen. Unschlüssig rieb ich die Scheinwerfer mit einem Tuch ab und setzte mich in den Panhard, ich hatte das Geräusch eines rundlaufenden Motors permanent im Ohr, ich hätte den Wagen nur zu starten brauchen, um zu hören, ob ihm etwas fehlte, selbst in der frühen Dämmerung hätte ich jedes einzelne Teil austauschen können. Mit meinem Gewicht auf dem Lenkrad beugte ich mich nach vorne und betrachtete die Platane, die vielen Tönungen eines Blatts in den letzten Sonnenstrahlen, die glänzende Stelle am Stamm, wo sich die Rinde abgeschält hatte. Und die ganze Zeit drückte die Kamera auf meinen Schoß, leicht zwar, aber nicht zu ignorieren.

Vor dem Schlafengehen studierte ich bei Kerzenlicht das Instruktionsbüchlein, das er mir gegeben hatte, und machte mir Notizen zu dem Raster aus orange, violett und grün gefärbten Kartoffelstärkekörnern. Draußen erklang Hufgetrappel, ein Mann brüllte sein Pferd an, und ich saß am Tisch, las Satz für Satz und stellte mir die Körner wie Sand vor, der sich einfach von der Glasplatte wegpusten ließ. Über dem Raster lag eine Schwarz-Weiß-Emulsion, die Zwischenräume zwischen den gefärbten Körnern waren mit Ruß gefüllt. Jede Glasplatte hatte ihre eigene Menge an Kartoffelstärkekörnchen, schwarz-weißer Emulsion und Ruß, und sobald die richtige Lichtmenge durch die Körner fiel, entstand ein Farbfoto. Über die Seiten gebeugt, wiederholte ich die unbekannten Begriffe und schrieb sie in mein Notizheft, sodass ich sie am nächsten Morgen, wenn ich an den Autos herumbastelte, aus meiner Schürzentasche holen konnte. Differenzial – *Wechselsack*. Bremssattel – *Verschlusszeit*.

Der Ruß, erfuhr ich beim Herumblättern im Buch, machte es unmöglich, dass das Licht ungehindert auf die Emulsion fiel, aus demselben Grund musste ich die vorbereitete Glasplatte, das *Autochrom*, immer verkehrt herum in die Kamera setzen. Täte ich das nicht, würde das Licht nicht durch die Kartoffelstärkekörner, sondern direkt auf die Schwarz-Weiß-Emulsion fallen, und ich bekäme ein ganz normales Foto. Ich legte meinen Stift hin und folgte mit dem Finger den gezeichneten Linien auf der Glasplatte, skizzierte den Rahmen, in den die Platte, eben das Autochrom, passte. Stativ, Geduld und ein regloses Motiv, las ich, seien die Voraussetzung für eine gelungene Farbaufnahme. Das Buch sprach von Aussichten und Strandszenen, und meine Aufmerksamkeit wurde abgelenkt. Als ich endlich aufblickte, stellte ich überrascht fest, dass ich mich noch immer in meinem Zimmer befand.

In den darauffolgenden Wochen spazierte ich jeden Morgen zu den großen Boulevards, nachdem ich Kahn zu seinem Büro in der Bank gefahren hatte. Ich ließ meine Chauffeursmütze hinten im Wagen, klemmte mir das Stativ unter den Arm und trug die Tasche mit der Kamera. Wie lärmig Paris um diese Zeit war! Ich schraubte das Richard-Vérascope auf den Dreifuß, fotografierte die Galeries Lafayette auf dem Boulevard Haussmann und hoffte, Kahn mit dem schönen Mosaik an dem Gebäude zu imponieren. Das Kaufhaus war leichter abzulichten als die Pariser Damen, Kellnerinnen und Verkäuferinnen, die selten stillstanden. Katzen schossen mit aufgestellten Schwänzen über das Trottoir und beobachteten mich aus sicherer Entfernung. Ich stellte das Stativ neben einen Kiosk und beugte mich zum Sucher hinunter. Kahn hatte mir versichert, dass das Motiv zunächst von untergeordneter Bedeutung wäre, Schritt für Schritt und Foto für Foto sollte ich lernen, mich freizuschwimmen. Insgeheim fragte ich mich, warum. Welchen Sinn hatte es, Kellnerinnen zu fotografieren, unbekannte Mädchen mit ihren weißen Schürzen? Angenommen, es würde mir nicht gelingen. In meinen Einstellungspapieren hatte nichts von einer Kamera gestanden. Mit Autos hingegen kannte ich mich aus, sogar mit dem Mercedes Simplex.

Jetzt bin ich fast den ganzen Tag durch die Stadt gelaufen, hin und wieder hatte ich das Vérascope einfach nur in der Hand, es war wirklich ein nettes Ding, und das Metall wurde warm in meinen Händen. Manchmal stellte ich das Stativ auf den Quai, auf eine Brücke oder unter einen Baum, je nach Sicht und Licht – das Julilicht war hell in Paris, ein plötzliches Aufglänzen der Seine konnte mich unvermittelt blenden, Karren wirbelten Staub auf, meine Schuhe wurden schmutzig, ich klopfte meine Jacke ab und spürte die Hitze auf meinem Rücken. Unsicher richtete ich die Kamera auf die Kellner, die vor dem Urinal auf der Rue Royale hin und her schlenderten, das Geschirrtuch noch hinter dem Schürzenband. Zuerst bemerkten mich die Kellner nicht, und es entstanden die ersten (unscharfen) Bilder, auf denen nicht jeder genau in die Linse starrt.

Manchmal verwendete ich auch einen ganzen Vormittag darauf, nur ein paar Farbfotos zu machen. Die Belichtungszeit war lang, viel länger als bei einer normalen Schwarz-Weiß-Platte; als ich später hörte, dass man Bilder mit einer Verschlusszeit von nur dem Bruchteil einer Sekunde machen konnte, traute ich meinen Ohren nicht. Ich übte so lange mit meinen Händen im Wechselsack, bis ich es auf sechs Autochrome im Magazin pro Minute brachte, und ich tat mein Bestes, um eine Näherin vor ihrem Atelier zu porträtieren. Das Mädchen wartete geduldig, bis ich die Belichtungszeit berechnet hatte, und bald stand eine Dreiergruppe da, tuschelnde, kichernde Frauen, und die Röcke raschelten dabei. Die kleine Näherin fingerte an ihrem Ärmel herum, da, wo sie die Nadeln hingesteckt hatte.

Im September rief er mich wieder zu sich. Ich zwang mich, ruhig zu bleiben, obwohl ich Zweifel daran hatte, dass ich als Fotograf geeignet wäre; ehrlich gesagt fürchtete ich, entlassen zu werden. Als ich eintrat, stand mein Arbeitgeber mit verschränkten Armen neben seinem Stuhl, er wirkte, als wäre er irgendwie gerader und auch länger geworden, und zum ersten Mal sah ich den Bankier in ihm. Ich bin kein schlechter Chauffeur, sagte ich mir, er wird mir ein gutes Zeugnis ausstellen. Aber Kahn überraschte mich: Aus heiterem Himmel trug er mir auf, eine

Thornton-Pickard-Balgenkamera, viertausend Autochromplatten, eine Filmkamera der Brüder Pathé und dreitausend Meter Film zu kaufen. Von meiner Verblüffung nahm er keine Notiz, sondern bedeutete mir, jetzt unverzüglich mit dem Unterricht an der École normale supérieure anzufangen, um nicht nur zu erfahren, wie man Autochrome entwickelt, sondern auch, um filmen zu lernen.

»Petit«, sagte er, als er sich auf seinen Stuhl sinken ließ, »ich nehme dich mit auf Geschäftsreise nach Japan. Über Amerika und Honolulu fahren wir nach Japan und China. Eine ausgezeichnete Gelegenheit, um unterwegs zu fotografieren, nicht wahr? In Amerika und Asien kannst du Traditionen und Handwerke festhalten, die zweifelsohne im Aussterben begriffen sind.«

Ich betrachtete sein Gesicht mit dem kleinen Bart, einer flauschigen Spitzbartvariante, er kniff seine Augen zusammen und räusperte sich. Es machte fast den Eindruck, als hätte er so seine Zweifel am Fortschritt. Ich wartete darauf, dass er seine Pläne weiter ausführte, aber er schlug nur auf den Schreibtisch, für mich ein Zeichen, dass unser Gespräch beendet war. Mit meiner in der Hand zusammengeknautschten Mütze ging ich zur Tür.

»Wir reisen weit«, fuhr er fort, als ich schon fast aus dem Zimmer war, »bis zur chinesisch-mongolischen Grenze. Besorge dir passende Kleidung und Schuhe für heißes und kaltes Klima. Nimm dir zwei Tage frei, fahr nach Hause und umarme deine Eltern.«

Tagebuchaufzeichnungen

Paris – New York

13. November 1908. Ich liege in der Kabine, die drückende Luft ist fast unerträglich. Eine Geschäftsreise nach China und Japan. Aber ich diene als Fotograf, nicht als Chauffeur. Die Farbplatten – als ich zum ersten Mal eine Glasplatte aus ihrem Papier faltete, musste ich an die Libelle über der Schwertlilie denken. Im Sommer am Teich. Wenn ich gewusst hätte, was von mir erwartet wurde, hätte ich sicher kein so gutes Bild hinbekommen. An diesem Nachmittag blieb mein Blick an dem fliegenden Insekt hängen. Ich konnte durch seine Flügel hindurchschauen. Das grüne Gras sah lila aus. Ich suchte das Tier in seinem geliebten Fabre: Libelle mit schönen Flügeln – Calopterygidae. Ich bin kein Gelehrter, aber das habe ich mir gemerkt.

Ich gehe mit ihm auf Reisen und werde ihn nicht chauffieren.

Wir sind aufgebrochen. Um ein Haar ohne die Reisetaschen, die in Saint-Lazare verloren gegangen waren. Keine Spur von dem Gepäckträger mit unseren Sachen. Kahn war schon an Bord. Die Passagiere der ersten Klasse lehnten sich über die Reling. Matrosen, die bei den Tauen der Landungsbrücke herumschrieen. Männer, die Körbe und Taschen, und arme Frauen, die Kleiderbündel schleppten. Schweigend verschwanden sie unten im Schiff. Die Unglücklichen mit ihren dunklen Gesichtern, schon jetzt ermattet. Und ich lief nur hin und her, hin und her.

Im Hafenamt wimmelte es vor Taschendieben. Ich erkannte sie an ihren verstohlenen Zeichen – an der Art, wie sie gestikulierten. Nur Abschaum verrichtet seine Arbeit lautlos. Die Menge bewegte sich auf den Schalter zu. Ein Meer von Hüten und Kopftüchern. Irgendwo darunter vielleicht die Mütze des Gepäckträgers? Ich kämpfte mich vorwärts. Jemand zog mich am Kragen. Ein Mädchen an der Hand seines Vaters rollte mit den Augen. Plötzlich packten mich fremde Hände an den Schultern. Die Reisenden zogen und zerrten mich in Richtung der Tür. Ich wurde wie ein Sack Getreide weitergereicht. Im Gewühl konnte ich keine Gesichter unterscheiden.

Einmal draußen, überkam mich die Lust weiterzulaufen. Das Schiffshorn tutete über den Quai. Ich musste K. sagen, dass ich unsere Reisetaschen nicht hatte finden können. Wir sollten lieber umkehren, jetzt, da es noch möglich war. Herrgottsakrament, wir hatten noch nicht einmal abgelegt!

Möge Gott mir vergeben, sagte ich zu ihm. Ich werde mir eine andere Stellung suchen. Ein bitteres Lächeln auf seinem Gesicht: Red keinen Unsinn, D.! Reiß dich zusammen.

14. November. Gestern Abend wurde unser Gepäck an Bord gebracht. Gute erste Nacht gehabt. Ruhiges Meer. Beim Erwachen fühlte ich mich elend. Untergebracht in Kabine 606 mit drei anderen Männern. Mir gegenüber schläft ein Apotheker namens Moses Adler. Unter ihm ein amerikanischer Lacrossespieler, Mr Campbell. Das Bett unter mir ist von einem

Herrn belegt, der mit den Schultern zuckte, als wir ihn nach seinem Beruf fragten. Sein Name ist Lajos. Ich bin nicht groß, *comme trois pommes*, sagt Maman. Trotzdem muss ich aufpassen, dass ich mir beim Aufstehen nicht den Kopf stoße. Noch acht volle Tage, bis wir in New York anlegen. Er hat beschlossen, dass ich Menschen und ihre Traditionen mit der Farbkamera festhalten soll. Ich habe ein paar Aufnahmen in Paris gemacht, die ihm gefallen. Nun soll ich Dutzende, nein, eher Hunderte von Fotos für ihn machen. Ich bin nie weiter gereist als bis nach Holland. Warum hat er mich ausgewählt? Wenn ein Motor unterwegs stotterte, habe ich ihn immer wieder zum Laufen gebracht. Das ist nicht weiter schwer, in einem Motor stecken nicht viele Geheimnisse. Nun glaubt K., dass ich mit Maschinen Wunder vollbringen kann. Ich fürchte, da irrt er sich.

Deine Welt zu vergrößern heißt, dein Wissen zu erweitern, sagt er. Heute Morgen wurde mir schwindlig. Ist das nicht seltsam? Mir kam das Unwiderrufliche dieser Reise zu Bewusstsein, obwohl es doch schon mit dem Tag begann, als ich bei ihm den Dienst angetreten habe. Ich dachte an die Thornton-Pickard und das Richard-Vérascope. Ich muss mich auf die Apparate verlassen können. Ganz zu schweigen von der *Film*kamera.

Bei der Kinematografie, dozierte Émile Pathé, sei es Aufgabe des Filmers, in ständiger Bewegung eine spannende Geschichte zu erzählen. Der Filmer ist gleichzeitig Tänzer, Schelm und Verführer. Graziös. Ganz und gar überzeugt, dass er die richtigen Schritte macht.

Monsieur Pathé durchschaute mich. Er war sich sicher, dass ich keiner von ihnen bin. Ihnen bringe ich bei, wie Sie die Filmkamera *bedienen*, mein Lieber. Die Fotografie handelte er kurz ab: Sowohl der Fotograf als auch sein Motiv müssen reglos im richtigen Licht bleiben. Geht es um eine Person, muss man vor allem darauf achten, wo sie die Hände lässt.

Ich finde es rätselhaft, wie ein Bild manchmal etwas zu zeigen scheint, was man durch den Sucher nicht gesehen hat. Und welche Haltung soll das Motiv einnehmen? Wann ist der richtige Augenblick? Ist es der gleich nach dem Posieren, wenn Entspannung einsetzt? Oder der davor? Solange noch nach dem richtigen Gesichtsausdruck gesucht wird? Bei einer fotografischen Aufnahme ist immer etwas davor und immer etwas danach. Was wäre zu sehen, wenn er ein Foto von mir machte?

Dieses Schiff ist riesig, auf dem Weg zur Toilette kam ich an einem hell erleuchteten Raum vorbei, der wie eine Schlachterei aussah. Ein Mann schnitt Fleischstücke von einem Gerippe. Bestimmt habe ich ein Geräusch gemacht. Er kam mit dem Messer in der Hand auf mich zu und schlug die Tür zu.

Ich habe K. gesagt, dass es eine Schlachterei an Bord gibt. Er hat nicht mal aufgeschaut. Und lebenden Vorrat, sagte er in schleppendem Ton. Sein wolliger Bart und seine kleinen Augen geben ihm auch etwas Tierisches. Kahn ist ein seltsames und intelligentes Tier. Möge Gott mich vor respektlosen Gedanken bewahren.

D., sagte er plötzlich feierlich zu mir. Dank der Herren Pathé und Lumière werden wir imstande sein, das wahre Gesicht der Menschheit einzufangen. Er kann sehr überzeugend sein.

Bewaffnet mit der Kamera bin ich sein Fänger.

15. November. Ich hatte eine gute Nacht. Die See ist noch immer ruhig. Gestern Abend wollte Adler mit mir spazieren gehen. Höflich abgelehnt – vergeblich. Stark den Eindruck, dass sich der Apotheker extra in einen makellosen weißen Anzug geworfen hatte. Mir das Stativ unter den Arm geklemmt. Verärgert fragte Adler, ob er mich nicht hätte sagen hören, dass ich Chauffeur sei. Antwortete, dass ich auch von ihm ein Foto machen könne. Autochrom, wohlgemerkt. Nicht Mono. Ich muss noch lernen, wie ein Fotograf zu denken.

Ein Orchester spielte auf dem Promenadendeck. Nach einer Weile sagte Adler, dass er am liebsten Geiger geworden wäre. War er deshalb auf dem Weg nach Amerika? Wieder keine Antwort. Aus Höflichkeit dann angemerkt, dass Violinenmusik sehr zärtliche Musik ist. Geschwätz, meinte Adler. Ein gewöhnlicheres Instrument als die Geige gäbe es nicht.

Komischer Kerl, nicht viel älter als ich. Seine Augen haben die Farbe von Lorbeer. Und so riecht er auch.

Ich finde es schrecklich mühsam, auf dem Schiff spazieren zu gehen. Geschweige denn herumzuschlendern. Schlendern erfordert mehr als einen lockeren Schritt, Schlendern braucht eine Leichtigkeit des Geistes. Die Decks sehen aus wie Alleen. Passagiere auf Liegestühlen, die Beine ganz in Decken gehüllt. An der Reling flanierende Damen. Längsseits kreischende Möwen. In der Ferne die schottische Küste. Erstes Foto gemacht. Den Dreifuß fest auf die Decksbeplankung gestellt. Als ich die Kamera hervorzog und an der Grundplatte festmachte, seufzte der Balg. Kann gut sein, dass ich es war, der geseufzt hat. Man behält mich im Blick.

Ich habe im Restaurant ein paar Aufnahmen gemacht. Die Tische waren mit Gläsern und Kerzen eingedeckt. An der Decke Kronleuchter. Erst nach einigen Augenblicken sah ich den Ober. Ich wollte schon wieder umkehren, als ich ihn lispeln hörte: Willkommen im Ritz-Carlton. Er nahm meine Sachen entgegen. Stellte das Stativ vor die Bar und neigte seinen Kopf.

Gerührt von seiner Zuvorkommenheit ließ ich ihn gewähren. Meine Stimmung ist nicht mehr ganz so schlecht.

Da ich fürchtete, dass die Kronleuchter und Kerzen Licht im Übermaß spenden würden, habe ich drei Schwarz-Weiß-Aufnahmen gemacht. Fotografierte einmal mit dem Ober mitten im Bild. Ich bat ihn, ruhig stehen zu bleiben. Da stellte er sich unglaublich gerade hin. Wie glattgeleckt und entschieden er aussah! Ich hätte gerne gewusst, woran er gedacht hat, als ich das Foto machte.

Beim Verlassen des Etablissements war ich vom Anblick des Meeres fast von den Socken. Ich hatte glatt vergessen, dass ich mich auf einem Schiff befand. Bei meinem Erkundungsgang über die Decks entdeckte ich eine richtige Bäckerei. Eine Kabine mit schwarzen Buchstaben: Funker. Jedes Oberdeck hat eigene Rauchersalons, Damen- und Herrenwaschräume, einen Musiksalon, Küche und Speisesaal. Am späten Nachmittag stieß ich auf die Borddruckerei. Der Setzer trug eine Schürze, an der er sich oft die Hände abwischte. Seine Finger hinterließen immer wieder schwarze Spuren. Es roch nach Druckerschwärze und Meerwasser. Und ich musste an meine eigene Schürze in der Garage denken.

Soeben vor dem Schlafengehen meine Notizen noch einmal gelesen. Ich bin allein in der Kabine, und eine Erinnerung überfällt mich: Während meiner Stunden bei Pathé habe ich oft an Maman gedacht, die stundenlang schweigen kann. Wie ein unergründlicher Strom. Jeden Freitag geht sie frühmorgens in die Küche, um Brot zu backen. Zündet das Feuer an. Summt eine Melodie. Steht in ihrem schlichten Kleid am Tisch und knetet den Teig. Wenn ich ein Foto von ihr machen sollte, dann genau in einem solchen Moment. Mit Teig an den Fingern und Mehl bis zu den Ellenbogen hinauf, ohne dass es sie stört. Nur dieses eine Foto von ihr am Freitagmorgen.

16. November. Auf die Suche gegangen nach dem lebenden Vorrat. Unten im Schiff wurde ich rücksichtslos geschubst und beiseitegestoßen. In der Luft hing ein entsetzlicher Gestank nach nasser Wolle und Fisch. Die Unglücklichen auf den untersten Decks schrien Unverständliches, und es schien, als ob sie mich mit sich zerren wollten. Tiefer hinunter. Blindlings riss ich einen Arm hoch und schlug um mich. Zurück zur Treppe. Nach oben – Luft!

Mit K. im Salon. Viele Russen und Osteuropäer. Man hört Jiddisch und verschiedene slawische Sprachen, sagte er. Er fragte mich, ob ich sie fotografiert hätte. Ich sah nach draußen, und da war nichts. Seltsam, ich vermisse die Platanen. Prompt sagte er, dass er im Herbst immer an die gelben Felder des Elsass denken müsse.

Er erklärte mir, dass ich eine Welt im Wandel fotografieren würde. Er glaubt, dass unsere Traditionen der Anker sind, den wir bei rauer See brauchen. Sichtlich zufrieden mit seinem nautischen Gleichnis. Traditionen böten Halt und gäben unserem Dasein eine Form. Er sagte, es sei wichtig zu verstehen, wer ein jeder sei – und wo er hergekommen ist. Ich glaube, er hat Angst, dass wir die Vergangenheit vergessen.

Was für ein unverfrorener Gedanke: ein Chauffeur aus Paris, der zeigen will, woher die Amerikaner und Chinesen kommen! Er sagt, dass er auch bei seinen anderen Geschäftsreisen Fotos machen lassen und diese Autochrome ausstellen will. Damit man einander kennenlernen kann. Ich weiß nicht. Ich weiß wirklich nicht. Schreien nicht viele Ereignisse förmlich danach, vergessen zu werden? Weil sie sonst Wurzeln schlagen würden? Wuchern und den fruchtbaren Boden ruinieren?

Am Nachmittag fühle ich mich seekrank. Ich esse nur etwas Obst. Er hat mir einen Phonographen zum Tonaufnehmen gegeben. Es gelingt mir nicht, auch nur ein einziges Geräusch einzufangen. Die rauen Novemberwellen lassen die Nadel wild über das Wachs springen.

17. November. Geweckt von Geräuschen vor der Tür. Campbell übte seinen Schlag auf dem Deck. Das Lacrossespiel hat drei alte indianische Namen. Erstens: Männer schlagen einen runden Gegenstand. Zweitens: kleiner Krieg. Drittens: kleiner Bruder des Krieges. Laut Campbell konnte so ein Spiel Tage dauern, und das Spielfeld war manchmal kilometerlang.

Er schwang die Crosse nach hinten und schlug den Ball übers Deck. Ich befürchtete, das Ding würde ins Meer rollen. Der Ball schusserte an den Liegestühlen und zwei jungen Damen vorbei, die an der Reling standen, schien eine Kurve zu beschreiben und verschwand dann mit beachtlicher Geschwindigkeit in der Waschküche. Aus der ein Schrei ertönte. Goal, sagte Campbell. Er hatte nur sein Hemd an. In der Tür zeigte sich ein Herr, und Campbell trommelte sich mit den Fingern an die Schläfen. Inzwischen hatten sich die Damen zu uns herumgedreht. Schnell stellte ich mich neben Campbell, sodass sie auch mich sahen. Schade, dass die Kamera noch in der Kabine lag. Hätte gern das kleine Vérascope in der Hand gehabt. Dann hätten sie bemerkt, dass ich nicht irgendwer bin.

Wie herrlich muss es sein, sich so locker bewegen zu können. Seine Muskeln so zu beherrschen. Und auch die Umgangsformen! Wer wäre da nicht gerne Sportler? K. verlangt von mir, jeden Tag Gymnastik zu machen. Ich hangle mich durch die langweiligen Übungen. Früher wollte ich mal rudern. Jetzt soll ich andere Völker fotografieren. Völker im Wandel. Ich wiederholte seine Worte und versuchte, damit bei Campbell Eindruck zu schinden. Traditionen verschwinden, sagte ich. Neues tritt an ihre Stelle. Campbell zog die Augenbrauen hoch. Er gab mir seine Crosse. Aber er legte den Ball nicht ins Netz. Der Schläger war schwerer, als ich angenommen hatte. Das Ledernetz schleifte über die Deckplanken. Und ich sagte: Vielleicht fotografiere ich ja auch Cherokee-Indianer.

Niemand aus meiner Familie hat jemals in einem Boot gesessen. In unserer kleinen Wohnstube wurde tagelang kein einziges Wort gesprochen. Ich träumte von einem schmalen Einer. Gleichzeitig fand ich die Vorstellung beängstigend – nicht zu wissen, was da unter einem war. Jetzt schippere ich an einem heiteren, kalten Tag zwischen Cherbourg und New York herum. Unter dem blauen Himmel spiegelt sich das Schiff auf dem Wasser.

18. November. Gestern Nachmittag Bilder von den Russen gemacht. Ich habe das Stativ hoch oben aufgebaut. Im Sucher ein Meer von schwarz gekleideten Menschen. Bleiche Gesichter, vereinzelt ein weißes Kopftuch. Wie eine Schaumkrone auf einer Welle. Wir sind alle Schafe vor Gottes Auge – arme Schafe.

Die See wird rauer. Der Wind frischt auf. Ich liege auf meinem Bett. Er hat mir bei der Abreise ein Buch gegeben – Baudelaire. Er ermuntert mich, weiter zu lernen. Aber vom Lesen wird mir übel. Ich habe das Gefühl, dass ich in falschem Galopp auf einem Pferd reite. Die Worte und Klänge des Dichters geben mir keinen Halt. Der Rhythmus der Zeilen kollidiert mit dem der Wellen.

Er will, dass sich die Menschen kennenlernen. Ich arbeite schon seit drei Jahren für ihn und kenne ihn noch immer nicht.

Mein Speisesaal befindet sich zwischen der Küche und den Kabinen. Ich entdeckte Adler und wollte mich ihm anschließen. Er hat seinen Kopf weggedreht. Verströmte einen Hauch von Lorbeer. Ein anständiger Mann hätte mich gegrüßt. Campbell nicht gesehen. Auf See ist es schwierig, den Löffel ruhig zu halten. Zu Hause esse ich mit Fernande. Sie herrscht über die kleine Küche, ich über den Panhard, und beim Essen sitzen wir gemeinsam am Tisch.

Was sie jetzt wohl macht, während wir nicht da sind? Manchmal sah ich sie mit traurigem Gesicht aus dem Küchenfenster starren. Er hat gesagt, dass sie jederzeit in die Bibliothek gehen könne, um zu lesen. Fernande mit einem Buch im Schoß. Ihre trockenen Finger, die über die Seiten streichen.

Nach dem Abendessen über das Deck spaziert. Plötzlich tauchte ein großer Hund vor mir auf. Seine Pfoten tappten über die Planken. Das Tier lief zur Reling, spritzte seinen Urin über Bord. Ich konnte nur hoffen, dass der Wind richtig stand. In drei Tagen erreichen wir New York.

19. November. Einige Details über die SS *Amerika*. Tonnage: 22 000. Anzahl der Passagiere: 4200. Er spielt nachmittags Khedive. An Bord scheint ein phänomenaler Kartenspieler zu sein. Das Wetter ist umgeschlagen. Geigentöne erklingen im Nebel. Manchmal hat man den Eindruck, dass ein Geisterorchester auf einem der Decks spielt. Ich versuche, weiter mit den Kameras zu üben. So kalt, dass mir die Finger steif werden.

Jetzt, bei diesem schlechten Wetter, habe ich Zeit zum Schreiben. Ich denke viel über den Zweck dieser Reise nach. Er sagt, dass sich Frankreich schnell verändert. Ich habe ihn ganze Abende lang mit Professor Bergson diskutieren hören. Manchmal habe ich den Gelehrten mit dem Panhard von der École normale abgeholt – er ist verrückt nach diesem Wagen. Bergson trägt seine Krawatte unter dem Kragen zu einer Blume gefältelt, die von einer Nadel festgehalten wird. Wenn er spricht, wippt dieses Kunstwerk über seinem Adamsapfel auf und ab. Eine Blume auf einem Stiel. Margerite im Wind. Ich glaube, dass Kahn in Bergsons Gesellschaft ohne jede Hemmung redet. Nur dann fällt der Name von Major Dreyfus.

Der Professor ist nicht klein von Wuchs, aber er hat ein kleines, rundes Gesicht. Das Haar klebt ihm am Schädel. Er hat eine Rede über das Lachen geschrieben. Seine zweite Rede verstehe ich besser. Sie beschäftigt sich mit den verschiedenen Formen der Höflichkeit. Während der Stunden in meiner Koje denke ich oft an diese Rede.

Höflichkeit ist eine Treppe. Auf der untersten Stufe steht die äußerliche Förmlichkeit (mir nicht fremd!). Darauf folgt die geistige Höflichkeit. Diese Form erfordert einen beweglichen Geist. Damit man sich auf den Standpunkt des anderen stellen kann. Ein Talent, so Bergson, mit jedem über etwas sprechen zu können, das ihn interessiert. Steigt man eine Stufe höher, dann kommt man zur Toleranz. Hier muss man zuhören können und verstehen wollen. Ganz oben steht die Höflichkeit des Herzens. Wunderschön! Hier geht es um das Feingefühl, die richtigen Worte zu finden. Um den anderen zu trösten und zu sich selbst zu bringen.

Ein paar Tage vor der Abreise suchte Bergson mich in der Küche auf, um mich zu warnen. »Pass gut auf, mein Freund«, sagte er. »Wer reist, kann sich unterwegs selbst verlieren.« Monsieur Bergson ist wirklich nett.

Es gibt schwindelerregende neue Maschinen. Ich soll traditionelle Bräuche fotografieren. Mir scheint, dass Kahn eine Welt sehen will, die immer dieselbe bleibt. Ich werde mich hüten, ihm das zu sagen. Aus Höflichkeit. Eine zusätzliche Stufe auf der Leiter des Professors. Die Höflichkeit des Schweigens.

20. November. Herr Direktor Gustav Mahler und seine Frau sind auf der *SS Amerika*! Adler hat den Herrn Direktor auf dem Promenadendeck getroffen. Mein mürrischer

Kabinengenosse ist übermütig wie ein Lamm. Ich nahm das Richard-Vérascope, um ein Foto in der Bibliothek zu machen. Hatte nicht erwartet, dort auch seine Frau zu treffen. Frau Direktor Gustav Mahler trug ein tiefblaues Kleid. Der Seewind hatte Strähnen aus ihrer Frisur gelöst. Ihr wunderschönes Gesicht spiegelte sich in der Tischplatte, und ich wurde doppelt von ihrer Schönheit getroffen. Wie würde sie auf einem Porträtfoto aussehen? Alma Mahler (hier, in diesen Blättern, darf ich sie Alma nennen) nahm irgendein Buch in die Hände. H. D. gebot seiner jungen Frau, Platz zu nehmen. Sie neigte den Kopf und gönnte mir einen Blick auf ihren Hals. Ihr Mann umfasste ihre Schultern. Sie schien zusammenzuzucken.

Die Augen von H. D. glänzten hinter seinen Brillengläsern. Ich meinte, eine gezügelte Energie bei ihm zu verspüren – die Art von Energie, die ein Lacrossespieler in aller Öffentlichkeit ausleben kann. Oft habe ich selbst Lust, plötzlich loszurennen. Das Gefühl, dass mich die Kraft eines unsichtbaren Motors antreibt. Dass ich mich beeilen muss, in fliegende Hast verfallen, um nichts zu verpassen. Aber ich renne nicht, und ich verpasse nichts.

Durch den Sucher wagte ich es, sie zu betrachten. Sie schien es zu fühlen. Hob herausfordernd ihr Kinn. Ich fummelte am Magazin herum und errötete.

Ein einziges Foto. Adler reagierte erbost. Obwohl ich mir nicht sicher war, behauptete ich, es sei geglückt.

Alma sah mich vorwurfsvoll an. Nahm sie mir übel, dass ich sie angeschaut hatte? Erst jetzt wird mir klar, dass es Adlers Wunsch war, mit H. D. Gustav Mahler verewigt zu werden. Dieser Pedant!

Sie kam auf mich zu. Ihr Handrücken an meinem Handgelenk. Flüchtig. Hat sie mich wirklich berührt? Wer die Schönheit genießt, versteht die Welt, flüsterte sie. War wie gelähmt.

Am Abend hielt mir Kahn eine Standpauke. Gewöhnliche Leute, D.! Keine Staatsfotos in der Bibliothek. Um ihn zu besänftigen, erzählte ich ihm, dass ich die Russen fotografiert hatte. Ich sagte, dass der Balg von der Thornton-Pickard sehr leichtgängig ist. Dass die Vordergründe gut einzustellen sind. Da hellte sich sein Gesicht wieder auf. Wenn wir durch Amerika reisen, will er mir das Kartenspiel beibringen. Er meint, dass ich gut darin sei.

Manchmal trete ich von den Mercedes-Wagen ein Stück zurück, um herauszufinden, was ihnen fehlt. Er sagt, man müsse Europa verlassen, um es begreifen zu können. Das Streben nach einer einzigen nationalen Identität ist gefährlich. Nur in unserem normalen Leben können wir uns wirklich erkennen. Mach deine Augen auf, wiederholte er. Nur gegenseitiges Verständnis führt zum Frieden. Er war sehr entschieden. Ich glaube, dass er sich einbildete, mit dem Professor zu reden. Das tut er manchmal. In Boulogne höre ich ihn schon mal laut mit sich selbst reden, wenn er allein ist. Heute Abend erzählte er von seiner Heimat, dem Elsass. Als er elf Jahre alt war, hatte er sich in Frankreich schlafen gelegt und war in Deutschland wieder aufgewacht.

Ich hätte auch gerne ein Foto von ihm gemacht. Das ist mir ausdrücklich verboten. Warum soll ich so viele Menschen wie möglich fotografieren, darf aber kein Porträt von ihm machen?

Als ich aufbrechen wollte, hielt er mich zurück. Er hatte beim

Abendessen bemerkt, dass Alma Mahler wirklich eine schöne Frau ist.

Ich denke an ihren Hals. Die zarte Ader dort auf ihrer Haut wie eine Halskette.

Die Nacht ist angebrochen. Lajos und Campbell spielen auf den unteren Kojen Karten. Zwischen ihnen ein Klapptisch mit Kerzen. Campbell hat eine Medaille an einem Band um den Hals hängen. Ich lausche, ob ich draußen vielleicht den Hund höre. Die Medaille schwingt wie ein Pendel über den Spielkarten. Morgen laufen wir in den Hafen von New York ein.

Boulogne, Paris

Das *Archiv des Planeten* umfasst 72 364 Autochromplatten, fast alle Völker der Welt stehen hier in Reih und Glied, fest und unversehrt in ihren hölzernen Halteschlitzen: die Wolfsjäger an der mongolischen Grenze zu Russland, die Russen auf dem Weg nach Amerika, eine Frau mit ihrem Esel aus Bilbao, ein norwegisches Mädchen an der Hand seiner Mutter. Einige Frauen wurden vor allem deshalb fotografiert, weil es das Dorf, in dem sie lebten, oder das Volk, dem sie angehörten, bald nicht mehr geben würde. Es überrascht mich noch immer, dass es so viele sind, ich kenne nur wenige mit Namen. Endlose Reihen von Glasplatten stehen nach Regionen geordnet, andere sind nach Herkunftsländern kategorisiert. Schränke stehen an den Wänden und reichen bis zur Decke, der Boden knarzt beängstigend, aber schließlich wird im Archivraum auch die ganze Welt verwahrt.

Die Fotografien bilden einen Strang von Geschichten, nur ein einziges Mal zieht sich der Lebensweg eines Menschen über mehrere Schrankfächer hin. So habe ich im September 1923 einen Mann inmitten einer Gruppe von Flüchtlingen in Bulgarien ausgemacht, der Jahre später wieder auf einem Bild aus der türkischen Stadt Alaşehir auftaucht. Da lebt er in einem hohlen

Baum. Der Zufall muss ihn in die Stadt verschlagen haben, den Flüchtling, der Hunderte Kilometer durch Europa gezogen und dann in diesem Baum gelandet ist, ein armer Mann, der in einem Stamm kauert. Ich behalte diese Entdeckung für mich, ich habe die Plattennummern notiert, und ab und zu hole ich sie heraus und mustere den Mann aufmerksam; dann grabe ich das Archiv um und schleppe so viele Kisten wie möglich auf den Tisch, wo ich mich mit dem Bildbetrachter hinsetze und hoffe, seine Spur wieder aufzunehmen. Ich bilde mir ein, dass ich ihn finden kann.

Nur auf acht von Tausenden Platten ist Kahn selbst zu sehen, und auch dann mehr oder weniger zufällig, eine Ausnahme ist die Nummer X1135, da posiert er in der Rue de Richelieu auf dem Balkon seines Bankkontors. Dieses Porträt hat Chevalier gemacht, nicht ich. Barhäuptig steht Kahn vor der Kamera, nach vorne gebeugt und an die Balustrade gelehnt, sein Jackett wirkt zu klein, und der Anzug steht ihm nicht gut. Sein Gesichtsausdruck strahlt eine ernste Ruhe aus, er wirkt unnahbar. Genauso habe ich ihn in China auf einem Packesel sitzen sehen. Das Foto stammt aus dem Jahr 1914. Ich habe mich oft gefragt, warum er sich ausgerechnet in diesem Moment porträtieren ließ, aber gesagt habe ich nichts, er hätte meine Worte vielleicht als Kritik aufgefasst, denn ich hatte wesentlich früher ein Foto von ihm machen wollen, etwas, was mir und allen Fotografen nach mir strikt verboten wurde. Das Tun und Lassen der Weltbevölkerung sollte dokumentiert werden, aber er selbst, der Mann, der alles und jeden zusammenbrachte – der Gründer des *Archivs des Planeten* –, sorgte krampfhaft dafür, nicht aufs Bild gebannt zu werden. Ein absurdes Verbot. Ich habe nie verstanden, warum er sich derart an seine Unsichtbarkeit klammerte, er war doch nicht schüchtern? Es passte auch nicht zu seinen Plänen und schon gar nicht zu seinem Umgang mit hochstehenden Persönlichkeiten oder Monsieur Bergson, dem Philosophen, mit dem er im Garten Witze riss. Dennoch bestand Kahn immer darauf, dass seine Rolle eine untergeordnete sei, er betrachtete sich als Mittelsmann: derjenige, der das nötige Geld zusammenbrachte, um Fotografen mit Glasplatten und Bromkalium auf den Weg schicken zu können. Ich habe darin nie etwas Untergeordnetes erkennen können. Erst im Laufe der Jahre wurde mir klar, dass er sich seinem Ideal unterworfen hat, schließlich hat er ihm sein ganzes Leben geweiht, der junge Bankier Albert Kahn; nie verheiratet, ist er seiner Berufung wie ein Priester gefolgt und hat seinen Ambitionen immer weitere Tempel errichtet. Im August 1914 ließ er sich von Chevalier fotografieren, weil er damals befürchtete, dass alles zu Ende wäre.

Das Porträt wurde mit der Thornton-Pickard gemacht, Kahn hat seine rechte auf die linke Hand gelegt. Auf den anderen sieben Abbildungen, auf denen er zu sehen ist, hat er sich von der Kamera abgewandt, ein einziges Mal steht er irgendwo im Hintergrund, aber ein Bein und ein Arm sind schon nicht mehr im Bild, und diese Fotos werden ihm am ehesten gerecht, mahnend hebt er einen Finger und tritt zur Seite, das graue Licht legt sich weißlich um sein Gesicht. Auf diesen heimlichen Aufnahmen kann man seinen Blick beinahe schelmisch nennen, man könnte meinen, dass er lacht.

Vor kurzem hat er mir anvertraut, dass sein richtiger Name Abraham ist, nicht Albert. Er spähte dabei durchs Fenster auf der Suche nach seinem kleinen Freund in der Lärche, langsam bewegte er seinen Kopf auf und ab.

»Gleich an meinem ersten Tag auf der École«, sagte er plötzlich und ziemlich schwer zu verstehen, »habe ich meinen Namen geändert.«

Ich betrachtete seine Hände auf Fabres aufgeschlagenem Insektenbuch, das auf seinem Bauch ruhte, für einen Moment geriet ich in Versuchung, so zu tun, als hätte ich seine Bemerkung überhört; was sollte ich von seinem plötzlichen Bekenntnis halten? Ich kenne ihn schon so lange, voilà, ob er nun Albert oder Abraham heißt, ich weiß ganz genau, wer er ist. Ein Bekenntnis, es kam mir sehr unwirklich vor, und war es das überhaupt – ein Bekenntnis? Ganz sicher nicht, seine jüdische Identität war nie ein Geheimnis, aber er hat sie auch nicht herausgestrichen. Sie war einfach da, so wie Bäume und Pflanzen da sind, sie war verwurzelt im Tiefsten seines Daseins. Er wurde in Marmoutier als Sohn eines Viehhändlers geboren, das Land seines Vaters war über Nacht deutsches Territorium geworden, und der sechzehnjährige Abraham ging in der Pariser Rue d'Ulm zur Schule und ließ sich fortan Albert nennen – weil er vor allem Franzose sein wollte. Ach, diese Hartnäckigkeit, die ich so gut kannte; einmal beschlossen, blieb er sein ganzes Leben lang Albert. Aber Frankreich hatte sein Vertrauen enttäuscht, und es war sehr gut möglich, dass der scharfe Antisemitismus ihn jetzt dazu veranlasst hat, seinen jüdischen Namen deutlich zu betonen, schließlich hatte dieser nun umso größere Daseinsberechtigung; erst letzte Woche ist uns die Nachricht zu Ohren gekommen, dass Monsieur Bergson von einer Konversion zum Katholizismus abgesehen hat; auch der Professor weigert sich, den Juden den Rücken zu kehren und seine Herkunft zu verleugnen.

Kahn schob den dicken Fabre beiseite, seine Wangen waren eingefallen, sein Blick drückte die gleiche Gelassenheit aus wie immer. Und ich merkte, dass ich falschlag. Als ich ihm ins Gesicht blickte, erschien mir das Porträt von 1914 vor dem geistigen Auge, und ich hatte den Eindruck, dass er am Vorabend des Krieges, dadurch, dass er seinen richtigen Namen nannte, wieder aus dem Schatten treten wollte.

Jeden Tag lese ich, wenn ich durch das Zimmer gehe, eine Anzahl Etiketten, und jedes Mal suche ich mir eine andere Reihe aus, gehe von Kiste zu Kiste und murmle dabei vor mich hin. Die elegante Handschrift meiner Schwägerin Fernande beruhigt mich, die Namen strahlen eine gewisse Ruhe aus, und ich sehe Fernande mit ihren kurz geschnittenen Haaren – Gott erbarme sich ihrer Seele – noch immer da sitzen. Als mein Bruder Claude in den ersten Jahren ihrer Ehe nach Belgien ging, um in der Stahlindustrie zu arbeiten, hat sie sich geweigert, ihre Heimat zu verlassen. »Butter kann man nicht aus dem Rührkuchen ziehen«, erklärte sie entschieden. Meiner Schwägerin machte es Spaß, sich ihre eigenen Sprichwörter auszudenken. Sie ist immer in Frankreich geblieben und liegt hier in Boulogne begraben. Jede Woche besuche ich ihr schlichtes Grab.

Espagne, sie schrieb anmutige Buchstaben, *Suisse*. Beim letzten Schrank nehme ich die Leiter und lange oben nach der Kiste ganz links, auf dem Deckel liegt kein Staub, und doch puste ich, ein leichtes Pfeifgeräusch entsteht beim Ausatmen, das kommt durch den Luftzug. Dann gehe ich zum Fenster, um Autochrom

A12833 besser erkennen zu können, ich mache ein richtiges Ritual daraus und halte die Platte schräg, damit das Licht gleichmäßig auf das Glas fällt und die Farben dadurch zum Leben erweckt, es lässt den Trupp französischer Soldaten glänzen, die in ihrem Lager Karotten putzen. Die Bäume stehen herrlich voll und dunkelgrün in der Sonne, und auf einem offenen Platz in ihrer Mitte stehen dreiundzwanzig junge Männer. Sieben von ihnen sind so jung, dass sie noch nicht einmal einen anständigen Schnurrbart haben, zwei Soldaten hocken da und schauen aufmerksam auf die Karotten in ihren Händen, der Rest hat sich in eher entspannter Haltung breitbeinig aufgebaut. Sie tragen alle ihre blaugrauen Jacken mit runden Knöpfen, die orangefarbenen Möhren stechen frisch von ihren grauen Uniformen ab. Schalen verstreut über dem zertrampelten Rasen, und auf dem Boden, im Halbkreis ihrer Stiefel, eine Pfanne. Eine kleine, einfache Pfanne zum Braten von Karotten in einem Truppenlager in Dünkirchen. August 1917.

Das sind einige der Reisen, die wir unternommen haben:
Amerika, Hawaii, Japan, China
Mongolei
Norwegen
Schweiz, Österreich, Holland
Belgien

Heute früh, als ich die blutroten Fensterläden des Salons geöffnet habe – hier riecht es immer noch nach Zigarren –, dachte ich an ein Land, in dem wir, glaube ich, nie gewesen sind. »Mexiko«, habe ich leise gesagt und bin mit den Fingern am Fensterrahmen entlanggefahren. Ich weiß nicht, wie ich darauf kam, aber der Name hat etwas Lebendiges, und nach zwölf werde ich mit Kahn darüber sprechen; er ruht jetzt jeden Tag bis zur Mittagsstunde. Ich bin morgens mit den Heften beschäftigt, meine Hände sind noch gut zu gebrauchen, ich kann den Füllfederhalter zwar richtig halten, drücke aber die Feder zu fest aufs Papier, weshalb die Buchstaben hässliche Flecken in den Schleifen bekommen (es sind die dicken Striche, die verschmieren). Eine Schreibmaschine ist nichts für mich, das Anschlagen der Tasten würde wie Hagel auf dem Dach klingen, und ich stelle mir Kahns plötzliche Aufmerksamkeit vor, den Blick auf mein Gesicht gerichtet, und die Frage, die er beinahe vergnügt stellen würde: »Was treibst du da bloß wieder, Dutertre?«

Ich bearbeite in meinem Zimmer die Reiseberichte. Überall liegen Hefte, Briefe und lose Blätter herum, und es geht nicht so einfach, wie ich gedacht habe; manchmal muss ich bloß eine einzelne Passage durchstreichen oder jemanden weglassen, aber ein paar Mal muss ich auf einem frischen Blatt ganz von vorn beginnen. Für Kahn zerlege ich die Ereignisse und bringe die Einzelteile in eine andere Reihenfolge. Ein Motor lässt sich leicht auseinandernehmen, man kann sich aber nie ganz sicher sein, ob man ihn auch wieder richtig zusammenbekommt – allzu oft bleibt *ein* Schräubchen übrig. Ich übertrage meine Tagebücher in linierte Hefte mit festem Umschlag, auf dem Etikett vorne steht *Cahier*, und ich habe *Dutertre* daruntergeschrieben: *Cahier Dutertre*. Einige der ursprünglichen Texte sind schwer lesbar, ich habe sie unter widrigen Umständen aufgezeichnet, bei Eiseskälte, in schaukelnden Fahrzeugen oder auf dem Boden sitzend. Ich nehme mir die zu meinem Bericht passenden Fotoplatten aus dem Archiv und lege sie neben das Diaskop auf den Tisch. Für alle Fälle.

Übrigens sehe ich meine Aufgabe vor allem darin, seine Lebensgeschichte so getreulich wie möglich wiederzugeben. Ich verrichte meine Arbeit gewissenhaft, ich bin noch immer davon überzeugt, dass ich ein ausgezeichneter Chauffeur gewesen bin, selbst – oder vielleicht sollte ich sogar sagen, vor allem – dann, wenn der Fahrgast hinter mir das anders beurteilt hat. Kahn meinte, ich sollte mich beim Fahren mehr auf mein Gefühl verlassen, mehrmals hat er mir Mangel an Optimismus vorgeworfen, während ich mich gefragt habe, wo um Himmels willen uns seine Ideale hinführten.

»Fortschritt ist eine Frage der Hoffnung und des Gemüses«, pflegte er immer zu sagen (er hatte ein wahres Gottvertrauen in Bohnen und Salat, den Diesel für den menschlichen Körper). Ich behielt lieber die Straße im Auge. Die Route war schwer genug zu finden, Hunde bellten auf einem verlassenen Hof, und dieses Geblaffe trug weit, Lichter gingen aus und an, in einer Küche stand eine Frau in einem schlichten Kleid und knetete Teig, aber Kahn hatte nicht vor anzuhalten. Das *Archiv des Planeten*, angelegt, um den Frieden zu erhalten, hat auf jeden Fall den weltweiten Kampf überstanden. Eine Reihe von furchtlosen Autochromisten hat dafür gesorgt, dass die Sammlung weiterwuchs, und ich chauffierte immer mehr Gäste nach Boulogne. Besucher kamen auf Einladung oder hatten von dem Archiv gehört, und wenn sie sich einmal die Fotoplatten angeschaut hatten, fanden sie die Welt nicht allein kleiner, sondern gleichzeitig auch übersichtlicher, tadellos rubriziert und mit Etiketten versehen. Es muss beruhigend gewesen sein zu erkennen, wo ein jeder seinen Platz hatte. Kahn brachte einen Spiegel der Welt nach Paris, aber wer in diesen Spiegel schaute, konnte genauso gut den Schluss ziehen, dass die Welt anderswo war.

Der Ehrlichkeit halber muss ich zugeben, dass ein Großteil meiner Arbeit aus Warten bestand, sogar in der Nacht habe ich auf Kahn gewartet, und mit Geduld hatte das wenig zu tun – Gott weiß, wie ungeduldig ich war. Früher haben ihm vier Stunden Schlaf pro Nacht genügt, am liebsten unter freiem Himmel, und mehrmals ließ er sich bei Dunkelheit in den Bois de Boulogne oder den Parc de Saint-Cloud bringen. »Das ist das schönste Bett der Welt«, sagte er, wenn er sich im Moos ausstreckte.

Ich erinnere mich noch, wie ich in der Nacht Blätter und kleine Äste knirschen hörte. Er hätte natürlich auch in seinem Garten schlafen können, seinem eigenen Park von vier Hektar, auf einer Matratze aus Lärchennadeln, aber nach dem ersten Mal ließ Fernande ihn wissen, dass er die Gärtner erschreckt habe, als sie in aller Frühe den Rasen überquerten und ihn dort bewegungslos liegen sahen. Ich holte sie vor mein geistiges Auge, diese japanischen Gärtner mit ihren unerschütterlichen Gesichtern, und ich glaubte ihr kein Wort; die Japaner schliefen selbst auf dem Fußboden in der Orangerie, nein, es war ganz sicher Fernande selbst, die Angst hatte, die befürchtete, dass sich Kahn erkälten könnte oder Schlimmeres. Meine Schwägerin hatte aber nicht mit seinem eisernen Willen gerechnet, in der nächsten Nacht klopfte er nämlich einfach an meine Zimmertür und bat mich, den Wagen vorzufahren.

Sobald ich ihn am Morgen in die Rue de Richelieu zurückbrachte, übermannte ihn Trübsal. Jedes Mal kroch er mit niedergeschlagenem Blick auf die Rückbank, seufzend und stöhnend vor Unbehagen, und wenn wir dann sein Kontor in der Bank erreicht hatten, musste er sich die Knie abklopfen, bevor er ausstieg. Überflüssig zu erwähnen, dass ihm seine Arbeit in der Bank keine Erfüllung brachte, obwohl er verdammt gut darin war. Er konnte nie genug verdienen, sein wachsendes Vermögen verschaffte ihm Zugang zu den Kreisen, die er brauchte, um seine universalen Pläne bekannt zu machen, fast jeder Centime wurde in das Glück der Menschheit investiert.

»Mein lieber Freund«, schrieb er an Monsieur Bergson, »die Geschäfte laufen übrigens im Allgemeinen ziemlich gut, aber wie Sie wissen, ist nicht dieses mein Traum, und deshalb werde ich auch nicht glücklich sein, bevor ich mich meinen anderen Angelegenheiten widmen kann, und Sie sind der Einzige, der mir dabei helfen kann.«

Er holte mich aus dem Bett und bat mich, in den Wald zu fahren, er nannte mich »Petit« und schmunzelte über meine Müdigkeit. Wir verbrachten Nächte in totaler Finsternis, summend schaute er durch die Blätter zum Himmel, und obwohl ich lieber meine Ruhe gehabt hätte, verzieh ich Fernande ihre kleine Lüge: Es gehörte sich für einen wohlhabenden Herrn nicht, in seinem Garten zu nächtigen, im Parc de Saint-Cloud trafen wir wenigstens niemanden, der sich das Maul über ihn zerreißen würde, hier konnten ihn auch die Küchenmädchen nicht entdecken, denn was hätten die wohl dazu gesagt und miteinander getuschelt? Wenn es kalt war, nahm ich das Plaid von der Rückbank und breitete es über ihn, dann setzte ich mich hinters Steuer – und wartete.

Voilà. Der Wald, der Panhard. Die Bank, der Panhard. Holland, der Mercedes Simplex. Gare du Nord und Cap-Martin, der neue Renault. Ich habe den Wagen fertig gemacht und den Lack poliert, wie ich es Tausende Male getan habe, die Fenster geputzt, die Fahrzeugbeleuchtung nachgesehen.

In den vergangenen Wochen habe ich in diesem Haus in Boulogne das Leben eines Seiltänzers geführt, mit den Heften auf der einen und dem immensen Fotoarchiv auf der anderen Seite. Wieder reise ich kreuz und quer über die Kontinente, an manchen Tagen überschreite ich mehrere Grenzen und verspüre sowohl Hitze als auch Kälte. Ich bleibe für zwei Tage in Indien und mache einen großen Bogen um den Großen Krieg.

»Bring mir morgen Marokko«, sagt Kahn am Sonntagabend. »Irland dann später in der Woche.«

Manchmal werde ich in meinem Zimmer wach und weiß bei Gott nicht, wo ich bin.

An heiteren Tagen sage ich zu ihm, ich hätte das Gefühl, wir lebten in einem Autochrom, im Zimmer sähe es aus wie in einem Garten. Nun, da der Herbst naht, blättert die Tapete von den Wänden, und ich habe die Hussen über die Sessel gezogen, ich laufe im Halbdunkel durch das Haus und betrete leere Gemächer, in der Dämmerung lasse ich die hellgrünen Innentüren hin- und herschlagen. Ohne dass sich jemand um sie kümmert, zeigt die Villa ihr wahres Alter, aber sie ist noch immer farbenfroh. Es ist ein fast quadratisches Haus mit Fenstern an allen Seiten, von Sonne und Regen sind die Rahmen verwittert, und nach dem Weggang der Gärtner sind die Stufen auf beiden Seiten der Freitreppe zugewuchert, die Steine zerborsten.

Mein Zimmer liegt auf der Schattenseite des Hauses. Der

Raum hat taupefarbene Wände, der Boden besteht aus dunkelstem Holz, und des Öfteren habe ich das Gefühl, durch einen flachen Fluss zu waten, um zu meinem Bett zu gelangen. Hier drinnen ist es immer dämmrig, und es ist schön, im Lichtkranz der Lampe zu schreiben, das Schreiben selbst ist zu einer aufmunternden Beschäftigung geworden. Wenn ich die Tür zum Vestibül öffne, blinzle ich ins helle Licht, überrascht, dass es schon auf zwölf zugeht, und umgekehrt, wenn ich aus dem Archiv oder mit frischen Blumen für Kahn aus dem Garten komme, gibt mir dieser Raum ein Gefühl von Ruhe. Aus meinem Fenster blicke ich auf das Türmchen von Kahns Société Autour du Monde, einem Schnittpunkt aller Wege der Welt. Gelegentlich ertappe ich mich dabei, wie ich dasitze und hinaufstarre und erwarte, dass das Äffchen noch hinter den Fenstern herumturnt, das dort lange von einem der Mitglieder gehalten wurde. Die Société auf dem Gelände ist verlassen, ebenso das Labor im englischen Teil des Gartens, vom Regen ausgewaschene Farbschlieren laufen über die Wände, eines der zerbrochenen Fenster ist mit Brettern zugenagelt. Mit dem Zusammenbruch von Kahns Bank bleiben auch diese Türen dauerhaft verriegelt.

Durch den Eingang in der Rue du Port kamen früher jeden Monat die Kommissionsmitglieder und versammelten sich, in Gespräche vertieft, im Salon, wo die Stühle an den Wänden für sie aufgereiht waren (ich erinnere mich an einen jungen Anwalt aus Dahomey, sein Körper war unter so vielen Stoffschichten verborgen, dass es aussah, als hätte eines der Mädchen die Wäsche auf dem Sitz abgelegt und dort vergessen). Die Kommissionsmitglieder nannten die Société Autour du Monde auch den »Cercle«.

»Am Schnittpunkt aller Wege der Welt bleibt der ›Cercle‹ im Sinne des Reisens ein kurzzeitiger, aber inspirierender Aufenthalt«, schrieb Bergson seinerseits in einem der Briefe. »Wo eine Atmosphäre herrscht, die sich bei den bedeutendsten Menschen aller Länder großer Beliebtheit erfreut, besonders bei denen, die sich für den Traum von einer organisierten und besseren Menschheit erwärmen.«

Auf Bitten Kahns diskutierten die Mitglieder des Zirkels über die Länder, die von Studenten besucht und beschrieben werden sollten. Türkei! Jugoslawien! Wie sollte denn Unterricht möglich sein, wenn die Dozenten von morgen die Welt nicht gesehen hatten? Jeden Monat wurden ein paar Studenten in die Welt hinausgeschickt, einer nach Westen, der andere nach Osten, sodass sie sich nicht gegenseitig beeinflussen konnten. Die Studenten mussten einen Bericht über das Land schreiben, das sie besucht hatten, einen Bericht über die Kultur, die Lebensart und den Alltag der Menschen, die dort lebten. Von den jungen Leuten wurde aber nicht nur erwartet, dass sie auf Reisen gingen, um ihren Wissenshorizont zu erweitern, der hauptsächliche Auftrag lautete, ein Gefühl der Zusammengehörigkeit zwischen den verschiedenen Völkern zu entwickeln: *aus einem gleichzeitig patriotischen und humanitären Gedanken heraus.*

Ich glaube übrigens, dass eine Einladung zu einer Diskussionsveranstaltung des Cercle durchaus etwas von einem Verführungsversuch hatte: ein Mittagsmahl, ein Vortrag, ein ausgiebiger Spaziergang durch den Garten. Und wo sind sie jetzt, die Gäste, die Minister, die Dichter und Schriftsteller? Ich kann mich nicht erinnern, dass sich hier jemand zum Abschied hat sehen lassen, und es ist auch keiner gekommen, um wenigstens

Grüße auszurichten. Nur Monsieur Bergson ist geblieben, und ich weiß noch, der Professor kam normalerweise immer als Erster, er betrat den Raum, als wäre es ein Hörsaal, und legte seine Feder und sein Heft auf den einzigen Tisch, nahm ruhig Platz, wartete und zog ein pfiffiges Gesicht. Er schien es nie eilig zu haben. Oft folgten in seinem Kielsog ein paar Studenten, und wenn ich vorbeikam, sah ich die nervösen Jungen und Mädchen am Fenster stehen, die armen Teufel, die an ihren Kleidern herumzupften.

Die Stimmen sind erstorben, die Diskussionen verstummt, was bleibt, sind die Reiseberichte, einige als Vorläufer der Autochrome, denn Kahn hatte lange vor der Erfindung der Farbfotografie mit dem Aufbau seiner Société und der Erteilung seiner Reisestipendien begonnen. Da war die Dreyfus-Affäre, die Frankreich bis ins Mark erschütterte, und es gab Kahn mit seinen anonymen Spenden. Jetzt erst bin ich alt genug, um zu begreifen, wie bemerkenswert seine Anonymität zu der Zeit war, als man mit öffentlichen jüdischen Schenkungen versuchte, ein Gegengewicht zum Antisemitismus herzustellen, und ich zittere ein wenig, wenn ich sage: Es war, als würde er Trompete in einem schalldichten Raum spielen. Allenfalls Schritt für Schritt trat er als Mäzen an die Öffentlichkeit. Für Kahn war die Welt ein Garten, wo man einander auf dem Rasen über den Weg laufen konnte, alle Reisen hielt er für *eine* auf Langzeit angelegte Studie, die Frankreich die Richtung weisen konnte, die es einschlagen sollte. Welche Ambitionen hatten die Länder um uns herum? Wie könnten wir miteinander zu einer Einigung kommen?

Ich habe keinen Augenblick daran geglaubt, dass seine Ideen auch nur ein einziges Volk daran hindern würden, zu den Waffen zu greifen, und jede andere Behauptung ist eine offenkundige Lüge. Aber wer bin ich denn, um über wahr oder unwahr zu rechten, warum sollte ausgerechnet ich die Weisheit gepachtet haben? Ich habe mehrere Männer gesehen und gehört, Männer von Ansehen und großer Intelligenz, die dem Cercle und dem *Archiv des Planeten* treu ergeben waren – für eine längere Zeit wenigstens – und neue Gäste zu den Treffen mitbrachten. Sofort schießt mir da Rabindranath Tagore in den Sinn, der Dichter, der auf Spaziergänge versessen war. Mitten im Gespräch wollte er unbedingt nach draußen und überredete seinen Gesprächspartner, ihn zu begleiten. Sein graues Gewand wölkte wie Rauch um seine Füße. Und dann war da der Herr Einstein, der eine Rede über diese neue Krankheit namens Nationalismus hielt. Ganz entspannt saß Einstein in der Mitte des Salons, trug eine beige, reverslose Jacke mit aufgesetzten Taschen. Trotzdem machte er den Eindruck eines Fürsten, und obwohl seine Skizzierung des Krankheitsverlaufs nicht eben rosig klang, funkelten seine Augen. Im Zimmer war es still, abgesehen von dem Scharren der Schuhe, und Einstein sagte, dass der Mensch ein starkes Gegengift finden müsse, um die Symptome zu bekämpfen.

»*Das Archiv des Planeten* –,« hier unterbrach er sich, weil eine Dame ihm eine Frage stellen wollte, zu meinem Bedauern, muss ich sagen: Es war eine eher triviale. Im Nebenzimmer schlug ich meine Beine übereinander und wieder zurück, drückte die Fersen in den Teppich und betrachtete meine sauber geschrubbten Hände. Plötzlich hörte ich Herrn Einstein sehr deutlich sagen: »Ich fahre gern Fahrrad.«

All das geschah nach dem weltweiten Kampf. Soweit ich es

verstanden hatte, waren die Friedensgespräche nicht gut verlaufen, und auch in Kahns Société waren Übereinstimmungen ein rares Gut. Dutzende hemdsärmlige Männer versammelten sich, und alle versuchten, ihren Senf dazuzugeben. Sie stritten sich lauthals über die ins Auge gefassten Pläne, eine Mauer an Frankreichs Grenzen zu Deutschland und Italien hochzuziehen, eine Idee, vor der es Kahn grauste. Durch eine Mauer konnte man nicht hindurchsehen, man konnte höchstens etwas darüberwerfen. Und was dann wohl? Viel bliebe da nicht, genau der Grund, warum einige Gäste fanatisch für die Notwendigkeit deutscher Reparationen plädierten.

Von meinem Platz aus lauschte ich den Gesprächen, die in anmaßendem Ton geführt wurden; ich erkannte die leichte, manchmal etwas verkniffene Stimme von Monsieur Bergson, der durch rabiate Unterbrechung zum Schweigen gebracht wurde. Die versammelten Gäste fanden genügend Worte, ich dachte bei mir, dass sie mehr Worte als Geld hatten, im Gegensatz zu Kahn, der zwar Geld im Überfluss besaß, dem aber offensichtlich kaum Worte zur Verfügung standen. Er hatte seine Fotografen, die sich für ihn auf den Weg machten und ihm ihre Platten zuschickten; die Fotos sollten für ihn sprechen, sie waren seine Argumente, sein Plädoyer für eine friedliche Welt. Die Welt folgte unterdessen ihrem eigenen Weg.

»Ich würde zu gern wissen, wo all diese Kohle liegt«, sagte jemand in einem Ton, wie man den Ober fragt, wann das Brot kommt, als wäre es die normalste Sache der Welt, sich nach sieben Millionen Tonnen Kohle zu erkundigen. Und wo war Kahn plötzlich geblieben? Vielleicht in seinem Arbeitszimmer, umgeben von seinem Krimskrams. Man nahm sein Verschwinden nicht übel oder ließ sich wenigstens nichts anmerken, schließlich war er der Hausherr und konnte tun und lassen, was ihm in den Sinn kam. Ein Privileg, das zu seinem Reichtum gehörte.

Ich rutschte weg, der Stuhl war unbequem, fortwährend schob ich mich hin und her. Laut Fernande war das ein Kleiderstuhl, und genauso fühlte ich mich auch; wie ein ausrangiertes Jackett. Es fehlte wenig, und ich hätte um meinen Abschied ersucht. Mich ärgerte dieses Geschwätz, das wird es gewesen sein, ich war müde, und manchmal dachte ich, dass ich der Einzige war, der gekämpft hatte, was natürlich Unsinn ist. Wir wissen nicht, was mit Claude geschehen ist, ein Brief ist nie gekommen. Kipling hat seinen Sohn im Großen Kampf verloren. Das hat mir der Schriftsteller auf der Rückbank des neuen Renault an einem der sonnigsten Tage in Paris erzählt.

Mein Körper ist ganz steif, als ich mich endlich erhebe, ich habe zu lange still dagesessen und nach dem Türmchen und Kahns verlassener Société geschaut. Es bleibt keine Zeit mehr, Blumen zu pflücken, von hier aus muss ich ein ordentliches Stück laufen, um zu seinem Zimmer auf der anderen Seite der Villa zu gelangen, und mit jedem Schritt versuche ich, meinen Rücken durchzudrücken, durch das Archiv gehe ich in die Küche – den Rücken noch etwas gerader – und trage das karge Mittagsmahl, das aus Tee und Brot besteht, vor mir her. Die Tassen klirren auf dem Servierbrett, ich lasse sie wie Glöckchen klingeln. Ich öffne seine Tür und schiebe die Vorhänge zur Seite.

»*Bonjour, Monsieur*«, sage ich so munter wie möglich. »Was halten Sie von Mexiko?«

Sein Gesicht auf dem Kissen ist allmählich ein wenig rosafarben geworden. Er liegt in seinem violetten Morgenmantel da, den er so gerne trägt, ein formloses Stück Satin, in dem er wie eine Aubergine aussieht, und wir stellen uns die Mexikaner vor, gehen gemeinsam in die Dörfer und ziehen über die Berge, ich konzentriere mich auf den Weg, der vor uns liegt, und wie immer kümmere ich mich um unser Gepäck, die Tiere und darum, dass das Trinkwasser sauber ist, ich schraube die Kamera auf das Stativ und stelle die Linse scharf. Sieh an, eine neue, unbekannte Reise durch sein Zimmer.

Aber nichts ist weniger wahr, ihn verlangt es nur noch nach seinem Archiv. Er trägt mir auf, Berichte vorzulesen, und lauert wie ein Buchhalter auf Unregelmäßigkeiten, während ich auf meinem Stuhl oder an dem kleinen Sekretär, auf dem ich Hefte und Fotos ausgebreitet habe, mein Bestes gebe, ihn mit heiler Haut durch die Sammlung zu leiten – auf der sicheren Route. Er lehnt sich zurück und betrachtet von seinem Bett aus die Tannen, mit seinem Blick folgt er dem Eichhörnchen, das fast jeden Nachmittag den Stamm hinaufschießt, das Schnäuzchen voller Zweige für seinen Kobel. Die Farne beginnen zu leuchten, die Blätter sind silbergrün, die Felsen trocknen in der Mittagssonne und hellen sich auf, und durch die Fenster sieht er die Landschaft seiner Jugend. Vergangenen Sommer standen die Gartentüren noch weit offen, und seine dürre Stimme übertönte kaum den Gesang der Vögel, jetzt werden die Tage kälter, und ich halte Türen und Fenster geschlossen. Ich denke, ich hätte doch ein paar Blumen pflücken sollen, ja, das hätte ich tun sollen. Blumen sind für Kahn ein Quell der Freude. Meist schneide ich auf gut Glück Rosen oder einen Strauß Krokusse; im Gras an den Wänden der Villa wachsen die Krokusse tapfer weiter.

Er führt den Becher zum Mund und kleckert, ungeduldig wischt er sich am Kinn entlang. »Marokko«, mahnt er und wendet sich mir zu.

Ich frage mich, ob er als junger Mann schon so kompromisslos war. Ich würde gerne Monsieur Bergson Licht in dieses Dunkel bringen lassen, aber der Professor ist ebenfalls krank.

Tagebuchaufzeichnungen

New York

21. November. Freiheitsstatue. Die Thornton auf das Stativ, den Balg maximal ausgefahren. Dichter Nebel und Nässe – eine Enttäuschung. Die Kamera wieder eingepackt. Von hier war nicht einmal New York zu erkennen. Alles war weiß. Lauter Jubel, als die Laufplanke herabgelassen wurde. Wo war sie? Sie war im Trubel nirgends zu entdecken. Ich hoffe, dass ihr Foto etwas geworden ist. Alma Mahler ist in der unsichtbaren Stadt verschwunden. Die Ankunft fühlte sich plötzlich wie eine Abreise an. Selbst Kahn aus den Augen verloren.

Ein Zollbeamter hielt mich auf. Ich wurde gefilzt. Ein Arzt schaute mir in den Mund, alle Koffer mussten aufgemacht werden. Der Beamte kramte mit seinen dicken Fingern in meinen Sachen herum. Wie ein Tier, das sich durch die Erde gräbt. Ich zeigte ihm die Kamera. Er wollte wissen, ob ich Anarchist bin. Er drückte mir einen Stift in die Hand und zwang mich, es aufzuschreiben: kein Anarchist. Kein Polygamist. Was für eine Unverschämtheit! Ein Franzose würde derartige Fragen niemals stellen. Wer hat die Überfahrt bezahlt, bin ich gesund? Wie lange werde ich bleiben? Besitze ich mindestens dreißig Dollar?

Plötzlich hatte ich Angst, dass ihr die gleiche Behandlung zuteilwerden würde.

Er hat ein *Hansom Cab* für uns angehalten. Die Straßen New Yorks sind brechend voll mit den schönsten Autos. Und wir sitzen in dieser Karre, die von einem Pferd gezogen wird. Er sagte, dass ihn New York schon früher überwältigt hat. Ich habe ihn nichts gefragt, ich glaube, ich war immer noch durcheinander von unserer Ankunft. Ein Ereignis, von dem ich mir keine Vorstellung gemacht hatte. Schweigend fuhren wir nach New York hinein. Vielleicht hat er mich deshalb ausgewählt: Ich verstehe mich auf die Kunst, nichts sagen zu wollen. Was etwas anderes ist als das lebhafte Schweigen von Maman.

Der Kutscher saß auf einem erhöhten Platz hinter dem Verdeck. Oben auf dem *Cab* waren zwei Ringe, durch die die ledernen Zügel von vorne nach hinten liefen. Sie scheuerten über das Dach. Es klang, als führen wir unter unsichtbaren Bäumen – Zweige, die anklopften. K. wurde poetisch. Sagte, ich müsse wie ein Vogel in einem Garten sein. Vorurteilslos. Neugierig und frei. In ganz vertraulichem Ton sagte er, dass ich mich frei fühlen soll, meine eigenen Entscheidungen zu treffen. Wenn ich ihn chauffiere, wähle ich die Route, er aber entscheidet über die Ankunft. Jetzt ermutigte er mich, meinen eigenen Weg zu suchen. Wir stehen vor großen Umwälzungen, D., sagte er.

Er wirkte sehr entspannt. Frankreich hatte ihn in den letzten Monaten deprimiert. Er konnte es nicht warm genug kriegen. Fernande hatte den Kamin angeheizt, obwohl die Temperatur wirklich angenehm war. Von Zeit zu Zeit ließ ich den Panhard an in der Hoffnung, das Motorengeräusch würde ihn auf die Idee bringen, einen Ausflug zu machen. Ich hinter dem Steuer in der Zufahrt. Und die Tür der Villa verriegelt und verrammelt.

Ich habe ein riesiges Gebäude gesehen. Das Dach im Nebel wie ein Berggipfel. Flatiron Building, sagte er. Danach kamen wir zum St. Regis Hotel an der Fifth Avenue. Ein hinaufsausender Aufzug! Mir wurde schwindlig. Eigenes Zimmer mit Kleiderschrank, Doppelbett, Schreibtisch und Briefpapier. Ein ruhiges Zimmer – so hoch oben, dass der Straßenlärm nicht hier heraufdringt.

Ich lese noch einmal das Buch von Lumière. Den Schlag üben, würde Campbell dazu sagen.

22. *November.* Er hat den neuen Ford T schon gesehen. Gestern Abend ist er allein ausgegangen. Heute Morgen haben wir das Vérascope und den Wechselsack mitgenommen. New York hat mich kalt begrüßt. Trübes Licht. Nicht gut für Farbaufnahmen. Fifth Avenue, außergewöhnlich breite Trottoirs. Ich fühlte mich überhaupt nicht wie ein Vogel. Eher übermütig, als wäre ich wieder ein Kind. Ein Hauch Bitteres im Süßen. Central Park, New York Plaza. Das Plaza hat eine unwahrscheinliche Anzahl Fenster: mit dem Zählen anfangen und eine halbe Stunde später noch nicht fertig sein.

Es gibt viel Schatten in New York, nicht etwa von Bäumen, sondern von Gebäuden. Ein Schlagschatten, in dem man verschwinden kann. Immer noch höhere Gebäude. Die New Yorker sind modebewusst, die Herren tragen hier Melonen. Ich habe meinen Kopf in Manhattan Maß nehmen lassen. Jetzt trage ich auch einen »Derby«. Ordentlich in Schale geworfen, näherte ich mich dem Flatiron. Plötzlich zerrte mich eine heranbrausende Windbö zur Seite. Alle Passanten wirbelten herum und torkelten – fliegende Rockschöße. Als befände ich mich in einem

Vogelschwarm! Schwankender Boden. Habe den Hut gut festhalten müssen. Ich pflügte mich tief gebeugt voran. Plötzlich war es vorbei.

Er sagte, dass es ein Fallwind gewesen ist. Gleich dem Wind, der von einem Berg herabstürzt. Männer bleiben auf der Straße stehen und sehen zu, wie die Kleider der Damen hochflattern. Die Polizei muss sie verscheuchen. Bravo, sagte er, dass du es geschafft hast, die Kamera festzuhalten. Er fragte, ob ich die Schwäne im Central Park gesehen hätte. Und den Stall mit dem Bärenjungen. Ein Geschenk, meint er. Er erzählte, dass in Japan viel Fisch gegessen wird. Ich verlor den Faden des Gesprächs und dachte an Fernande. Ihr köstlicher Heilbutt mit Kartoffeln und Bohnen.

In meinem Zimmer an sie geschrieben. Dickes Briefpapier, weich. In Paris haben sie eine andere Zeit. Heute Morgen hat sie sicher im Seitenschiff der Kirche gesessen. Jetzt trägt sie ihre Arbeitsschürze. Aber nicht ihre Mütze.

Es wird Nacht. Ich glaube, ich kann den Bären im Central Park brüllen hören.

Er will, dass ich dieses Tagebuch führe. Ich habe beschlossen, dass er es niemals lesen darf. Allein schon der Gedanke! Ich habe meinen Namen in großen Buchstaben auf die Vorderseite geschrieben.

24. November. Film von der St. Patrick's Cathedral gedreht, als die Leute aus der Messe geströmt kamen. Fotos von der Brooklyn Bridge mit Blick auf den Hudson River (schönes Sonnenlicht). Die Luft ist leicht und klar. Ich traue mich nicht recht, die Arbeiter zu bitten, für mich zu posieren. Wer bin ich denn, so etwas zu verlangen? Ich bin ein Fremder in dieser Stadt.

Ich machte ein Foto von einem Metzger in der Wall Street, der verlegen zwischen seinen Würsten stand. Blick zur Seite. Ach, ich muss entschlossener auftreten! Unsicherheit ist wie ein Fieber. Wie kommt er darauf zu denken, ein Mechaniker sei dasselbe wie ein Fotograf? Es stimmt nicht. Ich bin nicht der Mann, für den er mich hält. Ich habe keinen Zweifel, er wird bald dahinterkommen.

In New York kann man dreimal rechts abbiegen, und man landet wieder genau beim Ausgangspunkt. Das geht in Paris nicht. Ich habe noch keinen Ford T gesehen. Dafür hässliche Jeantauds. Bei Cook Agency Fahrkarten für den Expresszug nach Buffalo gekauft. Für die Niagarafälle werde ich die Thornton mit Stativ nehmen. Er glaubt, von Kanada aus die beste Sicht zu haben.

Heute Abend hat er mir etwas Unglaubliches erzählt! Wir fuhren vom New Yorker Hauptbahnhof in Richtung Buffalo los. Im Abteil sprach er sehr eindringlich. Je mehr ich darüber nachdenke: Er hätte Dozent werden können. Wie der Professor. Er hat nach den Farbplatten gefragt und wollte wissen, ob es geklappt hat: arbeitende Menschen vor der Kamera. Ich wusste nicht, was ich sagen sollte. Ich habe versucht zu erklären, dass man für eine gute Aufnahme stillhalten muss. Posieren. Er hörte nicht zu. Er sagte, dass Farbfotos wie ein Spiegel funktionieren. Ich hoffe, dass er findet, was er sucht, habe ich da gedacht. Denn meine Fotos werden nie ein Spiegel werden.

Dann hob er den Zeigefinger. Schon auf der *SS Amerika* hätte er einen Plan ausgearbeitet. Nicht nur die Amerikaner werden fotografiert. Nicht nur die Chinesen und Japaner. Und schon gar nicht nur ihre alten Gewohnheiten und Bräuche. Wo denkst du hin! *Alle* Völker der Welt kommen vor die Kamera. Ganz Europa, Asien und Afrika. Alle Menschen in ihrer wunderbaren Schlichtheit. In Farbe!, rief er. Wie großartig, wenn man sie sich alle ansehen kann. Wer sollte da noch ein Fremder sein? Wer vergessen sein? Ein Fenster mit Blick auf die Welt. Sein Fenster. Er nannte es sein *Archiv des Planeten*.

Ich habe ihm nicht gesagt, was ich hier aufschreibe: Irrsinn. Er würde alles tun, um den Frieden zu bewahren, sogar in den Krieg ziehen. Alle Völker! Heißt das, wir kommen nie wieder nach Hause?

Boulogne, Paris

»Auf geht's«, sagte Kahn, fuhr die Ellenbogen aus und jagte seine Fotografen um die ganze Welt. Nach mir arbeiteten verschiedene Autochromisten an seinem *Archiv des Planeten*: Stéphane Passet, Paul Castelnau, Georges Chevalier, Léon Busy, Roger Dumas, Auguste Léon. Ich kann sie unmöglich alle aufführen, es sind so viele, und sie waren immerzu unterwegs. Voilà, meine Farbplatten waren die ersten in einer Reihe, die die Welt retten sollte – Gott bewahre, was für ein anmaßender Plan! Ich strauchelte oft mit der Ausrüstung, hatte Herzklopfen bis in die Ohren, spürte das Gewicht auf meinen Schultern und die Erwartungen, die mir mit größter Selbstverständlichkeit aufgeladen wurden. Gestern Morgen las ich in meinem Tagebuch, dass ich insgeheim hoffte, die Fotos mögen misslingen. Es wäre besser, habe ich notiert, wenn alles schiefgeht und Kahn von seiner Idee erlöst wird. Fröhlich stellte ich mir dann unsere Heimkehr aus China vor, das törichte Vorhaben noch frisch in Erinnerung: Mir wäre zwar mulmig zumute gewesen, aber die schlechte Qualität der Bilder hätte mich auch zum Spott verleitet.

Nicht im Traum konnte ich mir vorstellen, wie groß das Archiv schließlich werden würde und wie viele Fotografen daran mitarbeiten sollten. Ich erinnere mich an Auguste

Léon, einen Kerl mit einem Schnurrbart wie ein Murmeltier, das unter seiner Nase schlief (Léon erinnerte mich an Moses Adler, denn genau wie dieser Apotheker war er in seinem weißen Sommeranzug nett anzusehen), mehr weiß ich nicht. Nur ihre Namen sind geblieben, ordentlich auf dem gummierten Rand rund um die Platten notiert, sie kamen und gingen, sie saßen auf meiner Rückbank, in ihrem Jackett ein Umschlag, den Kahn ihnen gegeben hatte, und musterten erstaunt die hell erleuchteten Geschäfte und die belebten, fast überfüllten Straßen. Als wäre nicht der ferne Irak oder Vietnam, wo sie gerade herkamen, sondern Paris ein fremdes Land.

Und unter all diesen Männern Marguerite, Mademoiselle Mespoulet mit ihren strahlenden Augen – du lieber Himmel. Ich hatte sie schon einmal bei einer Zusammenkunft gesehen und angenommen, sie wäre eine Studentin, bis zu dem Morgen, an dem sie ihr Material abholte und einfach so durch den Garten spazierte. Es war Herbst, wie jetzt auch, die Kastanien fielen herab, und Marguerite bückte sich, um eine aufzuheben, mit einer Hand raffte sie ihren Rock zusammen und hob ihn bis zu den Knien, mit der anderen Hand tastete sie im Gras herum. Als sie sich wieder aufrichtete, sah sie mich vor der Garage stehen, sie hatte sicher angenommen, allein zu sein, ließ aber weder ihren Rocksaum fallen, noch neigte sie den Kopf, ganz im Gegenteil. Marguerite hob ihr Kinn und starrte mit einer Unverfrorenheit zurück, dass ich derjenige war, der den Kopf beugen musste, beschämt und unbeholfen.

Marguerite arbeitete in Irland, und Kahn hat unbestreitbar eine Vorliebe für ihre Fotoplatten, ich denke, dass die leuchtenden Farben ihrer Aufnahmen ihn glücklich machen.

Bring mir morgen Marokko. Irland später in der Woche.

»Welches Bild ist Ihnen das liebste?«, frage ich manchmal, wenn ich an seinem Bett sitze. Und er antwortet: »Sie sind mir alle gleich lieb.«

Eine Lüge. Eines seiner Favoriten ist das Bild des irischen Mädchens. Vierzehn Jahre alt und schon dieser weise Blick!

Irland steht immer auf dem Tisch bereit, er muss nur an mein Handgelenk tippen, und ich weiß, dass er den Stechginster anschauen will und das grün-schwarze Gras; dass er die *Irish Colleen* sehen will, also nehme ich das Diaskop und schiebe das Bild hinter das Glas. Er streckt seine Arme aus, und ich lege den Betrachter auf seine Handflächen, lasse ihn da ruhen, dann helfe ich ihm, seine Hände für das Autochrom Nummer A3640 hochzuheben: Das Mädchen sitzt in einem nackten Feld auf einem Steinhaufen, die Steine sind schwarz vom Regen, ihre schmutzigen nackten Füße stehen auf dem Boden. Beide Hände liegen im Schoß, und sie sieht aus, als würde sie lauschen. Mian, sie heißt Mian. Marguerite Mespoulet hat auch ihren Namen auf den gummierten Rand der Platte geschrieben und ihr damit einen Platz in der Welt zugewiesen. Sie trägt einen offenen Umhang, die typische Tracht aus dem irischen Claddagh, einen glänzenden tiefroten Überwurf über einem einfachen Kleid. Den Mantelsaum hat sie wie eine Kapuze über den Kopf geschlagen, zur Hälfte über ihr Haar. Dunkle Haare, dunkle Augen, die direkt in die Kamera blicken, ihr Gesichtsausdruck lässt sie älter wirken. Um den Hals ist ein gewebtes Tuch mit feinem Muster geschlungen, eine Franse scheint sich im Wind zu bewegen, und ich frage mich, ob sie nicht friert, ihre Wangen sind so kreidebleich. Marguerite hat das Kind am 25. Mai 1913 gebeten, für sie zu posieren, Mian ist zu diesem Zeitpunkt vierzehn Jahre alt. Das schöne Rot auf dem Bild macht Kahn glücklich, so glücklich, dass er nur daran denkt.

Drei Tage, nachdem Marguerite aus Irland zurückgekehrt war, hat sie uns in Boulogne aufgesucht. Die Rosen blühten schon, wir hielten die Fensterläden wegen der Hitze geschlossen und tranken Tee im Garten, im Schatten der Goldlärche. In der Ferne lag Paris und glühte. Marguerite saß neben mir in einem Rattansessel, und ab und zu linste ich zur Seite, ich wusste nicht so recht, was ich von ihr halten sollte. Ihr Charakter hat mir ein bisschen Angst gemacht, für eine Frau war sie gehörig emanzipiert, und ich konnte sie mir gut vorstellen, mit dem Stativ über der Schulter, umringt von dem ruppigen Völkchen. An diesem Nachmittag sah sie noch mürrischer aus als sonst, sie glich einem Fuchs, fand ich, zumindest genauso frech, obwohl ihr Haar als Kind gewiss röter gewesen ist. Der Garten war voller Meisen und Finken, in der Stille der Hitze hörte ich plötzlich eine Amsel singen, und während Marguerite aufstand und sich wieder hinsetzte, strich sie mit flachen Händen über ihr Kleid, und ich sah die Rundung ihres Busens unter dem Leibchen.

»Dennoch bin ich schockiert über die Armut, die mir da begegnet ist«, sagte sie.

Wieder stand sie auf, drehte sich um und verließ uns, hörbar schlurften ihre Füße über den Weg. Sie war lange, sehr lange in Irland gewesen, und ich weiß noch, dass ich später dachte, sie sieht aus, als hätte sie etwas von diesem irischen Kummer in sich aufgesogen. Als sie zu uns zurückkehrte, hatte sie ein Heft in der Hand, und ich warf einen schnellen Blick auf Kahn, seine Haltung war unverändert, zurückgelehnt saß er da und sah Marguerite zu, wie sie das Heft aufschlug und anfing, darin zu blättern.

»Wenn Irland nicht das Land eines frischen, funkelnden Smaragdgrüns ist, dann ist es das düstere braune Morastland, auf dem ein schwerer grauer Himmel lastet, aber im Mai und Juni steht das Moor in Blüte, der Ginster, die gelben Sumpfblumen öffnen sich ...« Kopfschüttelnd blätterte sie weiter. »In der Bucht von Galway liegt das kleine Fischerdorf Claddagh. Mit seinen schmalen, grauen Häusern erinnert es an die Dörfer der Bretagne. Die Bewohner sind schmutzig. Die Kinder sind nicht sauberer als die armen Kleinen, die ich hier sehe, sie sind mit einer Hautflechte infiziert.« Ihre Stimme klang schwerfällig, die Zunge bewegte sich träge hinter den Zähnen. Dann sah sie Kahn ganz direkt an. »Die Entvölkerung ist für Irland genauso gravierend wie für Frankreich«, erklärte sie nachdrücklich. »Es sind nicht nur die jungen Männer, die nach Nordamerika gehen, auch die jungen Frauen. Die alten Leute sterben, und ihre verlassenen Häuser verfallen zu Ruinen. Ich habe kaum ein Dorf gesehen, in dem es nicht einige dieser grauen Pfahlzäune gibt, überwuchert von Brennnesseln. Wir müssen versuchen, so viele Landeskinder hier zurückzuhalten, wie das Land braucht, um nicht zu verkümmern.«

Kahn strich sich durch den Bart. Er fragte: »Machst du auch Gymnastik, versprichst du das?«, fragte er. »Isst du richtig? Denk an deine Gesundheit, Marguerite. Als ich jung war ...«

Marguerite drückte das Heft an ihren Bauch und schaute abwechselnd von ihm zu mir, sie wirkte verloren. Der Wind frischte auf, der Saum ihres grauen Kleides bauschte sich, gab ihre Waden und die schmutzigen Stiefel frei, und ich fragte mich, ob sie manchmal einsam war, vielleicht sogar einsamer hier in ihrer Heimatstadt Paris, als wenn sie im Land von Galway unterwegs war.

»Komm«, sagte Kahn in die Stille hinein, die nach seiner Unterbrechung aufgekommen war, »jetzt möchte ich gern die Fotos sehen.«

Er hatte seine Jacke schon ausgezogen, die Sonne schien auf sein weißes Hemd, während Marguerite in die Runde schaute, als suchte sie einen Platz, um ihr Heft abzulegen, sie wandte sich ihm zu, und es lag eine Welt zwischen ihnen. Ich roch den süßen Duft von Rosen und den scharfen Geruch von Schweiß, und jetzt, da ich an all das zurückdenke, überrascht es mich, wie gut es mir in Erinnerung geblieben ist: Kahn zog es ins Haus, in den Raum, wo die Autochrome bereitlagen, und sie schlurfte hinter ihm her, wirkte unwillig und warf einen Blick über ihre Schulter Richtung Himmel.

Ich hatte das Luxus-Diaskop aufgestellt, er liebte die Handgriffe, die nötig waren, um die Fotos ansehen zu können: Häkchen aushängen, die Ledertürchen aufmachen, die Harmonikaseiten hochziehen, sodass der Spiegel freigegeben wurde. »Ouvertüre«, sagte er dann genüsslich, »für mein Bilderkonzert.«

An dem Nachmittag klappte er ohne Umschweife das Leder zur Seite und sah Marguerite durchdringend an, zu ungeduldig, um noch warten zu können.

»Darf ich vorstellen«, sagte sie, »Mian Kelly.« Aus ihrer Stimme klang Trauer.

Kahn beugte sich nach vorn, seine Finger krümmten sich auf

der Tischplatte, jedes Mal, wenn Marguerite die Platten wechselte, richtete er sich auf, und ich sah sein Gesicht, seine Schultern strafften und entspannten sich wieder. Marguerite nannte die Namen der Dörfer, die sie fotografiert hatte, und als sie fertig war, verließ Kahn, ohne ein Wort zu sagen, das Zimmer. Ungläubig starrte sie auf die Tür, durch die er verschwunden war. Für einen Moment überlegte ich, mich in seinem Namen zu entschuldigen, ich konnte mir nicht vorstellen, dass er zurückkehren würde, um es selbst zu tun. Er ist unmöglich, was Umgangsformen angeht, fast wie ein Kind. Ich bin auch Fotograf, wollte ich ihr sagen, während ich spürte, dass mir die Schamesröte ins Gesicht stieg. Erinnerte sie sich daran, wie ich sie belauert hatte? Einen Moment standen wir schweigend beieinander, und ich legte meine Hand auf die Stuhllehne, dann presste sie ihre Lippen missbilligend aufeinander, und ich zog meinen Arm wieder zurück, ging zur Tür, um ihr für ihr Kommen zu danken. Sie wäre hübsch, wenn sie öfter mal lachen würde.

Erst als sie weg war, konnte ich mir die Bilder selbst ansehen. Ich setzte mich mit dem Gesicht zum Fenster und breitete die Glasplatten vor mir aus, durch den halb offenen Fensterladen strahlte der Garten in der Mittagssonne, und ich brauchte keinen Betrachter; eine nach der anderen hielt ich die Platten kurz gegen das Licht und lernte ein Land kennen, in dem ich nie gewesen war. Das also war Irland, das Marguerite mit ihrer Kamera bereist und wo sie all die Männer und Frauen aufgenommen hatte. Wer waren sie? Wer waren sie wirklich? Ich trat ihnen entgegen, blieb aber auf der Schwelle zu ihrer Welt stehen und war mir noch immer des Zimmers bewusst, in dem ich mich aufhielt. Dann sah ich ein Bild, das mir den Atem verschlug, und ich taumelte nach vorn.

Offenes Land, graues Land ohne Vieh. Wolkenschatten über dem Feld. Zwei grauweiße Cottages mit Lehmwänden und Reetdächern zwischen einem Wildwuchs an Sträuchern. Das Reet beginnt schon zu verfaulen, Moos wächst um den Schornstein, und Vögel haben dort ihre Nester gebaut, Steinhaufen türmen sich an der Außenwand, Hühner scharren auf dem nackten Boden. Die Häuser haben keine Fenster, nur Löcher in den Wänden, die einen Blick auf ein Feld voller Rinnen freilassen. Hier leben Familien um den bemoosten Brunnen, vor dem drei Jungs posieren; dass sie herumalbern, ist ihren fröhlichen Gesichtern anzusehen. Kinder ohne Schuhzeug, mit zerrissenen Hemden und Hosen, die über den Knöcheln enden. Ein Eimer schaukelt am Rand des Brunnens. Links von der Gruppe, fast unsichtbar, bewegt sich ein Schemen über das Gras, zerbrechlich und klein, das Mündchen wachsbleich über dem schwarzen Cape.

Ich konnte meinen Blick nicht mehr losreißen. So über das Land zu schweben, so leicht und zart, und man konnte mitten hindurchsehen – ein Gespenst, Marguerite hatte ein Gespenst eingefangen.

Inzwischen habe ich mir sagen lassen, dass die Cottages abgerissen wurden, um Platz für modernere Häuser zu machen, die Bewohner von Claddagh sind verschwunden, über das ganze Land verstreut, und Kahn ist froh, dass er die Fotos noch hat. Wo ist das Mädchen geblieben? Es irrt da ganz sicher noch herum, arme Kleine, irrt immer weiter über das Feld.

Marguerite habe ich nie wiedergesehen, ich spitzte immer die

Ohren, ob ich vielleicht ihre Stimme unter den anderen heraushören würde, ihren schlurfenden Gang, bis Fernande mir sagte, dass sie nach Amerika gegangen ist. Einstein ist nach Amerika geflüchtet, und ich hoffe, dass sie sich dort treffen, es klingt naiv und provinziell, wenn ich das sage, aber ich hoffe es trotzdem, als ob sich ein Teil dieser Fährte, die durch diese Räume führt, dort fortsetzen würde; Herr Einstein in seiner blassen Weste und Marguerite im fernen Amerika, wo vielleicht auch Alma Mahler noch ist. Kahn neckt mich ab und an ganz gerne mit ihr. »Ach, die Schönheit von Madame Mahler«, sagt er dann und suckelt schelmisch an seiner Unterlippe.

»Wie viele Männer haben sich ihr zu Füßen geworfen? Mein kleiner Chauffeur kam in New York mit Seemannsgang an, aber seine Knie waren nicht wegen des Meeres weich geworden.«

Und welches Recht hat er, von Frauen zu sprechen – na?

»Marokko«, sagte er, und ich streifte an den Kisten entlang. Als der weltweite Kampf losgebrochen war, ging es nicht anders: Auch diese Zeit gehörte in sein Archiv. Kahn konnte den Krieg nicht verleugnen, er sah ihn als eine Geißel, die mit allen Mitteln bekämpft werden musste (die Herren, sie waren wild darauf, Katastrophen mit Epidemien zu vergleichen). Und bestimmt, dachte ich bitter, als ich einberufen wurde, bindet er mir einen Schal um den Hals und ermahnt mich, mich schön warm zu halten. Inzwischen schickte er alle nicht eingezogenen Fotografen los, für ihn gab es keinen Zweifel daran, dass es bald vorbei sein würde; bis heute melden sich neue Autochromisten, und ich dachte an die Glasplatten in den Kisten, an das Mädchen Mian und die spielenden Jungs am Brunnen. Ob sie immer noch an den Frieden glaubten? Oder lagen sie mit offenen Augen da und blinzelten ins Dunkel?

Es tat nichts zur Sache, nichts tat etwas zur Sache, ich musste gehen. Ich schickte einen Brief an meinen Vater und legte so viele Franc wie möglich zwischen das doppelt gefaltete Blatt Papier. »Es ist so weit«, schrieb ich. »Mutter wird Brot gebacken haben. Monsieur Kahn spricht mir Mut zu, aber ein duftendes Brot wäre mir lieber.«

Kahn gab den Auftrag, die Truppen zu fotografieren, und wenn Soldaten irgendwo stationiert waren, musste jede Bewegung festgehalten werden. Ich finde es unglaublich, dass diese Bilder auf den ersten Blick so beruhigend wirken, die Kriegsfotos sind voller Leben – auf ihnen wird gekocht, gegessen und geschlafen. Hier habe ich eine Fotoplatte mit den Tirailleuren aus dem Senegal, halb in der Sonne, halb im Schatten lehnen sich die Männer in ihren sandfarbenen Uniformen mit der weißen Biese an eine Wand, das Licht fällt spielerisch auf ihre roten Feze und braunen Gesichter. Oder dieses: der Tirailleur aus Indochina mit der riesigen Baskenmütze, die wie ein Crêpe auf seinem Kopf sitzt. Das Haar des französischen Soldaten im getarnten Urinal sitzt ordentlich, sein Scheitel ist scharf gezogen, und der Franzose linst ein bisschen über das Holz, während er pinkelt, den Blick auf unendlich gestellt, als würde er an einem trüben Sonntagnachmittag aus dem Fenster starren. Ich lehne mich an den Aktenschrank mit einem in Reims aufgenommenen Autochrom; das Kind auf diesem Bild hat eine Schleife im blonden Haar und trägt ein Kleid in der Farbe des Meeres, Staub wirbelt auf, und die Farben wirken verpudert, der Bildrand ist verschwommen, auf dem Papier steht 1917. Das Mädchen sitzt auf einem Kleidersack, der auf dem Trottoir liegt, es plappert mit seiner Puppe in den Armen, dahinter erkennt man ein Ladenfenster, der Besitzer des Kleidersacks ist sicher hineingegangen, um Tabak zu kaufen. Der Sack ist groß, das Mädchen klein; seine Füße baumeln in der Luft, die nackten Beine sind rosafarben, und es scheint einer dieser französischen Frühlingsnachmittage zu sein, wenn die Sonne so warm scheint, dass man das Gefühl hat, der Sommer werde ein ganzes Jahr dauern. An eine Wand gelehnt, gleich neben dem spielenden Kind, stehen geladene Gewehre auf den Pflastersteinen.

Das *Archiv des Planeten* ist viel mehr als ein Lebenswerk, ich würde es ein Fremdenarchiv nennen, ein Zufluchtsland. Archiv der Illusionen. Heute kommt es mir bedrohlich vor mit seinen Hunderten Fotos von verschwundenen Siedlungen, mit seinen über die Schrankfächer verteilten Fotos von Soldaten. Es wimmelt nur so von Soldaten, und sie gehen mir auf die Nerven.

Ich erinnere mich, wenn man zu lange an einem Fleck stehen blieb, musste man aus seinen Stiefeln steigen, um sie vom Boden loszubekommen. Wie angewachsen in den eigenen Stiefeln. Es gab keine andere Möglichkeit, man stieg heraus, zerrte sie los und marschierte weiter.

Nein, Marokko werde ich ihm nicht bringen. Es gibt noch andere Länder, in die er sich, wenn es nach mir ginge, lieber nicht noch einmal vertiefen soll. Auf den Fotos sind Armeen und Kriegsschiffe zu sehen, ich versuche, die Bilder zu bedecken, sie unter Notizen für irgendwelche Sachen zu verbergen. Er glaubt beharrlich, dass er die Geschichte umkehren kann, sein Archiv ist eine ständige Anklage gegen die Politik Frankreichs, selbst ganz Europas; nicht umsonst hat er Auguste Léon in den Maghreb geschickt, und auch die anderen Fotografen wurden ausgesandt, um das religiöse Leben in den Kolonien einzufangen, Kahn drehte der französischen Politik eine lange Nase und ließ die heiligen islamischen Städte in voller Lebensgröße ablichten.

»Assimilation«, sagte er, »ist ein falscher Begriff. Pass auf, Kleiner, halt die Augen offen. Am Ende werden sie versuchen, dich reinzulegen.«

Ach, jetzt denke ich wieder an die Frauenbilder, die Tänzerinnen von Algerien, so schön in ihren Seidenkleidern, mit ihren Halsketten und Ohrringen, den silbernen Tiaras im hochgesteckten Haar. Ouled Naïl, so heißt der Ort oder der Stamm, ich habe es vergessen, Ouled Naïl, manchmal trage ich sie für ein paar Stunden bei mir. Seit einigen Monaten will Kahn sich die Platten aus Algerien nicht mehr ansehen, er fragt nach anderen Ländern, und ich tue mein Bestes. Als er sagte: »Das Trachten nach einer einzigen nationalen Identität ist gefährlich«, wusste er nicht, wie sehr dieses Trachten im alltäglichen Leben bereits Fuß gefasst hatte – wusste er es wirklich nicht? Auf vielen seiner geschätzten Fotos ist es doch haarscharf zu sehen. Wenn er nur lange genug die Realität ausblendet, wenn er es nur lange genug versucht. Gib nicht auf, man weiß doch nie, man kann sich nicht sicher sein. Wie auch immer, gestern habe ich eine kleine Wahrheit in meinen eigenen Notizen gelesen: Es ist immer etwas davor, und es ist immer etwas danach, hatte ich festgehalten, und ich stand erhobenen Hauptes in der Dunkelkammer.

Es wäre schön, wenn das hier eine logische Geschichte werden würde, der Gedanke gibt mir Kraft, aber im Lauf der Zeit lockt mich das Archiv in unzählige Richtungen, zum Sonnenlicht oder in eisige Kälte, manchmal nur, indem es mir einen Namen zeigt. Es gibt Namen, die einem etwas versprechen und es nie einlösen, aber man sehnt sich weiterhin danach. Ich trödle herum, das ist es, was ich im Grunde tue, die falschen Spuren, die ich für Kahn gelegt habe, beginnen durcheinanderzulaufen, und immer wieder komme ich vom Weg ab. Fernande hätte mir nie erlaubt, so herumzustreifen, als der Große Kampf endlich zu Ende war, trafen die Fotos aus allen Ecken und Enden der Welt in Paris ein, und Kahn bat meine Schwägerin, den Kochlöffel wegzulegen und dauerhaft in die Villa zu ziehen. Fernande ordnete, nummerierte und etikettierte die Fotoplatten mit geröteten Wangen, röter, als sie je zuvor am Herd gewesen waren, sie legte ihre Schürze endgültig ab und ließ sich die Haare kurz schneiden. »Ich bin ein gewöhnliches Mädchen«, sagte sie ernsthaft. Und von nun an nannte Kahn sie: meine kleine Dokumentaristin.

In meiner Abwesenheit war die alte Garage zum Ausstellungsraum und Porträtstudio umgebaut worden, die Ölflecke, die der Panhard damals hinterlassen hatte, wurden gründlich weggeputzt. In der neuen Werkstatt tat ich mein Bestes, um wieder der Chauffeur zu werden, der ich früher einmal gewesen war, Tag für Tag krochen meine Hände unter die Motorhaube, die Mercedes-Wagen und der Daimler waren in schlechtem Zustand, und ich sorgte dafür, dass die Motoren wieder liefen. Ich krabbelte unter den Panhard, hatte als einzige Beleuchtung nur das Tageslicht, das durch die offene Tür hereinfiel, manchmal wehte Musik aus dem Haus herüber, die neuen Küchenmädchen machten mitten am Tag ihre Späße. Während des Großen Kampfes hatte ich noch geglaubt, es müsste möglich sein, wieder in mein altes Leben zurückzukehren, jetzt lag ich im Halbdunkel auf dem Boden mit Schmiere an den Händen, und nur draußen war der Krieg zu Ende. Anfangs hatte ich noch darauf gehofft, mit Kahn über das sprechen zu können, was ich durchgemacht hatte. Vor der Abreise war er mein Lehrer gewesen, er hatte mir das Hinschauen beigebracht und mich ermutigt, so viel wie möglich zu lesen, er hatte mich über die Steppe geführt. Ich wollte ihm erzählen, dass ich nur überlebt hatte, weil ich an Kamele dachte; tagelang hatte ich im Schützengraben gestanden, während ich vor meinem geistigen Auge eine Kamelkarawane die chinesisch-mongolische Grenze überqueren sah – die Tiere stießen lange, dunkle Schreie aus. Aber jedes Mal, wenn ich vor meinen Arbeitgeber trat, drückte er unwillkürlich seinen Rücken durch und streckte seinen gedrungenen Körper, als hätte der Krieg mich in jemanden verwandelt, dem man die Stirn bieten musste.

Zum Glück hatte ich genug zu tun. Morgens und am frühen Nachmittag war ich in der Garage beschäftigt, nachmittags brachte ich Gäste und kümmerte mich um die Vorräte, ich schrieb endlose Einkaufslisten – für die wachsende Gruppe an Fotografen musste ständig neues Material eingekauft werden. Mit den Papieren in der Hosentasche kam ich zum Archivraum, wo meine Schwägerin über ihre Karten gebeugt saß, und trat auf leisen Sohlen ein. Fernande trug ein schlichtes weißes Kleid (sie weigerte sich, Schwarz zu tragen, eine Nachricht war ja nie gekommen), die Ärmel bis über die Ellbogen aufgekrempelt.

»Was machst du da?«

Sie sah nicht von ihrer Arbeit auf. »Schscht, ich ordne Ägypten.«

Dann drang zu ihr durch, dass ich es war. »Du«, sagte sie. »Ich dachte, du arbeitest in der Garage.«

Sie streckte die Beine aus, und ich sah den Saum ihres Unterrocks. »*Ça va?*«, fragte sie direkt und legte einen Arm neben das Tintenfass auf den Tisch. Fernande mit dem wuscheligen Haar, nachlässig gekämmt, der Duft von Lavendelseife stieg aus ihren Röcken, oder war es die Blüte in der Vase? Und ich stand da mit den Händen in meinen Taschen und hörte das Knarzen der Bretter, eine Tür, die hinten im Flur quietschte. Unbeholfen zog ich die Einkaufszettel hervor und hoffte, sie würde für einen Moment eine Pause einlegen. Stattdessen tauchte sie den Federhalter in die Tinte und griff nach einer neuen Karte.

»Blendend geht's, aber viel zu tun. Wenn ich fertig bin, leg ich mich aufs Ohr. Mach die Tür zu, wenn du gehst, ja?«

Ja, ich bin am Herumstromern, in den Dämmerstunden streiche ich durch die Gegend. Bald wird es still sein in Paris, die Kinder müssen weg. Oft wenn ich draußen Blumen pflücke, höre ich ein Mädchenlachen, das Geschrei der Jungs in der Ferne hinter den Gartenmauern. In ein paar Tagen werden die Kleinen zu Tausenden in die Provinz geschafft, aus Furcht vor möglichen Bombardements; ich erzähle Kahn nichts davon, aber ich weiß sehr genau, was Fernande dazu sagen würde: »Wenn das Silber poliert ist, macht man die Schranktür zu.« Oder etwas Ähnliches. Einmal hörte ich sie fabulieren, dass Mäuse in der Küche ein Zeichen von Reichtum wären. »Wo's Mäuschen satt wird,

wird's auch der Mensch«, sagte sie, glaube ich. Wenn das wirklich stimmt, dann sind wir immer noch stinkreich. Nach dem Börsenkrach hat er alles verloren, auch dieses prächtige Haus, die Präfektur erlaubt ihm aber, hier zu wohnen, und mein Zimmer, das Zimmer, in dem ich mich so wohlfühle, ist ein Raum auf Zeit.

Die Zeitungen waren voll mit Verlustmeldungen, und auch Kahn, der sein Geld in Diamanten und die japanische Eisenbahn gesteckt hatte, hat sein Vermögen verloren. Das waren nicht alle seine Investitionen, aber diese beiden sind mir im Gedächtnis geblieben, weil sie ein so unwahrscheinliches Gegensatzpaar bildeten: die funkelnden Steine und die schwarzen Schienen.

Er scherte sich herzlich wenig um Äußerlichkeiten, seine Anzüge sahen meistens aus, als hätte er in ihnen geschlafen, die Villa und das Landhaus in Cap-Martin waren schlicht eingerichtet, zumindest, wenn man die kapitale Sammlung an Fotoplatten nicht mitzählte. Aber das sind sowieso unwesentliche Bemerkungen; alle waren hungrig, kaum einer konnte noch den Kopf über Wasser halten, und ich rede von Diamanten. Ich wusste, dass ausstehende Darlehen nicht zurückgezahlt werden konnten, das Bankguthaben schmolz zusammen, Kahns Kunden hatte es ebenso hart getroffen wie ihn. Nein, natürlich wusste ich nicht alles, aber ich war der Chauffeur, also hörte ich zu, hörte und sah zu.

Er begann, durch den Garten zu spazieren, jeden Tag den gleichen Weg durch das Rosarium und den englischen Teil, der in seinem japanischen Garten endete, in dem einfachen Holztempel, den er einst zwischen den Ahornbäumen hatte errichten lassen. Er brach um acht Uhr auf, zu der Zeit, in der ich ihn sonst zur Bank gefahren hätte, im Tempel zog er seine Schuhe aus und setzte sich auf die Strohmatte. Vom Weg am Teich konnte ich ihn deutlich erkennen, eine kleine Figur im freien Raum – manchmal hörte ich ihn rufen, und vielleicht glaubte er, ich würde es nicht mitbekommen. Für einen brillanten Bankier war er überraschend unbekümmert gewesen, er hatte überhaupt keine Reserven gebildet. Fernande war da viel gewiefter, vor langer Zeit schon hatte sie an der Außenmauer einen Gemüsegarten angelegt, und ich kann mit Sicherheit sagen, dass ihr »Sortiment« an Gemüse uns per saldo am meisten eingebracht hat.

Und schließlich ich, worin besteht denn meine Rolle in dieser Geschichte? Ich habe mich oft gefragt: War es falsch, ihn durch Stillschweigen zu ermutigen? Voilà, die fragwürdige Höflichkeit des Schweigens. Ich bin zu dem Schluss gekommen, dass ich meine Rolle leicht überschätze, tatsächlich war mein Anteil wenig wert, ich bin schließlich »Petit«; allerdings, das muss ich zugeben, war ich doch etwas mehr als nur ein Zuschauer, ich stand immerhin an der Wiege seines Archivs. Schlussendlich macht selbst das kaum einen Unterschied. Es sind die Erfindungen, die ihren Platz in der Geschichte beanspruchen, und der Mensch dahinter tut es nur sehr selten.

Kahn war nicht nur reich an Geld, er hat auch in einer schönen Welt gelebt; eine Illusion muss nicht hässlich sein, solange sie einen nur aufrecht hält. Das ist immer noch etwas, wozu ich nicht in der Lage bin. Wie viele unserer Triebfedern bleiben in unseren eigenen Augen ein Rätsel? Vielleicht sogar vor Gottes Auge?

»Sobald mein Vermögen wieder angewachsen ist«, sagte er

gestern, »sorg dafür, dass sie weitermachen, Léon und Stéphane und ...« Er rieb sich das Gesicht und zeigte mit seiner knubbeligen Hand ins Leere. »Das *Archiv des Planeten* ist niemals vollständig. Da ... Glaub mir nur ...«

Jetzt gibt es mir wieder einen Stich bis ins Mark, denn was wird in Zukunft mit dem Archiv geschehen? Dem Werk eines ganzen Lebens, man muss nur einen Blick auf die Schränke werfen, um doch wieder beeindruckt zu sein. Eine Weile habe ich überlegt, die wichtigsten Fotoplatten aus ihren Kisten zu nehmen und sie zu verstecken, vielleicht in der Orangerie, aber ich war nicht in der Lage auszuwählen, ich konnte keine Entscheidung fällen. Wie legt man fest, welche Länder es wert sind, gerettet zu werden? Wen in Sicherheit bringen? Welchen Völkern helfen und wen seinem Schicksal überlassen? Kahn wollte die Welt zusammenbringen, und wenn man Fotos aus dem Archiv entfernt, geht es ein, stirbt es einen langsamen Tod. Bald sind die Soldaten hier, sie werden die Glasplatten herausziehen, um sie bei Kerzenlicht zu betrachten, und die Flammen lassen die algerischen Frauen aus Ouled Naïl tanzen. Wenn die Musik aufhört, sind die Mädchen und Frauen verschwunden, verblasst durch die Hitze und eine zu lange Lichteinwirkung. In diesem Haus haben wir nie über den Großen Kampf gesprochen, also sprechen wir jetzt auch nicht über die Katastrophe, die sich wie ein Donnerwetter ankündigt. Die Sowjetunion und Deutschland mögen einen Nichtangriffspakt unterzeichnet haben, aber in Holland wurde die Mobilisierung bereits ausgerufen. Und Kahn und ich schauen still nach draußen, bis wir eine Amsel sehen, vielleicht einen Eichelhäher. Er räuspert sich, ich nehme mein Tagebuch.

Äußerlich ruhig ordne ich die Kissen in seinem Rücken und setze mich, meine Hefte im Schoß, auf den Stuhl, eisige Kälte kriecht durch die Fenster herein, und am liebsten würde ich auch noch die Fensterläden schließen. Was ihm bleibt, ist sehr schlicht: das Bett, der kleine Sekretär mit Vase und Blumen auf dem Tablett, der Stuhl mit den dünnen Beinen und der Schrank, in dem seine Kleider hängen. Auf dem Nachttisch liegen die *Souvenirs entomologiques* von Fabre, und ich weiß es noch: Libelle mit schönen Flügeln. Kahn selbst sieht zerbrechlich aus, es gibt kein mitleidloseres Licht als das helle Herbstlicht, man sollte die Fensterläden wirklich zumachen. Er lehnt sich im Bett zurück, seine Wangen sind eingefallen, und das Haar klebt ihm an der Stirn, aber, lieber Himmel, was für ein Sturkopf! Heute Morgen fand ich ihn im Vestibül, eine Hand gegen die Wand gestützt, die andere am Herzen, der violette Bademantel öffnete sich, und ich sah seine Rippen und sein Geschlecht, und als er einatmete, bewegte sich alles, als hinge er an Fäden. Ich fragte ihn, was er da in drei Teufels Namen mache, und während ich ihn zu seinem Bett zurückführte, schnaubte er: »Du hörst nicht mal mehr einen alten Hund bellen, denn ich habe um Marokko gebeten.«

Der Hund. Für eine Sekunde meine ich das Tier zu sehen, einen Schemen, einen Schatten auf dem Fußboden. Es ist tot, ich habe es persönlich hinter den Felsen begraben. Der Hundekörper wog schwer, der Weg ein einziges Auf und Ab, und ich trug ihn in meinen Armen, fest an mich gedrückt, der Hals hing über meinen Unterarm, der Kopf baumelte herunter, und mit jedem Schritt schlug mir die Schnauze gegen das Bein, während ich an den Farnen vorüberstolperte. Ich suchte meinen Weg, drückte den kalten Körper fest an mich und bemühte mich, lieber Gott, ich habe mich so sehr bemüht, ihn ruhig zu halten.

Er war versessen auf alle seine Hunde, aber sie, diese Hündin, die war sein Liebling. Das sind die Jüngsten immer, sie war die Letzte von fünfen, nach ihr gab es keine neuen mehr. Sobald Kahn gefrühstückt hatte, schob er seinen Teller zur Seite und pfiff, und die Kleine, die wusste, dass sein Ruf ihr galt, kam mit großem Gepolter ins Haus gestürzt. Plötzlich waren die Zimmer voller Leben, Türen schwenkten auf, Kleider machten Wellenbewegungen am Boden, dann rannte sie mit ihren Plopp-Plopp-Pfoten darüber hinweg, der Schwanz wirbelte Staub auf, sie sprang gegen das Fenster und blaffte die anderen draußen im Gras an, die Augen leuchteten im weißen Fell. Sie spielte mit Kahn, der etwas Leckeres in der Hand hielt und sie danach schnappen ließ. »Gommete«, flüsterte er nach einer Weile und beruhigte sie. Ihren Namen zu nennen war wie ein Streicheln.

In der Villa gibt es weder ein Bild von Gommete noch von den anderen Hunden. Wenn man allein ist, wäre es schön, ab und zu ein anderes Wesen über den Holzboden laufen zu hören oder einen Seufzer im Zimmer, und wenn ich an meinem Schreibtisch sitze, würde ich gern meine Hand ausstrecken, um ihr Fell, die Rippen unter dem warmen Pelz zu spüren. Nichts als Stille in diesem Haus, kein Bellen oder Seufzen, niemand, der weggeht und die Tür hinter sich ins Schloss fallen lässt. Ich frage mich übrigens, wie es ihm gelungen ist, aus dem Bett zu kommen, seine Kräfte schwinden mit jedem Tag, seine Knochen sind so spröde geworden, dass ich manchmal meine, sie knirschen zu hören, wenn er sich bewegt.

Ihm ist klar, was wir zu tun haben, aber auch in ihm muss der Zweifel wachsen, in dem Maße, wie die Zeit voranschreitet und die Nachrichten immer dringlicher werden. Die Unruhen auf den Straßen am Abend, die aufrührerischen Plakate, die langen Schlangen vor den Geschäften. Er zählt auf mich. Das *Archiv des Planeten* ist riesig, es ist zu groß, als dass es ein einzelner Mann schultern könnte, und angesichts eines neuen Krieges am Horizont versuche ich, es leichter zu machen, kleiner. Pedantisch verstecke ich die Fotos, die zeigen, dass sein Projekt von Anfang an zum Scheitern verurteilt gewesen ist, gelegentlich verbiege ich die Wahrheit, und ich muss aufpassen, dass ich dabei nicht gleich seinem ganzen Lebenswerk Gewalt antue. Auf keinen Fall wird sein Vermögen wieder anwachsen, es ist weg, so wie Paul, Stéphane, Auguste und Marguerite weg sind. Zum Glück hat Fernande ihre kleinen Hefte bei den Fotos gelassen, Marguerites persönliche Notizen über Irland sind schön, für mich sind sie schöner als Baudelaires Poesie. Ich bin nicht nett zu ihr gewesen, oft habe ich mich gefragt, warum sie so grantig war, die arme Marguerite in ihrem engen Kleid und ihren schmutzigen Stiefeln, denn so ist sie mir in Erinnerung geblieben. Auf dem Papier klingt ihre Stimme klar und ganz nahe: »Der Stechginster bricht den Sumpf auf und verwandelt das Moor in einen festlichen Ort.«

Ich habe regelmäßig den Eindruck, dass ich selbst in einem Sumpf stecke, aber den Ginster finde ich ganz wundervoll.

»Ich habe nur Steine, Disteln und den Himmel gesehen«, schrieb sie. »Das hat ein Reisender vor zwei Jahrhunderten gesagt, und ich kann es nur bekräftigen: eine ärmliche Hütte und Steine, Steine, Steine und nochmals Steine. Wovon wohl diese Unglücklichen leben? Und doch lieben sie diesen armen Landstrich leidenschaftlich, diese undankbare Erde, und immer, wenn sie mit mir reden, fragen sie mich: Lieben Sie Irland? Ist es nicht ein schönes Land?«

Fernande ist vor neun Jahren gestorben, im Sommer 1930, sie liegt hier in Boulogne auf dem gleichen Friedhof wie Marie-Angéline begraben. Die Modistin und sogenannte Freundin Kahns steckt irgendwo in meinen Aufzeichnungen, sie hält sich an Orten auf, die ich noch nicht erwähnt habe. Ich erinnere mich daran, dass Marie-Angéline die Hunde verabscheut hat, besonders Gommete, eine Abneigung, die sie vor Kahn übrigens nie eingestanden hat. Ich habe tatsächlich beobachtet, dass sie sich die Hände abwischte, nachdem sie der Kleinen über den Kopf gestrichelt hatte. Marie-Angéline ist im selben Jahr wie Fernande gestorben.

»Sorg dafür, dass alles ordentlich bleibt«, trug mir Kahn auf, also gehe ich jeden Sonntag zum Grab der Modistin; ein großes Grab für eine kleine Frau. Ich drehe da eine Runde und lege ein paar Blumen hin, dann gehe ich schnell zu Fernande und kratze eingedenk der Notizen von Marguerite das Moos von ihrem Stein: »Nach langem Suchen und nachdem unser Kutscher sich wohl fünf- oder sechsmal im Weg geirrt hatte, haben wir endlich den kleinen, abseitsliegenden Friedhof gefunden, wo sich zwei Steine mit Löchern in der Oberfläche befinden, ein Stein waagerecht, der andere senkrecht. Der Heilige ist früher über diesen rosafarbenen Stein hinweggeschritten und hat sich auf den nächsten geworfen, um zu beten, Kopf und Knie dagegengedrückt. ›Das erklärt die drei Löcher‹, sagt die Frau, die in einem kleinen Haus neben dem Friedhof von Roscam lebt. Das dritte Loch, nahe am Boden, ist größtenteils mit Kräutern überwuchert. Pilger haben Stoffstreifen an den geweihten Strauch geknüpft.

›Habt ihr nie Kopfschmerzen gehabt?‹, fragt die Frau, ›ja – wenn uns was wehtut, kommen wir an einem Montag, einem Donnerstag und noch einmal an einem Montag hierher. Wir binden ein Stück Stoff in den Strauch, und dann sind die Schmerzen weg.‹«

An dem Weg, wo Fernande liegt, ist es dunkel, die Luft ist feucht, niemand, der an ihrer Grabplatte unter den Zypressen vorbeigehen und neugierig auf ihre Geschichte werden würde. Ich bedauere, dass es bei Fernandes einfachem Grab keinen Strauch gibt, in den man Stoffstreifen hineinknüpfen könnte. Fernande hat über das Universum geherrscht und schrieb *Espagne* in einer Art und Weise, die sowohl feierlich als auch einladend war. Ich erinnere mich an ihr Haar, die weiße Unterseite ihres Halses, es gab Momente, da wehte ihre Stimme wie ein Windstoß durch das Haus, dann drehte ich mich um und beugte mich vor. Später dann war ihr Lachen weniger laut, eine Zeitlang sah ich, wie sie mich mit einem Blick voller Zuneigung ansah, aber genauso oft mit unverhohlenem Neid. Voilà, ich habe sie natürlich an Claude erinnert, wir sehen uns sehr ähnlich. Deshalb sage ich jedes Mal »Ich bin es«, wenn ich mich auf die Bank an ihrem Grab setze. Ich habe das Gefühl, ihr etwas schuldig zu sein; als sie starb, hat sie mir das Archiv zurückgegeben.

Es gab eine Zeit, da wollte ich die Fotos nicht mehr sehen. Ich hätte genau sagen können, welche Platten wo standen, wie viele es inzwischen waren, welche Länder hinzugefügt worden waren, von wem und wann, aber ich mochte sie nicht ansehen. Ich hätte sagen können, wie sie rochen; die Platten stanken nach Chemikalien und Betrug, aber angesehen habe ich sie mir nicht. Mir wurde übel davon. Ich war entsetzt, als ich zu Hause in Boulogne einen anderen Krieg vorfand als den, in dem ich gekämpft hatte – Kahns Krieg mit einem Scheitel im Haar, mit spielenden Kindern vor dem Trümmerschutt. Keine Fotos von ausgestorbenen Dörfern, verwüsteten Städten, kein einziges Foto, das Tausende und Abertausende Menschen auf der Flucht zeigte, aber dafür – dafür die kleine Göre aus Reims mit der Puppe im Arm. Die schöne Welt, die er mit solcher Sorgfalt aufbewahrte. Mein Gott, die Glasplatten waren zu makellos, zu sauber, die Bilder hatten ihre Bedeutung verloren. Wo war die Angst, wo lagen die Toten? Wo war der Schlamm geblieben, der mir die Lippen verkrustet hatte, der mir zwischen den Zehen, unter den Achselhöhlen, in den Ohren, in den Nasenlöchern und im Arsch gesessen hatte? Ich hatte die Große Schlacht überlebt, indem ich mich selbst eingegraben hatte, meine Haut aus Schlamm, die Erde so kalt, dass sie barst. Die Tage hatten keine Form, keine andere Form als den Abdruck meines Körpers im Dreck.

Die Große Schlacht, man bitte mich nicht, viel davon zu erzählen, ich kann es nicht. Im untersten Regal im vierten Schrank steht eine Kiste ohne Fotos, eine fast leere Kiste ohne Etikett. Hebt man den Deckel an, dann findet man zwei Umschläge und eine Liste. Schlamm, habe ich draufgeschrieben, und das Papier selbst ist schmutzig. Voilà:

Schlamm
Topfscherben
Würmer
Schaf
Eisen
Scheiße
Kinderschuhe
Helme
Auge
Bajonett
Baumwurzeln
Zigarettenetui mit der Gravur: Hélène
Ratten
Fingernägel
Dutertre

Die Erde kotzte aus, was vorher in ihr verborgen gewesen war.

»Petit«, beschwichtigte Kahn, als ich bei meiner Heimkehr zitternd durch die Villa lief. Ungeschickt schlug er einen Arm um mich, ließ mich aber gleich wieder los und kehrte auf dem Absatz um.

»Wo sind Auguste und Stéphane?«, fragte ich.

Er neigte den Kopf, richtete den Blick auf die Dielen, er war alt geworden, seine ohnehin sanfte Stimme zaghaft. Sein Kragen war zu weit für den Hals, der weiße Stoff, die Wirbel, die sich unter der Haut abzeichneten, an all das erinnere ich mich ebenso wie an meine Bestürzung in diesem Moment; es steht mir noch so deutlich vor Augen, als wäre es gestern gewesen. Sicherlich würde er Entschlüsse fassen und Befehle geben, man würde auf ihn hören, sodass sein Archiv für den Frieden wieder wachsen würde. Eine Weile lang würde es so aussehen, als könnten durch die Fotos Fortschritte erzielt werden – wie nobel und aufrichtig waren doch seine Absichten! Schließlich war es für einen Mann mit seinem Vermögen nur recht und billig, sich um andere zu kümmern.

Kahn stieß einen Seufzer aus. Ohne etwas zu sagen, öffnete er die Tür zum Vestibül, zögerte an der Schwelle, ging dann aber weiter. Ich sah ihn an. Es war nicht das erste Mal, dass er mich so stehen ließ; mich überraschte, welche Einsamkeit ich fühlte.

Jetzt schrecke ich in meinem dunklen Zimmer hoch. Wie schon so oft in letzter Zeit habe ich geträumt, dass der Boden bebt und ich die Hände vors Gesicht schlage, um mich vor dem Zigarettenetui zu schützen, das durch den Schützengraben auf mich zugeflogen kommt und so heiß ist, dass es eine Brandwunde auf meinem Unterarm hinterlässt. Der Buchstabe H ist in meine Haut eingebrannt. Ich steige aus dem Bett und trabe auf Socken durch die Halle, voilà, ich erlaube mir, meine Gangart mit einigem Flair zu beschreiben, weil ich schon lange nicht mehr *trabe*, das ist so meine Art, die Situation etwas aufzuheitern, eine sehr bescheidene Art, die man mir sicher zugestehen wird. Ich bin krank vom Krieg, schon der vorherige war eine schmutzige Lüge. Ich schnappe mir die namenlose Kiste und greife nach dem ersten Umschlag, stecke meine Hand hinein und ziehe das Stück Papier heraus.

Über den Krieg, steht darauf. Ein Manifest der französischen Universitäten.

Die deutschen Universitäten verwahren sich gegen den Vorwurf, ihr Land hätte den Krieg veranlasst. Die französischen Universitäten beschränken sich darauf, folgende Fragen zu stellen:
Wer hat den Krieg gewollt?
Wer hat sich während der viel zu kurzen Atempause, in der Europa beraten konnte, um Schlichtung bemüht?
Wer hat stattdessen sämtliche Vorschläge aus England, Russland, Frankreich und Italien abgelehnt?
Wer hat, kaum dass sich die Gelegenheit bot, den Krieg entfesselt, als ob man nur auf eine günstige Gelegenheit gewartet hätte?
Wer hat die Neutralität Belgiens verletzt, obwohl sie zuvor garantiert worden war?
Wer hat daraufhin erklärt, Neutralität sei »bloß ein Wort und Verträge nichts als Fetzen Papier«, und »in Zeiten des Krieges tut man, was man kann«?
Es genügt nicht zu sagen, wie es die deutschen Universitäten tun: »Ihr kennt unser Bildungswesen: Es ist gar nicht in der Lage, eine Nation von Barbaren zu erschaffen.«
Die französischen Universitäten hingegen halten daran fest, dass die Zivilisation nicht die Errungenschaft eines einzigen Volkes ist, sondern aller Völker, und dass der intellektuelle und moralische Schatz der Menschheit durch die naturgegebene Vielfalt und die notwendige geistige Eigenständigkeit aller Nationen entsteht.

Genau wie die verbündeten Armeen verteidigen sie ihrerseits die Freiheit aller.

3. November 1914

Ich schiebe das Manifest zurück, klettere die Leiter hinauf und nehme die Kiste ganz links vom Regal. Da, das Bild von den Soldaten, die Karotten putzen, die Messer sind scharf, die Schalen dünn. Ein-, zwei-, dreiundzwanzig Männer, wie jung sie sind! Einfache Jungs, noch Schulbuben, Studenten. Sie haben Hunger, sie sind laut und albern mit ihren Kameraden herum. Jetzt tollen sie durch die Gegend, denn bald werden sie die Karotten essen, und der Geruch und Geschmack erinnern sie an zu Hause, wo die Zeitung aufgeschlagen auf dem Tisch liegt, neben dem Kaffeebecher und einem Stück Kuchen auf der Untertasse.

Plötzlich merke ich, wie müde ich bin, erschöpft von der langen Reise, ich schaue auf das Bild in meiner Hand, die Sonne schimmert ahnungslos in den Baumkronen. Die beiden, die dort hocken, ich stelle mir vor, dass sie noch am Leben sind. Ich bin da, ich stehe unter der Lampe und zittere. Ich bin um kein Haar besser als Monsieur.

Tagebuchaufzeichnungen

New York – San Francisco

25. November. Ankunft am Eriesee Viertel nach sechs Uhr morgens. Wir in Gummistiefeln und Regenbekleidung. Unglaubliches Rauschen in der Luft. Als würden sich tausend Bäume im Wind hin- und herwiegen. Es hing ein starker Metallgeruch in der Luft, vor uns lag ein stürmischer Fluss mit einem Strudel. Unermesslich. Ich beugte mich zu weit vor, um besser sehen zu können. K. musste mich am Kragen zurückziehen. Zurück ins Hotel zum Frühstück. Er blieb bei seinem hartnäckigen Schweigen. Ich glaube, dass wir für die anderen Reisenden im Frühstücksraum als Vater und Sohn durchgehen. Nach Kanada, um die Horseshoe Falls zu sehen. Durch einen Tunnel. Vor dem dunklen Eingang war ich überwältigt von dem Unwirklichen dieses Unternehmens. Ich musste mich festhalten. Zuvor hatte ich die Sonne gesehen, jetzt hatte ich sie verloren. Zum zweiten Mal wäre ich heute beinahe hingefallen.

Die Straße war dunkel und nass, und ich machte mir Sorgen um die hölzerne Thornton. Am Ende des Tunnels wollte er wieder zurück. Plötzlich hatte er es eilig mit der Natur. Ich hatte noch kein Foto machen können. Dann brachte uns ein Chauffeur auf ein Plateau über dem Eriesee. Wir saßen hinten, und mein Regenmantel quietschte. Das schien er lustig zu finden.

Ständig bewegte er seine Arme hin und her, sodass auch seine Jacke quietschte und knirschte.

Aussicht superb! Blick auf zwei Wasserfälle, der Horseshoe fast neunhundert Meter breit. Fragte ihn verlegen, ob er vielleicht ein Mal die Kamera bedienen könnte. Ich würde mich gut auf dem Bild machen. Habe ihm gezeigt, wo er drücken musste. Er witzelte herum – ja, heute schienen wir wie Vater und Sohn.

Wir fahren stromabwärts. Im Auto zum nächsten Aussichtspunkt. Mich schwindelte. Am frühen Abend überquerten wir wieder die Grenze, um dinieren zu gehen (wir überschreiten die Grenzen, wie jemand über eine Straße geht). Ich für meinen Teil habe gleich mit dem Schreiben angefangen.

Ich bin nervös und kann nicht schlafen. Morgen fahren wir nach Chicago. Er sagt, das größte Kaufhaus der Welt steht in Chicago. Ich werde Bromkalium und Ammoniak kaufen. Das Anrühren des Entwicklers ist nicht das Problem. Die zweite Entwicklung macht mir Sorgen. Aus negativ muss wieder positiv werden. Aus schwarz wieder schwarz und aus weiß wieder weiß.

Ihr Bild von der *SS Amerika*. Wird nach dem Umkehrbad zu sehen sein, dass ich ihren herablassenden Blick fotografiert habe? Wird das Foto verraten, dass sie mir noch etwas zuflüstern würde? Eine schöne Frau in einem Sessel. Haarsträhnen, die sich aus ihrem Knoten gelöst haben.

Ich werde das Reise-Diaskop nicht benutzen. Ich halte die Platte gegen das Licht. Aufpassen, dass ich die Emulsion auf meiner Seite habe. Blicke durch die Rückseite, um Spiegelverkehrtheit zu vermeiden. Genau so habe ich es mir gemerkt. Wie eine Verszeile.

26. November. Nach einer schlechten Nacht um neun Uhr in Chicago. Ausrüstung in der Gepäckaufbewahrung am Bahnhof. Ruhe auf den Straßen. Nur kleine Gruppen von Spaziergängern im Sonntagsstaat. Er wollte wissen, wie viele Fotos ich schon gemacht hätte, und schien nervöser als ich.

Bar mit Coca-Cola-Flaschen. Schild mit dem Text: *Strop razor strops itself.* Dann das Kaufhaus Marshall Field's. Gigantisches Gebäude. Und nicht nur das – es war obendrein geschlossen. Ein Feiertag, sagten die Spaziergänger: Thanksgiving Day! Kinder auf dem Trottoir. Er ging in die Knie und verteilte Süßigkeiten aus seinen Taschen. Er ist so verrückt nach Kindern, dass er immer Leckereien mit sich herumträgt. Obwohl er nie nach einer Frau zu suchen scheint. Warum heiratet er nicht? Alt genug wäre er dafür.

Danach wollte K. unbedingt eine Tour durch Chicagos Schlachthöfe machen. Die größte Einnahmequelle dieser Stadt. Was war ich froh, dass ich die Kameras nicht bei mir hatte! So viele Tierhälften, es sah aus, als wäre Chicago eine einzige Kadaverstraße. Behälter, in denen das Blut aufgefangen wird. Verkrustete Kanten voller Knochensplitter. Enthauptete Schweineleiber, die an Haken baumeln. Bleich, formlos. So ein Broterwerb würde ihn krank machen. Trotzdem fand er es ärgerlich, dass ich das Vérascope nicht mitgenommen hatte.

Zuerst dachte ich, dass er mit sich selbst spräche. Ich fühlte ein Kribbeln im Blut. Das Blut wusste es früher als ich: Er gab mir die Schuld. Ich hätte wissen müssen, dass das Kaufhaus geschlossen war. Und er wäre gerade darauf so gespannt gewesen. Er hätte so gern ... Tatsächlich, mir ist bang zumute. Die Weltbevölkerung fotografieren. Das geht doch nicht? Und wenn die

Fotos nichts geworden sind? Ein Plan ist auch nur ein Plan. Was ein Mann an einem einzigen Tag manchmal aushalten muss. Wahrscheinlich hat er die gleiche Befürchtung, hegt heimlich die Hoffnung, von seiner Idee erlöst zu werden. Befreit – durch die zweifellos schlechte Qualität der Bilder.

Wir gingen zum Bahnhof. Schweigend. Einfach zwei Männer in Amerika. Der eine ein Bankier. Der andere sein Chauffeur. Morgen habe ich Geburtstag. Ich werde fünfundzwanzig.

Abends, Zug nach San Francisco. Was für ein Luxus. Der hintere Wagen dient als Automobilplattform und endet in einer Aussichtsplattform. K. lacht wieder. Gerade eben war er noch traurig. Seine Stimmungen wechseln schnell. Er verfällt in Stillschweigen, dann redet er wieder und ist entzückt, fast euphorisch.

Die Lokomotive ist mit einem Schneepflug ausgestattet. Eine Glocke läutet, wenn wir einen Bahnhof erreichen. Aber ein Abfahrtsignal gibt der Zug nicht. Dieser Service wird von Schwarzen durchgeführt, die auf den Bahnsteigen hin- und herlaufen. Sie sagen den Fahrgästen Bescheid, wann der Zug fährt.

27. November. Plötzlich ist es extrem kalt. Als wir aufwachten, war die Temperatur gefallen. Nichts als Prärie, begraben unter Schnee und Eis. Gefrühstückt am Bahnhof von Omaha. Die Schwarzen auf den Bahnsteigen bliesen sich in die Hände. Sie trugen dunkelblaue oder braune Jacken. Passagiere eilten vorbei. Diese schwarzen Männer standen aufrecht und sangen Lieder. Heute feiere ich meinen Geburtstag, und sie singen.

Ich installierte die Thornton auf der Aussichtsplattform. Die

Passagiere traten durch die Tür und machten gleich wieder kehrt. Niemand sprach mich an. Plötzlich musste ich an Moses Adler denken. Wie erging es ihm wohl in New York? Der Zug drosselte die Geschwindigkeit. Es gelang mir, das Licht zu messen und dann auszulösen. Monochrom, weil die Landschaft selbst schwarz-weiß zu sein schien. Glänzende Schneeflächen mit einigen Hügeln im Hintergrund. Und plötzlich sah ich vor meinem geistigen Auge die Indianer, über die Campbell gesprochen hat: Wie sie in Horden hinter dem Zug herjagten.

28. November. Der Zug hält mitten in der Nacht. Während ich hier sitze und schreibe, sind draußen fünfzehn Grad unter null. Weit in der Ferne sehe ich die schwarzen Gipfel der Rocky Mountains. Es ist viel zu dunkel, um zu fotografieren.

Wir fahren weiter, ich kann nicht mehr einschlafen. Nach Ogden passieren wir den großen Salzsee. Fahren über eine dreißig Kilometer lange Brücke. Ich kann deutlich hören, wie der Zug stampft. Ich stelle mir ein Riesenfass vor, und wir rumpeln drüber hinweg.

Heute Morgen fuhren wir durch eine wahre Wüste, nirgendwo ein Anzeichen von Leben. Überall kahle Flächen. Genauso ausdruckslos wie sein Gesicht, denn er hat wieder einen seiner Schweigsamkeitsanfälle. Ich habe mich mit den Kameras abgelenkt – ich werde übrigens keine Zeit haben, das Khedive-Spiel zu erlernen. Die Landschaft verändert sich ständig. Als ich die Filmkamera zurückbrachte, stand er in der Tür. Er sagte, in San Francisco werde ich das Material bekommen, das ich benötige.

Am Nachmittag fiel wieder Schnee. Der Zug fuhr die Steigung zur Sierra Nevada hinauf. Fast schwarze Bäume an silbrigen Felswänden. Lange Schatten in den Tälern. Als würde Gott seine Arme ausstrecken und den Boden berühren. Hin und wieder begleitet von einem Pfiff der Lokomotive. Er wurde etwas munterer und erzählte mir unerwartet eine Geschichte von seinem Vater und seinem Bruder. Dass er ins Reden kam, lag hauptsächlich an den Schlachthöfen von Chicago.

Im Westen ist alles anders. Der Himmel klarte auf, der Schnee verschwand. Das Land ist fahl, voll gelber und brauner Flecken. Wie ein Gemälde, hier und da ein Holzhaus, der Rauch eines Feuers. Ein einzelner Baum, ein mageres Pferd, der Schatten eines Hundes. Erst entdeckte ich Olivenbäume, dann eine Palme. Es schien, als hätte jemand die Bilder blitzschnell umgehängt. Er erzählte mir, dass es hier am 18. April 1906 ein Erdbeben gegeben hat. Das wusste ich nicht. San Francisco wurde damals schwer getroffen.

29. November. Am späten Nachmittag fuhren wir in die Stadt. Viele Gebäude liegen noch in Trümmern. Sogar das Rathaus. Aber unser Hotel ist unversehrt. Ich habe ein schönes Zimmer mit Schreibtisch. Erst jetzt finde ich die Zeit, die Geschichte aufzuschreiben, die er mir erzählt hat: die abenteuerliche Geschichte von seinem Vater, dem Viehhändler Louis.

Vor Sonnenaufgang zog Louis mit dem Hund die Hügel hinauf, um das Vieh zusammenzutreiben. Sein Tornister voll Käse und Brot. Er aß sein Frühstück täglich am gleichen Fleck unter der Linde, und Kahn erzählte, dass ihm die Blüten auf den Kopf rieselten. Manchmal kam Louis nach Hause und roch so süß wie Honig. Das Elsass, sagte Kahn, sei ein wunderschönes Land mit allen Gelb- und Grüntönen auf den Feldern – denn er liebt nicht nur seinen Vater, sondern auch das Land.

Aber Louis vergaß nie, den Himmel im Auge zu behalten. Gewitter kommen immer unerwartet. Raue Windstöße fegen über die Berggipfel. Rasen durch das Tal und jagen die Rinder los – verschwundene Herden wurden manchmal erst in Saverne wiedergefunden.

Der Weg war steil. Der Wind trug das Gebimmel der Kuhglocken weiter. Louis änderte seine Route und lief durch ein Stück Wald. Der Hund verfolgte seine eigene Spur. Louis' Schritte wurden vom Moos gedämpft. Es war so ruhig, dass man annehmen konnte, die Erde wäre zum Stillstand gekommen.

Plötzlich taucht zwischen den Bäumen ein Wolf auf. Die Augen des Tieres sind kalt und blau. Wie das Wasser des Bergsees. Der Wolfsgeruch steigt Louis in die Nase. Urgeruch von Stein, Pisse, Erde und Blut. Das riesige Tier trabt haarscharf an ihm vorbei, und dann ist es verschwunden. Louis lässt sich zu Boden sinken und bleib dort. Vergisst, zum Himmel zu schauen.

Das Gewitter bricht los. Louis fürchtet nicht mehr, dass der Wolf zurückkommen würde. Er fürchtet sich viel mehr vor dem, was da vom Himmel her droht. Sein Großvater ist auf dem eigenen Hof vom Blitz erschlagen worden. Im Jahr zuvor hat man zwei Frauen auf dem Feld gefunden, ein Schäfer hat noch den Gestank von Versengtem gerochen.

Steifbeinig erhebt sich Louis, nach einer halben Stunde hat er die Kühe erreicht. Eine Färse fehlt. Da kommt auch schon der Hund mit gesträubtem Fell angelaufen. Nun nur noch diese

Färse. Unterwegs hält er weiter Ausschau nach ihr. Die Kühe laufen mit gesenktem Kopf. Im hohen Gras beim See sieht Louis die Färse liegen. Er geht auf sie zu, hält ein paar Schritte Abstand und beginnt, in beruhigendem Ton auf sie einzureden. Durch das Schilf sieht er das Blut. Die Färse hebt den Kopf und muht herzzerreißend. Louis kriecht auf das Tier zu. Die Haut des Hinterbeins hängt in Fetzen. Der Körper der Färse zuckt. Louis schneidet ein paar Schilfrohre und bindet sie zusammen, schlägt damit das Tier hart auf den Hintern. Als wäre da keine Wunde und kein Blut. In Panik kommt die Färse auf die Hufe. Noch ein Schlag, dann springt auch Louis auf und rennt zurück zu den anderen. Die Kuh folgt ihm und schließt sich der Herde an.

Zu Hause hörte Kahn seinen Vater sagen, dass er das Tier am nächsten Morgen zum Schlachter bringen würde. Er schlüpfte mit seinem jüngeren Bruder nach draußen. Sie fanden die Kuh am Zaun des Geheges. Zogen sie sacht an den Ohren.

Nachdem der Vater beim Schlachter gewesen war, aßen sie wochenlang Fleisch. Gegartes. Suppe mit Fleisch. Fleisch mit Bohnen. Die Angst der Kuh habe ihm nichts ausgemacht, hatte Kahn gesagt. Als alles aufgegessen war, trommelte er mit den Händen auf den Tisch und fragte, welche sie jetzt essen würden. Sein Vater versetzte ihm eine schallende Ohrfeige. Später hat er begriffen, dass die Kuh nicht gegessen werden konnte. Immerhin war sie von einem Wolf gebissen worden. Louis hatte ein anderes Rind vom Schlachter gekauft.

Er hat mich mitgenommen, damit ich Fotos mache. Aber vielleicht auch, weil ich ein guter Gesellschafter bin. Zum ersten Mal hat er mich ins Vertrauen gezogen, auch wenn er den Namen seines Bruders nicht erwähnte.

30. November. An der Straße stand ein sauber gebürsteter Sessel. Als könnte jederzeit jemand aus den Ruinen hervorkriechen, um sich da hineinzusetzen. Wenn es regnet, wird der Sitz nass. Überall Kies und Sand, auch in meinem Mund und zwischen den Zähnen. Der Wind bläst hier immer, weil nichts mehr steht, das ihn aufhalten kann. Ein Teil von einem Dach lag auf der Straße, und die Kinder spielten darunter. Durch den Sucher des Vérascope bekam der Horizont ein unklares Relief. Ich fotografierte ein gigantisches Reklameschild, das Einzige, was noch halbwegs aufrecht zwischen den Trümmern stand. Auf dem Boden fand ich eine hellblaue Garnrolle. Sicher für irgendjemanden wertvoll. Wenig später warf ich sie weg. Ich fand keinen guten Platz, wo ich sie hätte ablegen können.

Kahn hat einen Franzosen getroffen, der sein Auto zur Verfügung stellen will. In unserer unmittelbaren Nähe gibt es einen Park mit einem japanischen Garten. Auch Tiere, Büffel und Zebras. Ich kann mir nichts unter diesem Ausflug vorstellen. Ich bin müde. Ich habe selten frei. Um uns herum liegt eine Stadt in Trümmern. Der Mann, der die Welt retten will, möchte einen Park besuchen. Wessen Welt? Für ein Schlachtfeld ist nicht immer ein Krieg nötig. Die Hotellobby kam mir eben wie ein Ei vor, glänzend und zerbrechlich.

Die Chemikalien, die ich brauche, sind hier nicht aufzutreiben. Am Abend die Fotos und den Film nach Paris geschickt.

Boulogne, Paris

Kahn liegt in diesem schäbigen Ding, das er so gerne trägt, im Bett, er hält die Augen geschlossen, schläft aber nicht, seine Finger ruhen auf der Decke, und mit den Daumen streicht er über die Wolle. Als ich eintrete, hält er in der Bewegung inne, ich taste nach der alten Zugleine der Lampe und schweige ebenfalls. So ruhig wie möglich setze ich mich mit ein paar Fotoplatten und blutendem Herzen neben ihn, der Buchstabe H auf meinem Arm juckt. Kahn ist blass, unter den Augen schimmert die Haut violett in der hässlichen Farbe seines Morgenrocks, er wird mit jedem Tag magerer und will nur noch Gemüse und Suppe. Es ist schon einige Zeit her, dass ich Fernandes Bohnen habe ernten können oder Lauch und Erbsen. Von meinem Stuhl aus sehe ich in den Garten, die Blätter verfärben sich, in ein paar Tagen beginnt der September, und der Herbst wird unerbittlich seinen Einzug halten. Die Herbstanemone blüht wie zum Spott, sie blüht, als wäre es das letzte Mal. Die Anemone ist prächtig, das Blatt ist zart, ein trügerisches Blühen, das in Kahn immer wieder Hoffnung aufkeimen lässt. Er ist jemand, der Blumen liebt, der glaubt, dass man hauptsächlich die grünen Teile des Gemüses essen sollte, und er ist überzeugt von der heilenden Wirkung der frischen Luft. (Im Sommer wie im Winter mussten die Fenster weit geöffnet werden, damit wir von der noch nicht eingeatmeten Luft profitierten. Wenn es zu kalt war, durften wir eine Biwakmütze, Pantoffeln und einen Nasenwärmer tragen; im Winter sah Fernande mit diesem Nasenwärmer im Gesicht wie ein Koala aus.)

»Es ist gut«, sage ich jetzt. »Ist schon gut.«

Meine Stimme klingt unerwartet laut. Ich sehe, dass er die Augen aufschlägt, aber ich rede mit mir selbst. Marokko werde ich ihm nicht bringen – ich mag die Hitze nicht und auch nicht die Farbe. Das Land hat die Farbe von Schlamm.

»Wo ist eigentlich die Blumenpresse geblieben?«, frage ich, jetzt etwas leiser. »Können Sie sich daran noch erinnern?«

Dann setze ich mich auf den Stuhl und warte und denke unterdessen daran, dass ich die Presse schon lange nicht mehr gesehen habe. Es war ein kleines rechteckiges Holzding aus zwei lackierten Brettern, an den Seiten eine Flügelmutterkonstruktion, Kahn hatte sie auf unsere Reise mitgenommen. Ich weiß nicht, was er zu finden gehofft hatte, denn es fror sowohl in Amerika als auch in Japan, aber in Honolulu, schießt es mir jetzt in den Sinn, hat er eine Blume zwischen den Brettern getrocknet.

Mein Arbeitgeber brummelt in seinem Bett vor sich hin, es sind keine Worte, nur Geräusche. Ich schaue ihn an, er gerät langsam in Wallung, oft verspüre ich dann die Versuchung, ihn zu unterbrechen und zu sagen: »Das Wasser kocht längst«, denn das Erste, was er sagt, wenn sein Ingrimm verflogen ist, ist immer dasselbe: »*Vous permettez-moi de sécher.*« Man glaube mir, ich würde mir Sorgen machen, wenn dem nicht so wäre.

Das Wort Ingrimm finde ich schön, es passt zu ihm. Wenn

ich eine Liste mit Wörtern machen würde, die ihn beschreiben, dann stünde Ingrimm sicher darauf. Für Ausdauer.

Heute Nachmittag bringe ich das Haus in Ordnung, ich wasche ab und klopfe die Sachen aus, habe Feuer in den Öfen gemacht, um die Feuchtigkeit aus den Zimmern zu vertreiben, ich nehme einen Löffel von Fernandes Bohnenkraut und streue es in die Flammen. Es riecht kräftig, es duftet, als wären wir alle gesund. Wenn ich fertig bin, wische ich mir den Dreck von den Händen und hole das Briefbündel des Professors aus der Bibliothek, es ist schon schmuddelig vom vielen Lesen. Ich gehe an den Regalen mit Studienliteratur entlang und ziehe irgendein Buch heraus, *A. Kahn*, lese ich auf dem Deckblatt, *September 1882*. Seine Handschrift wirkt sprunghaft, unreif, und wenn ich diese unbeholfenen Buchstaben sehe, muss ich an die Liste mit Eigenschaften denken, die ich einmal im ersten Monat meines Dienstes über ihn angelegt habe. Plötzlich möchte ich die Liste unbedingt haben, ich renne in mein Zimmer und fange an, in den Schreibtischschubladen herumzukramen. Das Blatt Papier hat sich hinter einen Stapel Hefte geschoben, und mit einem Gefühl der Dankbarkeit ziehe ich es hervor. Ich erinnere mich dunkel, dass ich es schon wegwerfen wollte, aus Scham vielleicht, jetzt bin ich froh, dass ich es aufgehoben habe. Die kindlichen Sätze geben ein deutliches Bild von Kahn; es ist das Foto, das ich nie machen durfte. Es trifft ihn gut.

Schlag sechs Uhr. Er wacht auf. Er wird von alleine wach und braucht niemanden, der ihn aufweckt.
Viertel nach sechs. Gymnastikübungen im Garten.

Manchmal im Parc de Saint-Cloud (wie ein Wilder rennt er die Treppe am Parkteich rauf und runter, er will, dass ich ihm hinterherrenne).
Ich muss mich nicht vollständig anziehen, keinen Anzug tragen, wenn er mich morgens vor Viertel nach sechs ruft. Hose, Hemd und Jackett reichen.
Alle Fenster müssen geöffnet werden (einige Blumen vertragen das nicht und lassen schnell die Köpfe hängen, und ein Mädchen saust ständig durch die Räume, um die verwelkten Exemplare durch frische zu ersetzen).
Acht. Abfahrt zur Rue de Richelieu.
Viertel vor zehn. Ich kehre nach Boulogne zurück. Alle Fenster wieder geschlossen, das Mädchen für die Blumen ruht sich in Fernandes Küche aus.
Viertel nach eins. Nicht stören, die Mahlzeiten nimmt er allein ein.
Ein paar Tage im Monat isst er gar nichts, trinkt nur Wasser und Fruchtsaft.
Fleischessen nennt er »Verzehr von Kadavern«.
Acht Uhr abends. Villa. Alle Fenster wieder weit aufgerissen.
Wintertag: eiskalt im Haus. Tauben flattern ins Haus.
Sonntag. Ausflüge außerhalb von Paris. Er versucht, Hunde und Kühe dazu zu bringen, Früchte zu fressen.

Grinsend lege ich die kleine Auflistung neben mein Bett. Hat er wirklich geglaubt, dass ein Hund eine Birne fressen würde? Auf einer seiner Geschäftsreisen hatte er speziell für die Tiere, die er unterwegs sehen würde, eine Kiste mit Birnen hinten an die Kutsche binden lassen, ich weiß es noch, eine Kiste Birnen und eine mit Süßigkeiten. Bei jedem Kind mussten die Pferde angehalten werden, damit er die Kleinen mit Süßigkeiten bedienen konnte, bei jedem streunenden Hund, der die Straße überquerte, sprang Kahn vom Trittbrett und ging in die Knie, das Stück Obst in der ausgestreckten Hand – er kapierte nicht, dass die Hunde das nicht wollten. Jetzt denke ich wieder an den Affen, ach, das Äffchen im Turmzimmer; wie oft haben Fernande und ich nicht über das Tier gesprochen? Über Kahn und den Affen stehen hübsche Notizen in meinem Tagebuch, ich würde sie jetzt gerne lesen, aber das muss warten. Im Salon ist das Feuer fast ausgegangen, der Wind hat aufgefrischt.

In der Küche mache ich Tee, schäle zwei Äpfel und stapele die Schnitze auf einem Teller. Meist schleppe ich am Nachmittag auch eine extra Decke mit mir herum, damit mir nicht zu kalt wird, mit der Decke als Umhang um meine Schultern laufe ich wie ein Ritter durch den Flur.

»Das Eichhörnchen, Dutertre, ich hab es wieder gesehen«, sagt er, als ich sein Zimmer betrete, und er sperrt seine Augen weit auf.

Der Krieg, Monsieur, ich höre ihn schon wieder, sage ich in vollkommener Stille, schaue auf seinen kurzen Hals, um den ein Schal geschlungen ist. Er war ein ausgezeichneter Lehrmeister, wirklich superb. Nebenher merke ich an, dass ich aufgeräumt habe, und ich hole die Briefe des Professors heraus, die ich in der Tasche mit mir trage, ein dunkelrotes Bändchen hält das Bündel zusammen. »Wir brauchen Kartoffeln und Gemüse«, sage ich.

Er legt einen Arm auf die Decke, sein Handrücken sieht aus wie der Lappen im Kücheneimer, seine breite, blasse Hand. Ehrlich gesagt habe ich keine Ahnung, wie groß unser Vorrat noch sein sollte.

Heute oder morgen werde ich ihn nachmittags finden. Es wird ein Nachmittag wie dieser sein, trübe, in der Ferne Hundegebell, und ich werde ins Zimmer treten und ruhig zu den Gartentüren gehen, ich werde unterdessen eine Bemerkung über die Sträucher und die Vögel in den Ästen machen. Vielleicht rede ich noch ein bisschen weiter über Nichtigkeiten, einfach nur, um überhaupt etwas zu sagen – ehe es zu mir durchdringt: Kahn bewegungslos in seinem Bett, das Eichhörnchen auf halber Höhe des Stamms. Vergessenheit ist kein Wort, das zu ihm passt. Er hat nie Aufmerksamkeit für sich gesucht, so ein Mann ist er nicht, aber sein Ehrgeiz … In Vergessenheit geraten, das klingt wie Schwimmen im offenen Meer. Wie komme ich jetzt darauf? Er verdient es, in Erinnerung zu bleiben, das ist es, was ich sagen will, das ist der Weg, den er gewählt hat, und ich begleite ihn auf seiner Reise. In der Hoffnung, dass Gott das Ruder bald übernimmt.

Hinter seinem Rücken wurde getuschelt, ich merkte es an dem plötzlichen Schweigen, wenn er einen Raum betrat. »Querulant«, habe ich schon mal flüstern hören, »Provokateur«. Es war seine eigene Schuld, er wollte sich nicht anpassen, er setzte seinen Kopf durch, er fuchtelte mit seinen Armen (ein Ausdruck heftiger Gefühlsaufwallung, an den ich mich erst nach langer Zeit gewöhnt habe). Wer ihn nicht kannte, fand sein Verhalten ungebührlich. Ich wünschte, ich könnte sagen, dass ich mich in den vergangenen vierunddreißig Jahren nie von ihm abgewandt hätte. Ich habe nicht die Absicht, mich damit lang und breit zu beschäftigen, aber rückblickend wird mir klar, wie entsetzt ich manchmal über seine wechselnden Stimmungen, seine wilden Pläne war. Ach nein, es war keine Schuld, vielleicht Exzentrik, aber gleichzeitig so still, so sanftmütig. Ich bezweifle, dass Exzentrik das richtige Wort ist. Im Allgemeinen wusste ich meine Verlegenheit gut zu verbergen. Was war ich schüchtern, ich, der junge Chauffeur mit seiner Kamera! Aber auf lange Sicht ließ ich mich nicht so leicht aus der Fassung bringen, es war nun einmal seine Art, Dinge zu tun, wenn er unter Fremden war. In den ersten Jahren hatte ich von nichts eine Ahnung.

Im August 1912 begleitete ich Kahn nach Norwegen, weil er seine Investitionen bei der Norske Hydro überprüfen wollte. In Wahrheit waren die Investitionen eher wie Staub auf der Waagschale, denn unterwegs sollte ich Norwegen in Farbe ablichten. Kahn war aufgeregt; das erste skandinavische Land für sein Archiv, mehrere Male fragte er, ob ich auch genug Material eingepackt hätte, und um ihn zu beruhigen, nahm ich eine ordentliche Menge von Extrakisten mit. Es würde eine wundervolle Reise werden, ich freute mich darauf. Zu Unrecht, sollte sich dann herausstellen, denn von Anfang an ging alles schief.

Vor dem Bahnhof von Kongsberg wartete ein junger Mann auf uns, er lehnte an einem signalroten Mercedes. »Eigentum von Herrn Samuel Eyde«, erklärte er mit einem Nicken und öffnete die Tür.

Kahn, klein und gedrungen in seinem schwarzen Anzug, steckte die Hände in die Hosentaschen, sein Blick glitt in die Ferne, die Augen blinzelten ins grelle Licht. »Nein«, sagte er nach einer Weile, die sich wie eine Ewigkeit anfühlte. »Nein, lass mal.« Und er drehte sich zum Zug und unserem Gepäck um, das ausgeladen wurde.

Der junge Mann wandte sich mir zu, es war deutlich, dass er von mir erwartete, meinen Arbeitgeber zum Einsteigen zu überreden. Ich machte ein paar unsichere Schritte, der Hydro-Generaldirektor hatte extra für den Besuch von Albert Kahn seinen besten Wagen vorfahren lassen, die Tür schwang im Wind, ich roch die Lederverkleidung. Und Kahn ließ sich nicht bewegen, seine Schultern waren angespannt, so sehr, dass ihm das Jackett fast zu klein zu sein schien. Was fehlte ihm? Wollte er vielleicht, dass ich chauffierte? Schließlich war ich in einem Mercedes zu Hause. Gerade als ich um den Wagen herumging, lüftete Kahn seinen Hut und erklärte seelenruhig, die Straßen seien unpassierbar.

»Da werden wir nur durchgeschüttelt«, sagte er, »und kommen völlig kaputt im Hotel an. Diese Erfahrung habe ich auf meinen Weltreisen gemacht. Es ist besser zu laufen.«

Ich war mir sicher, dass er Norwegen noch nie betreten hatte, und spürte, wie mir die Schamesröte in die Wangen stieg. Trotzdem gingen wir zu Fuß in die Stadt, und ich fragte mich besorgt, was die Leute, die uns hier mitten auf der Straße laufen sahen und die Träger mit dem ganzen Gepäck hinterdrein, wohl davon halten mochten. Auf dem Kongsberg-Markt kaufte Anders Beer, denn so hieß der junge Mann, der uns begleitete, ein Kilo Birnen. Kahn kaufte fünf Kilo. Er bestellte eine Kiste Süßigkeiten und ließ sie in unser Hotel bringen. Ich wusste nicht, was ich dazu sagen sollte. Die Reise hatte gerade erst begonnen. Übrigens war Beer Landschaftsfotograf, ein gut aussehender Mann mit einem säuerlichen Zug um den Mund, und ich hätte gern mit ihm über seine Ausrüstung gesprochen, aber meine Kehle war wie zugeschnürt. Es begann bereits zu dunkeln.

Am nächsten Morgen fuhren wir in einer Kutsche mit zwei Pferden nach Notodden, gefolgt von einem zweiten Wagen mit dem Gepäck, den Birnen, den Süßigkeiten und der Schokolade. Froh über jeden Hund sprang Kahn vom Trittbrett, immer wieder ließ er die Kutsche anhalten, weil er meinte, dass die Pferde ausruhen sollten. Schließlich trippeltrappten wir eine Weile ungestört weiter, kamen durch kleine Dörfer, vorbei an geharkten Gärten und einigen Schuppen, Kinder rannten durchs Gras, und bei jeder neuen Gruppe musste die Kutsche wieder anhalten, damit er Obst und Süßigkeiten austeilen konnte. Dann tat Kahn etwas Unvorstellbares: Bei einem Dreiergrüppchen von Mädchen zauberte er eine Handvoll Ringe aus seiner Hosentasche, er ging in die Knie und suchte sorgfältig das kleinste Schmuckstück aus, einen Ring, den er dem ältesten Mädchen gab. Ich war völlig perplex, er würde ihr doch nicht etwa einen echten Edelstein an den Finger stecken? Und wenn niemand es sah, wenn alle glaubten, das sei nur ein wertloses Stück Glas? Dann war es eine sinnlose Tat, vielleicht sogar eine grausame, dachte ich bei mir, denn wenn man jemandem etwas schenkt, rein und ohne Hintergedanken, ist man dann nicht auch verpflichtet, dafür zu sorgen, dass derjenige das Geschenk auch begreifen kann? Es musste wohl doch Glas sein, redete ich mir ein, man konnte nicht eine ahnungslose Familie aus ihrer Armut befreien. Sprachlos starrte die kleine Göre auf ihre Hände, die eine voller Süßigkeiten, die andere mit dem glitzernden Stein am Mittelfinger. Und ich weiß noch, wie ich ein Stück weiter auf dem Hügel einen Blick zurück warf und das Kind noch immer da unten auf der Straße stehen sah; eine winzige Gestalt mit ausgestreckten Armen.

Als wir endlich den Ort unserer Bestimmung erreicht hatten, gab es ein Festessen, ein Bankett zu Ehren des Besuchs des französischen Bankiers, aber Kahn schenkte den Suppenterrinen keine Beachtung, ließ den Braten links liegen, und fragte mit leiser Stimme nach Brot und Fisch. Beer und die Direktoren der Hydro stürzten sich auf das kalt gewordene Mahl, hin und wieder schauten sie flüsternd in die Ecke, wohin sich Kahn mit seinem Brot verzogen hatte (nach vorn gebeugt auf seinem einfachen Stuhl, den Teller auf dem Schoß), und Beer presste die Lippen aufeinander. Die Herren meinten wohl, dass Kahn nichts mitbekäme und ich nichts hörte oder sah. Um mich kümmerte sich keiner. Und wer dachte noch an die Mädchen? Das Älteste in seinem verwaschenen blauen Kleid, seine strähnigen Haare und die großen Augen?

Dass ich fassungslos war, daran erinnere ich mich. Gemeinsam hatten wir die Welt umrundet, während der großen Reise arbeitete Kahn meist, und hier, also auf Geschäftsreise, schien er, Teufel noch mal, Ferien zu machen. Wir verbrachten die Tage in Beers Gesellschaft, und ohnmächtig polterte ich durch diese langen Stunden, aus Angst, dass sie sich über ihn das Maul zerreißen würden, dass er sich unmöglich benähme, und zweifelte an meinem eigenen Verhalten. Ich vermisste meine Garage. Ein Motor läuft oder läuft nicht. Er kann anfangen zu kochen, dann wartet man einfach, bis er sich abgekühlt hat.

Beer erzählte, dass der Wasserfall, der Rjukanfossen, zur Stromerzeugung und zur Herstellung von Salpeter aus dem Stickstoff der Luft genutzt wurde. Ich wusste nichts über Salpeter, wollte aber liebend gern den Wasserfall fotografieren, und während ich mein Vérascope auf das Stativ schraubte, sah ich neugierig auf die Sachen meines Begleiters. Er hatte eine Kodak-Boxkamera dabei, die mit einem Aufnahmezähler und einem Rollenhalter ausgestattet war, und der Verschluss wurde mit Hilfe einer Schnur gespannt. Zum Glück hatte seine Kamera auch einen Anschluss für Plattenkassetten, denn ein sogenannter moderner Aufnahmefilm konnte nur in einer Dunkelkammer eingelegt werden. Mit Schwung warf ich meinen Wechselsack über die Schulter und schnappte mir eine Schachtel meiner Platten.

»Farbe?« Beer zog seine Augenbrauen hoch.

»Natürlich«, versicherte ich und warf einen letzten Blick auf seine polierte hölzerne Kodak.

»Je mehr Farbe«, sagte Beer herablassend, »desto weniger sieht man.« Er schnaubte. »Eine wahrheitsgetreue Abbildung kann so hässlich sein! Ein gutes Gedächtnis und ein gutes Auge, das braucht ein Fotograf. Nur eine handkolorierte Platte kann das Original ansehnlich wiedergeben.« Er klopfte mit seinen Fingernägeln auf die Holzkiste. »Farbnuancen sollten sorgfältig dargestellt werden. Die Hand mischt harmonisch, was das Auge gesehen hat. Und Sie«, fragte er im gleichen herablassenden Ton, »brauchen sich nur um die richtige Belichtung zu kümmern?«

Ich nickte.

»Wissen Sie, ein einfaches Bild, auf ästhetische und kompositorische Weise künstlerisch, kommt am besten in Schwarz-Weiß zur Geltung. In Ausschnitt und Ton. Die Arbeit eines Fotografen besteht aus so viel mehr als nur der ursprünglichen

Aufnahme. Technik ist kein Hindernis, im Gegenteil, Technik ist die Voraussetzung! Sie können keine Abzüge von Ihren Farbplatten machen, stimmt's? Sie drücken nur auf den Knopf. Tatsächlich läuft es darauf hinaus, dass dann jeder auf den Knopf drücken kann.«

Er sprach Französisch mit einem unangenehmen Akzent, unmelodiös, hart. Das Sprechen machte sein gleichmäßiges Gesicht hässlich.

»Dieser Arbeiter da«, er wies auf einen vorbeilaufenden Mann im Kittel, »dem könnten Sie Ihr Gerät in die Hand drücken und ihn bitten, ein Foto zu machen. Aber ist er deshalb ein Fotograf? Ich bitte Sie! Lieber Himmel, ich fürchte, die Wahl des fotografischen Motivs hängt künftig nur noch von der Farbe ab. Seelenlose Motive, ruckzuck zur Kunst erhoben.«

Was für eine Paukerseele! Überfahren von seinem Wortschwall konnte ich nur hervorbringen, dass die Farben meiner Autochromplatten sehr naturgetreu waren. »Sie zeigen genau das, was schwer zu erkennen ist«, sagte ich, »oder was zu verschwinden droht.«

Beer drehte sich um und fotografierte eine Holzkirche. Ich tat dasselbe: eine wirklich herrliche Abbildung eines weißen Gebäudes mit einem roten Turm, wenn ich das so sagen darf. Im Vordergrund der Friedhof, die weißen Grabsteine, der Rasen voller Butterblumen. Zitternd verstaute ich das Vérascope wieder in die Tasche. Es war früher Nachmittag, und zu meiner Überraschung begann es schon zu dämmern, Sonnenstrahlen fielen auf die Felsen um uns herum, bis zum Städtchen im Tal hinab reichten sie nicht mehr. Später erfuhr ich, dass die Arbeiter von Rjukan den ganzen Winter in Dunkelheit verbringen, die Sonne klettert dann nicht mehr über die Berge, und ich weiß noch, wie ich an jenem Nachmittag im August zu dem fernen Licht auf den Bergkämmen hinaufblickte und das Gefühl hatte, mich tief unten, auf dem Grund von irgendetwas, zu befinden.

Es ist gar nicht lange her, da fragte ich Kahn, was damals los war mit Sam Eyde, warum er nicht in seinen Mercedes steigen wollte.

Er schlug die Augen auf. »Ingenieur Samuel Eyde«, wiederholte er nachdenklich, »Direktor der Norske Hydro, Spross einer reichen Familie.«

»Das schöne Auto am Bahnhof Kongsberg. Was hat Ihnen da nicht gepasst?«

Kahn sagte, er habe in seinem ganzen Leben niemandem Steine in den Weg gelegt. Dann sah ich ein verschmitztes Lächeln auf seinem Gesicht und faltete meine Hände im Schoß. Nach einer Weile musterte er mich von der Seite, als erwartete er eine neue Frage.

»Was war es«, fragte ich höflich, »was wollten Sie ihm klarmachen?«

»Ach«, er hob den Zeigefinger. »Eigentum, Dutertre, verpflichtet. Vor allem die Bourgeoisie muss sich ihrer Pflichten bewusst sein. Die Familie, in die Sam Eyde geboren wurde … Lass es mich so sagen: Er war jemand, der sein ganzes Leben lang von Luxus umgeben war.«

Ich verwies darauf, dass der Herr Eyde einen Aufzug hatte in den Berg bauen lassen, der seine Arbeiter in die Sonne brachte, aber das ließ er nicht gelten.

»Natürlich ließ er den Aufzug bauen, es war eine Kabelbahn.

Gleichzeitig hat er Hunderttausende an seinen exorbitanten Lebensstil verschwendet. Du musst bedenken, dass er sich ausschließlich in seinen eigenen Kreisen bewegt hat. Leute wie Sam Eyde nutzen eine Investition nie, um die Kluft zwischen sich und anderen zu überbrücken. Wenn du ihn fragen würdest, ob er seine Mitmenschen liebt, würde er antworten: Ich liebe meinen Bruder und meine Schwester. Die eigene Westentasche ist immer näher als die fremde.«

Hinter den Bäumen im Garten versank die Sonne, für einen Moment war es ganz still, bis ich sagte: »Anders Beer hielt mich nicht für einen guten Fotografen.«

Er sah mich scharf an. »Dutertre, du hattest die Weltbevölkerung vor der Linse. Was ist daran nicht gut?«

Er wartete meine Antwort nicht ab.

Ein Lebenswerk, was sollte daran falsch sein? Ich grübelte manchmal darüber nach, was aus ihm ohne sein Archiv geworden wäre. Er hätte heiraten können, voilà, eine Ehe hätte ihn sicher gezügelt, vielleicht im besten Sinne des Wortes – Abendessen am Tisch, Nächte im Bett und nicht in dem einen oder anderen Park unter einem Baum – Damen haben nun einmal ein feineres Händchen dafür. Kahn hingegen war nur an einer einzigen Sache interessiert, fieberhaft versuchte er, seine Kisten voll zu bekommen, und es gelang ihm immer wieder, Fotografen in die letzten Winkel der Welt zu schicken, überstürzt, Hals über Kopf, würde ich sagen, er selbst blieb dabei unsichtbar, abgeschirmt durch seine Bankgeschäfte und auch sonst durch seine Gewohnheit, physisch zu verschwinden; immer öfter zog er sich ohne Ankündigung zurück.

Eine Zeitlang habe ich gedacht, er hätte glücklicher sein können. Abends, wenn die Arbeit getan war, knipste ich das Licht aus und musste mir eingestehen, dass ich mich wieder nicht getraut hatte, ihm das zu sagen.

Als ich endlich den Stuhl heranziehe, ist es totenstill und dunkel, als hätte sich bereits die Nacht über alles gesenkt. Für einen Moment weiß ich gar nichts mehr, und mir wird kalt ums Herz, aber während ich zuhöre, füllt sich die Stille mit Geräuschen; seine regelmäßige, flache Atmung. Eine gewisse Verzweiflung ist seinem Atmen anzuhören, nicht durch die fehlende Tiefe, aber durch den Rhythmus – verbissen ist vielleicht ein besserer Ausdruck (für ingrimmig). Ich stelle die Tasse Tee auf den Nachttisch, es ist verrückt, aber ich habe mich noch immer nicht daran gewöhnt, an seinem Bett zu sitzen, in meiner Vorstellung geht er unentwegt spazieren, ist fanatisch bei seinen Gymnastikübungen, die Treppe rauf und runter rennend und mich anspornend, es ihm gleichzutun.

»Der erste japanische Garten, den Sie je gesehen haben, war in Amerika«, sage ich.

»San Francisco, wir fuhren mit dem Ford T. Du warst ziemlich griesgrämig.« Er schnappt kurz nach Luft. »Ich habe dich damals für einen Rotzlöffel gehalten.«

»Tatsächlich?« Ich beuge mich überrascht zu ihm.

»Wie alt warst du? Vier-, fünfundzwanzig? Was hätte ich machen sollen? Die Stadt wiederaufbauen? Dafür sorgen, dass es nie mehr ein Erdbeben gibt? Ganz abgesehen davon, wer kann so etwas voraussehen?« Das Bett knarrt. »Überleg doch mal! Was hast du selbst gemacht, Dutertre?«

Es ist eine ehrliche Frage, sein Blick ist freundlich, und doch versetzt es mir einen Stich.

»Fotografiert«, stellt er fest. »Vergiss nicht, die Thornton-Pickard ist ein großer Apparat, ein Mann kann einfach dahinter verschwinden.«

Er hat recht: Im Verborgenen konnte ich fast alles sehen, aber es war immer noch *seine* Kamera. Mit krampfartig ineinander verschränkten Fingern bleibe ich sitzen und zähle die Karrees auf der Decke. Wir haben nie über unser Verhältnis gesprochen, vielleicht weil ich geglaubt habe, dass sich das für einen Mann in meiner Position nicht gehört. So hat es sich langsam zu etwas Selbstverständlichem, etwas Unantastbarem ausgewachsen. Wie die Zeit aus allem Gewohnheiten macht, richtige oder falsche.

Er zuckt mit den Schultern, ich sehe seinen Blick umherschweifen.

»Wie auch immer, ich war schon vorher in Asien«, wendet er das Gespräch wieder in eine andere Richtung, »und Rudyard noch vor mir. Erinnerst du dich noch an Rudyard?«

»Natürlich. Mr Kipling.« Ich nehme die Tasse und schiebe sie ihm in die Hand, den Daumen ans Porzellan. »Neulich musste ich an Gommete denken«, sage ich dann und habe das Gefühl, dass ich plötzlich mein Gleichgewicht verliere. »Gommete mit ihrer dunklen Nase, diesem Stückchen Haut, so weich wie eine Kinderwange. Ich hoffe, der Herr ist ihr gnädig.«

Mit einem Ruck schiebe ich meinen Stuhl zurück und gehe zu den Türen an seinem Fußende. Irgendwo im Erdboden zwischen den Sträuchern und den Ästen liegen die Hundeknochen, auf einmal bin ich mir sicher, dass sie durcheinandergeraten sind, die Rippen, der sattelförmige Schädel, die Steißbeinknochen, nichts liegt in dieser aufgewühlten Erde noch an seinem Platz. Ich erinnere mich genau, wie schwer Gommete war.

Hinter mir ist er wieder still geworden, und ich reibe meine Arme. Es ist wirklich kalt in diesem Zimmer, ich muss mit den Füßen aufstampfen, um wieder ein bisschen warm zu werden. Bald werde ich die Fensterläden endgültig schließen und die Bolzen vorschieben, und dann rosten die Eisenteile ein. Am Fenster stehend stelle ich mir die Dunkelheit vor, so stockfinster wird es sein. Mein Blick schweift über den Weg zu den Zypressen, ich konnte diese steifen Bäume nie leiden.

»Sind sie noch da?«, unterbricht er meine Gedanken, und ich höre ein Getickel, das Geräusch einer Tasse, die aufs Nachttischchen zurückgestellt wird.

Ich drehe mich um.

»Die Autochrome«, sagt er, »die Aufnahmen von unserer Reise, sind die noch da?«

»Sie verblassen«, sage ich. »Zusehends.«

Eine Wolke zieht vorüber, das Licht im Raum ändert sich, Kahn folgt mit dem Finger einer Falte auf der Decke, und ich setze mich wieder ans Bett. Ich weiß genau, woran er sich erinnern möchte. Allzu gern denkt er an Felder voller Mohn, an gelbe Sumpfblumen und Flüsse, er glaubt, einige Gesichter wiederzuerkennen, die Augen eines Mädchens mit seinem Kopftuch. Nur unter den einfachsten Menschen fühlte er sich wohl, die hatten nicht so oft mit Fremden zu tun und nahmen ihn so, wie er war: als einen Mann mit Interesse an ihrer Lebensweise, an der Art, wie sie ihre Kinder großzogen und ihr Vieh hüteten. Jetzt ist er mit seinem Lebenswerk zurückgeblieben, dessen Größe und Gewicht die Fußböden durchhängen lassen. Die

Idee des Archivs ist von schmerzlicher Schönheit, aber immer knarren und stöhnen die Dielen, ganz sicher, denke ich, weil die Träger verrotten. Ein ums andere Mal, wenn ich daran vorbeigehe und die Etiketten lese, stelle ich mir vor, dass die Schränke nach vorne kippen, und ich flüchte aus dem Raum vor Angst, dass sie mich unter ihrem Gewicht zerquetschen.

Im vierten Schrank auf Höhe des Fensters steht die Mongolei. Eine Reihe Fotos, aufgenommen rund um das Gandan-Kloster in Ourga. Die Lamas sind neugierig, sie drängeln sich vor der Linse, ein paar Männer stehen ganz nahe, sie wollen in die Box der Thornton gucken, als wäre es eine Zauberkiste. Fernande und ich fanden die Fotos komisch, wir machten uns lustig über die Männer in ihren orangefarbenen Gewändern mit ihren verdutzten, breiten Gesichtern und den kahl geschorenen Köpfen. Auf einem der Bilder sieht man deutlich, dass die Kutten mit einer gelben Biese abgenäht sind, andere Gewänder sind weniger orangefarben als vielmehr in einem grünbraunen Farbton, dem Farbton der Erde. Das Land wirkt ärmlich, im Hintergrund prangen die weißen Türme eines Tempels, rechts steht ein kleines Pferd, das mit den Hufen stampft. Das Tier senkt den Kopf, und der Mönch, der darauf sitzt, ist ein Schatten; das Pferd, das ihn trägt, ist einfach ins Bild getrabt. Hinter dem Pferd stehen die Mönche Seite an Seite, die Kutten scheinen sich zu wiegen, und alle strecken ihre Arme vor dem Körper aus. Ein Junge grinst so breit, dass man sein schwarzes Zahnfleisch erkennen kann. Es war zur Zeit der russischen Herrschaft, die Zeit vor dem Massaker an Tausenden von ihnen. Heute wage ich es nicht mehr, die Fotoplatten mit den Mönchen herauszunehmen, ich traue mich nicht einmal, die Kisten zu öffnen. Sind die Fotos verblasst, die bunten Kutten verblichen? Sind Risse in der Emulsionsschicht? Hat sich die Gummierung aufgelöst, ist das Papier gerissen, das Deckglas gebrochen? Es könnte sein, es könnte verdammt noch mal sein.

Trotz allem setzt Kahn noch immer alles Vertrauen der Welt in diese Sammlung, und ich führe ihn Tag für Tag durch die Landschaften seiner Erinnerung – das Archiv als Zufluchtsort. Ich lese ihm vor, und er hört zu, ich schichte die Erzählungen übereinander wie Kalksteine, während Frankreich jeden Moment Deutschland den Krieg erklären kann, und drei Türen weiter schreien die Mönche lautlos in ihren Kisten.

Kahn hebt seine Hand, er tippt an mein Handgelenk, und ich merke, wie kalt seine Finger sind. »Das Heidekraut blüht«, fantasiere ich schnell.

»Wo?«

»Wo? Im Osten natürlich, im englischen Garten.«

Lange ist es her, dass ich in diesem Teil des Gartens gewesen bin, und ich nehme mir vor, jetzt gleich danach zu sehen. Heute beschränkt sich mein Spaziergang auf die Blumenrabatten entlang der Auffahrt und den kleinen Wald, der an diese Seite der Villa grenzt. Kahn hat hier seine letzten Runden gedreht, obwohl ich es bedenklich fand, dass er in seinem Alter noch den auf- und absteigenden Waldweg einschlug. Der Pfad ist durch die Tannennadeln rutschig, und an der höchsten Stelle, versteckt hinter den Farnen, befindet sich die Kuhle, in der ich Gommete begraben habe. »Gehen Sie zum Rosarium«, riet ich ihm, »gehen Sie zur Orangerie.«

Aber sein Eigensinn war noch quicklebendig, weshalb ich

ihm heimlich folgte. So habe ich mich allmählich an die Enge gewöhnt, und ich muss gestehen, dass von den Tannen ein gewisser Trost ausgeht, im Sonnenlicht leuchten die Nadeln, und in der Dunkelheit wird man von den tief liegenden Ästen wie von einem Zelt eingehüllt. Fremde können einen hier nicht so leicht finden.

Er liegt mit dem Kopf hintüber. Ich ziehe das Laken und die Decke straff, er schließt die Augen.

»Wie geht es Ihnen?«

Er ist fast achtzig.

»Bis jetzt«, sagt er, »geht es.«

Ich spüre es schon, das Gewicht seines Körpers in meinen Armen.

Tagebuchaufzeichnungen

San Francisco – Honolulu

1. Dezember. Gegen Mittag an Bord des Dampfschiffes *Magnolia* (13 000 Tonnen). Ich bekomme die Kabine 79 für mich allein. Nach Honolulu reisen Passagiere erster Klasse. Am Abend war das Meer noch immer ruhig. Den Vollmond betrachtet. Das Abendessen wurde von Chinesen in langen weißen Hemden aufgetragen. Ihre farblosen Gesichter haben bemerkenswert glatte Wangen. Er speiste allein in seiner Suite. Weil er nicht dabei war, habe ich mir ein ziemlich großes Stück gebratenes Rindfleisch bestellt.

Gelabt und auf dem Bett liegend kann man in aller Ruhe nachdenken. Ich muss in Tokio kaufen:

4 Platten 42 cm

4 Platten 38 cm

25 Platten 32 cm

5 Kilo Fiber

10 Kilo normales Seil

Souvenirs für Maman, Claude und Fernande

2. Dezember. Erste Nacht, ausgezeichnet geschlafen, angenehm schaukelnde Wellen. Zurückgelegte Strecke: 307 Meilen. Das Hemd des Dieners beim Frühstück hellblau.

Am Ende des Morgens war die See aufgewühlt. Schlenderte über die Decks und entdeckte etwas Interessantes in der dritten Klasse: Unter der Treppe hockten fünf Chinesen, vor ihnen eine auf dem Kopf stehende Kiste. Sie spielten Karten um Geld. Beim Aufstellen klackerten die Beine des Stativs auf den Planken. Die Spieler richteten ihre Blicke auf mich. Die Karten wurden weggefegt – das Geld verschwand. Die Kamera blieb also besser in der Tasche. Kam nicht gut an bei diesen Chinesen!

Das Wetter schlug um. Regen trommelte auf das Schiff. Alle flohen nach drinnen. Eine Stunde später schien die Sonne wieder. Dampfende Liegestühle, als stünden sie in Flammen. Sechs französische Missionsschwestern und ein Missionar sind auf dem Schiff geblieben, um bis Hawaii mitzufahren. Der Missionar sieht ungepflegt aus. Ein gewisser Pater Dupri; ein magerer Mann mit scharfem Profil. Er leckt sich oft und hörbar über den Mund. Wie ein Hund.

3. Dezember. Letzte Nacht hat Pater Dupri erzählt, dass er seit sieben Jahren auf dem Missionsposten lebt. Die Schwestern kommen und gehen. Sie halten es nicht lange aus. Laut Dupri verliert der Glaube gegen das Klima. Auf Hawaii bläst das ganze Jahr über ein Nordostpassat. Er macht den Schwestern keine Vorwürfe – nicht umsonst wurde Adam als Erstem das Leben eingehaucht. Die Kraft von Gottes Atem wäre zwar unübertroffen, stecke aber eben hauptsächlich in Adam. Hawaiianer, seufzte er, sind gottesfürchtig, aber sie reden laut und viel.

Mittags: 329 Meilen. Hitze und Sonne.

4. Dezember. Besatzungsmitglieder zeigten uns, was wir tun sollten, falls ein Feuer ausbricht. Sie warnten uns davor, alle gleichzeitig in den Pool zu springen. Das schien mir gerade die allerbeste Idee zu sein. Kahn saß bei mir an Deck. Jetzt weißt du, warum du deine Sommersachen einpacken solltest, sagte er zu mir.

Das Meer ist so ruhig wie ein See. Das Wasser wie Öl, und wir gleiten, wir gleiten ohne die geringste Bewegung des Schiffes. Ich würde viel dafür geben, Gottes Atem ein bisschen zu spüren.

Nach dem Abendessen wurde trotz der Hitze ein Ball auf der Brücke organisiert. Männer mit roten Köpfen, die Wangen strahlten nach der Rasur. Damen mit feuchten Locken an den Schläfen. Niemand hatte Lust zu tanzen. Die Missionarsschwestern standen in Schlachtordnung an der Reling. Plötzlich sah ich, wie sich die letzte Schwesternkutte bewegte, obwohl nicht das lauste Lüftchen wehte! Das Gewand reichte ihr bis über die Schuhe. Aber ich sah es, mit den Füßen machte sie kleine Schritte zum Takt der Musik. Als sie bemerkte, dass ich sie ertappt hatte, schlug sie jungfräulich die Augen nieder. Dieser Pater Dupri, vielleicht hat er jetzt eine gefunden, die bleibt!

5. Dezember. 361 Meilen. Ich habe versucht, ein Bild von dem zutiefst blauen Wasser zu machen. Langweilig. Am Nachmittag kam Dupri wieder in meine Kabine. Er zog ein Kartenspiel aus seiner ausgefransten Tasche und begann, es auf meiner Pritsche auszulegen. Ich kenne kein einziges Kartenspiel und sagte ihm das. Der Pater spielte alleine. Der Abend kam.

Das Geräusch, das die Karten machten, hatte etwas Beruhigendes. Ich streckte mich auf dem anderen Bett aus. Ich hörte den Mann abwechselnd schmatzen und schimpfen und fiel beim Klang seiner Stimme in Schlaf.

6. Dezember. Die Temperatur steigt immer weiter an. Wo war er? Zum Oberdeck gegangen und an seine Tür geklopft. Durch die geschlossene Tür mit ihm gesprochen. Er war müde. Sind wir das nicht alle? Zurückgelegte Strecke: 367 Meilen.

Neben uns erschien ein anderes Dampfschiff derselben Gesellschaft wie die *Magnolia*. Ich konnte die Passagiere auf den Decks stehen sehen. Auf dem anderen Schiff kam mir alles viel besser vor. Sie kamen schnell voran und holten uns ein.

Kaltes Meerwasserbad genommen (Schwimmbad auf der Brücke). Mein Arbeitgeber ist am Abend wieder aufgetaucht. Ich warne ihn vor Ohnmachten. Er hat gefastet, um seinen Körper zu reinigen. Weil er nicht esse, könne pure Luft durch ihn hindurchfließen. Wenn er nicht aufpasst, wird die reine Luft ihn noch wegpusten. Der Hunger macht ihn langsam. Er ist seiner Zeit vorausgeeilt und inzwischen ein älterer Kahn geworden. Noch einsilbiger.

In der Ferne erheben sich die Berge von Honolulu aus dem Wasser.

7. Dezember. Heute ist so viel passiert! Ich werde alles im Detail aufschreiben. Am Morgen erreichten wir die Insel Oahu. Nach dreistündigem Warten durften wir in den Hafen. Vom Quai aus sprangen junge Eingeborene ins Meer, um nach dem Kleingeld zu tauchen, das die Passagiere von der Brücke warfen. Kahn klatschte in die Hände. Er war auf einmal hellwach. Es waren nur ein paar Münzen. Er warf sie einzeln und versuchte, jedes Kind gleich zu bedenken. Ihre klaren Stimmen brachen sich an der Schiffswand. Dann waren seine Taschen leer. Er sah nach den schwimmenden Kindern, dann zog er seine Brieftasche heraus und warf alles über Bord, was er an Münzgeld besaß. Einschließlich der verbleibenden Centimes und Franc, mit denen hier keiner etwas anfangen kann. Die Kinder tauchten weiter. Andere Passagiere zogen sich von der Balustrade zurück – mit Blicken, die nicht misszuverstehen waren. Er beugte sich immer weiter vornüber. Da unten johlten und schrien die Jungs. Jeder von ihnen buhlte um die Aufmerksamkeit dieses Mannes da oben, von dem sie wahrscheinlich nicht mehr als einen Arm erkennen konnten. Aber was für ein Arm, denn auf einmal flatterten echte Dollarnoten vom Himmel. Und trieben auf den Wellen. Hören Sie auf!, zischte ich, alle starren Sie an. Ich spürte, wie mir der Atem in der Brust stockte, aber ich konnte es nicht länger mit ansehen. Ich würde es jederzeit wieder tun.

Wir hatten nicht viel Zeit auf der Insel. Sobald wir an Land kamen, mieteten wir ein Auto (Cadillac, vier Dollar pro Stunde). Himmel, wie glücklich war ich, dass ich mal wieder am Steuer sitzen konnte! Die Straße war gut befahrbar. Er schien den Vorfall vergessen zu haben. Saß neben mir und schaute munter nach draußen. Ich schwieg. Die Landschaft war tiefgrün, der Staub schwarz. Zwischen den Häusern hindurch sahen wir die Bagger Sand aus der Meeresstraße holen. Die Ausgrabungen für den neuen amerikanischen Hafen Pearl Harbor. Es gibt noch nicht viele Matrosen. Aber Ziegen und wieselartige Tiere, die oft direkt vor dem Auto wegschossen. Und Reklametafeln für Zigaretten. Wie die Chinesen hier in ihren Holzbuden die Matrosen mit ihren Dollars in Empfang nehmen werden! Mit offenen Armen, denke ich mir. Genau wie die fliegenden Händler auf der Wiese, die Obstverkäufer und Messerschleifer. Jetzt sind es noch arme Teufel. Barfuß und in schmuddeligen Kleidern. Bald werden die Amerikaner ins neue Pearl Harbor ziehen.

In Honolulu fuhren wir um den Iolani-Palast herum und betrachteten die Statue von König Kamehameha. Wir besuchten das Aquarium. Man sagt, dass Fische einen beruhigenden Einfluss haben. Die Farben waren auf jeden Fall sehr lebendig.

Vor dem Abendessen klopfte er an meine Tür. Ich folgte ihm nach draußen. Alles dampfte, ich meinte, Wasser einzuatmen. Er ging schwungvoll, wunderbar entspannt. Ich fühlte mich leichter werden. Der Dampf stieg nicht auf, sondern breitete sich wie eine Fläche vor mir aus. Der Boden glitt weg, und ich stolperte. Genauso plötzlich fand ich mein Gleichgewicht wieder. Petit, hörte ich ihn rufen.

Hibiskus blühte am Straßenrand. Zwischen den gelappten Blättern eine gelbe Blume mit einem dunklen Herzen. Ich nahm mein Messer und schnitt den Stiel ab. Im Vergleich mit der Blume war seine Hand klein.

8. Dezember. Am frühen Morgen machte ich ein paar Bilder vom Strand (viele Mücken). Er und ich im Cadillac, in Tropenkleidung durch das Tal. Die Straße war kurvenreich und schmal, ich brauchte alle meine Steuermannskünste. An einer Abzweigung verkauften die Inselbewohner Kokosnüsse. Halt an, sagte er, und mach ein Foto für mein Archiv. Die Männer ließen sich von der Kamera nicht beeindrucken. Im Gegenteil, sie hockten sich schnell hin und nahmen eine Kokosnuss in jede Hand. Einer von ihnen kletterte auf den Baum. Hintüberhängend sah er mich grinsend an. Die hielten uns für verrückt. Sollte das die Aussicht sein, die ihn glücklich macht, wird das sein Fenster zur Welt? Ich glaube, es gibt Bilder, die es nicht wert sind, aufgenommen zu werden. Inzwischen kennt K. das Geräusch des Verschlusses viel zu gut. Ich log, auf der Linse wären Flecken. Er wartete weiter. Dann wollten die Insulaner Almosen. Seine Brieftasche war leer. Mir blieb nichts anderes übrig, als das Lumpenpack auch noch selbst zu entlohnen.

Überwältigende Landschaft. Maulbeeren, Akazien, Palmen. Häuser mit Strohdächern. Ein rosa Schwein vor dem Hintergrund eines schwarzen Hügels. Erstarrte Lava absorbierte das Sonnenlicht und ließ das Schwein noch rosiger aussehen. Schwelende Rauchfahnen aus den Zuckerrohrplantagen. Er glaubt, dass der Vulkan längst erloschen ist. Was ich zu bezweifeln wage. Der Berg hält sich ruhig. Das ist alles.

Boulogne, Paris

Kahn hat ein besonderes Talent zur Einsamkeit, er ist darin so gut, wie andere gut im Sport oder bei der Ausübung der Malkunst sind. Einige Fähigkeiten sind einem gegeben, und niemand weiß, warum. In seinem Leben ist kaum Platz für Freunde, vielleicht nur für die eine wahre Freundschaft, und die gilt dem Professor-Philosophen, ich sage das ganz ohne Bitterkeit. Bergson und Kahn haben als junge Männer jahrelang miteinander korrespondiert, ein Briefwechsel, den ich fast vollständig gelesen habe. Nachdem sie sich an der École normale supérieure, wo der junge Philosoph Kahns Lehrer war, kennengelernt hatten, behandelten sie einander als gleichrangig, es war, als hätten sie jeweils einen Bruder gefunden. Kahn bewunderte die Eigenwilligkeit Bergsons, die mit einer besonderen Sanftmut einherging, Bergson seinerseits pries, was er Kahns »metaphysisches Temperament und seine kaufmännischen Instinkte« nannte. Das Erste ist mir ein Rätsel, das Zweite kann ich bestätigen, da hatte er mit Sicherheit recht. Denn schon mit dreißig Jahren war Kahn durch seine Investitionen in Südafrika so reich geworden, dass er die gemietete Villa in Boulogne samt ihren Nebengebäuden und viel Land drumherum kaufen konnte. Übrigens war es Kahn und nicht Monsieur Rothschild – ich lege Wert auf diese Feststellung –, der mit der Vergabe von Reisestipendien an junge Lehrer begann; *les bourses de voyage Autour du Monde.* »Außerdem«, sagte Kahn, »was bedeutet denn Bücherwissen? Belebe deine Gedanken! Komm, öffne die Augen!«

Die Reisestipendien legten den Keim für das *Archiv des Planeten*, ein Samen, der aufblühte, als die Brüder Lumière das Autochrom erfunden hatten. Kahn sah seine Chance, es war die gleiche Idee, nur umgekehrt: Er holte die Welt nach Paris – sein strahlendes Fenster zur Welt. Bald schon sorgten Kahns Geld und sein wachsender Status für ungeahnte Anziehungskraft des Archivs, Anfang der Zwanzigerjahre machte ihn sein Vermögen selbst auch berühmt, und das Ergebnis war ein unvorstellbarer Gästestrom: Schriftsteller, Wissenschaftler, Minister und Staatsoberhäupter, die sich wie er von einem Optimismus anstecken ließen, der sich rasend über den Erdball verbreitete. Plötzlich waren unendlich viele Menschen um unser Universum besorgt.

Man hat den Eindruck, das alles sei ewig lange her, und es ist seltsam, aber nun will ich endlich wirklich zu den Nachkriegsjahren kommen, ehe ich (Gott bewahre) einen weiteren Seitenweg einschlage. Über Marie-Angéline und den Kaiser von Japan, über Alexander den Ersten, König von Jugoslawien, und über Sir Austen Chamberlain. Über Albert Einstein, Rabindranath Tagore, Rudyard Kipling und James Joyce. Lauter Nobelpreisträger, außer Marie-Angéline, dem König, dem Kaiser und dem irischen Schriftsteller.

Nicht erschrecken, auch ich erinnere mich an die frühen Zwanzigerjahre als an eine überreiche Zeit; in der Rückschau sehe ich, dass sie nur eine stark frequentierte Kreuzung auf dem Weg war, den wir zurückgelegt haben. Die Société Autour du

Monde hatte sich inzwischen zu einem Institut mit Abteilungen in verschiedenen Ländern entwickelt, und wer weiß, was Kahn in den Sinn gekommen war, es schien, als hätte er plötzlich von seiner eigenen Zurückhaltung genug, obwohl er noch immer die unzähligen Einladungen zu Banketten oder Partys ignorierte, aber in diesen aufregenden Jahren empfing er Besuch im neuen Landhaus in Cap-Martin oder eben hier in Boulogne. Zusätzliche Küchenmädchen und Köche, Butler und Zimmermädchen mussten eingestellt werden und für die Tochter einer japanischen Prinzessin ein Kindermädchen (Marie-Angéline, Modistin und Gouvernante). Die Gäste versammelten sich im Salon und verschwanden dann im Ausstellungsraum, um die Fotos zu betrachten. Er sorgte dafür, dass sich immer mehrere Leute gleichzeitig in der Villa aufhielten, und ermutigte sie, miteinander zu diskutieren, er lief herum und hörte zu, erkundigte sich bei allen nach ihrer Gesundheit, gleich danach oder wenig später verschwand er still und leise in seinem Zimmer. Wie ein Geist, habe ich manchmal gedacht, gerade richtete noch jemand das Wort an ihn und stellte dann zu seiner nicht geringen Überraschung fest, dass Kahn schon fort war.

Insbesondere erinnere ich mich an ein Treffen mit Sir Austen Chamberlain. Der Brite hatte ein sehr bewegliches Gesicht, im Gegensatz zu seinem ruhigen, fast abwartenden Charakter. Jedenfalls ist mir sein breites Grinsen im Gedächtnis geblieben, der Kneifer wackelte dabei auf seinen Wangen. Ich weiß es noch, weil Kahn im Salon war und wie eine Maus an der Wand entlangtrippelte, als einer der Gäste meinte, dass Aristide Briand nicht der richtige Mann wäre, um Frankreich im Völkerbund zu vertreten.

»Also bitte, er ist doch viel zu sensibel! Clemenceau hat uns den Sieg gebracht. Der Mann hat alles für uns herausgeholt, alles, Frankreich hat sein Territorium zurückbekommen, die Lumpen waren ganz bestimmt Hasenfüße, davon kann man ausgehen ...«

»Ach, *le tigre*«, unterbrach Sir Chamberlain den Sprecher nachdenklich von seinem Platz neben dem Ofen. Mehr sagte er nicht, aber sein Kneifer fiel herab.

Ich stand auf, um durch die offene Tür nach Kahn zu sehen, Clemenceau hatte als einer der Ersten die Gefahr der Dreyfus-Affäre durchschaut und dafür gesorgt, dass Deutschland sein geliebtes Elsass an Frankreich zurückgab.

»Charakter hat der Mann sicher«, mischte sich ein amerikanischer Schriftsteller, der mit seiner Frau in Paris lebte, laut ins Gespräch. Es war ein Mann, der sowieso immer da war, aber nie mit seiner Frau, obwohl ihm Kahn wiederholt ans Herz gelegt hatte, sie doch mitzubringen. Der Schriftsteller war ein kräftiger Mann mit einem schelmischen Augenaufschlag, gesegnet mit einer irgendwie brutalen Schönheit, und ich fing sie sehr wohl auf, die Blicke von Marie-Angéline, aber ich fand ihn zu dreist und habe seinen Namen vergessen. Außerdem wollte ich wissen, was Kahn über »den Tiger« dachte. Im vollbesetzten Salon nickte er nur, seine Haltung bekam etwas Schüchternes – war es das, Schüchternheit? –, und dann wartete er, ganz still, bis jemand anders das Wort ergriff, denn seine Ideale waren groß, groß genug, um die ganze Person Albert Kahn dahinter zu verstecken. Vor wem in Himmelsnamen? Ich habe mich das schon oft gefragt, damals und heute. Und schließlich: warum denn?

Bei sonnigem Wetter gingen die Besucher im Garten rund um das Haus in Boulogne spazieren, das damals wunderschön war. Erpicht, wie Kahn darauf war, die alten Werte der Welt einzufangen, ließ er jetzt auch seine Gäste fotografieren. Die Porträts, die Georges Chevalier und nicht ich gemacht hat, werden in getrennten Kisten im Archiv aufbewahrt. Ich nenne sie die Staatsporträts. An manchen Tagen lief Chevalier mit seinem Richard-Vérascope an einem Tragriemen um den Hals herum, oft sah ich ihn auf der Bank bei den Rosen sitzen, er tauschte seine Platten und maß das Licht. Er war kein auffälliger Mann, es gab Momente, in denen Kahn seine Anwesenheit völlig zu vergessen schien.

So konnte es geschehen, dass sich Chevalier während des Besuchs des japanischen Kaisers auf dem Hügel im Wäldchen in Positur stellte, durch den auf beiden Seiten mit Farnen gesäumten Weg hoffte er, zwanglose Schwarz-Weiß-Aufnahmen von den herankommenden Wanderern machen zu können. Ihre Stimmen wehten ihm entgegen, weiter oben flackerten Licht- und Schattenmuster, und Chevalier, der das Richard-Vérascope sicher aufs Stativ geschraubt hatte, beugte sich hinunter und wartete, mit dem Finger auf dem Auslöser der Kamera. Es war der Kaiser, der ihm als Erster vor die Linse lief, Kahn ging rechts an seiner Seite, und Chevalier erschrak, denn ihm fiel das Verbot ein. Doch unwillkürlich drückte er ab. Monsieur machte einen Satz und verschwand mit einer einzigen Bewegung hinter seinem hochrangigen Gast. Aber er war nicht schnell genug gewesen. Auf dem Foto steht Kaiser Yoshihito schließlich erstaunt da und blickt vor sich, halb hinter ihm die ins Schwarze getauchte Figur Kahns, zusammengeduckt wie eine Katze.

Übrigens ist auf sehr wenigen Aufnahmen zu erkennen, dass sie in diesem Haus oder im Garten entstanden sind, heutzutage könnte man glauben, dass hier nie jemand zu Besuch gewesen ist außer Rabindranath Tagore, der fotografiert wurde, als er in seinem langen Gewand unter den Kirschbäumen entlangschlenderte. Es muss mitten am Tag gewesen sein, denn die Sonne steht hoch, und er schreitet auf seinen Sandalen über den Pfad, als wäre er hier zu Hause und grübelte unter dem Gewölbe der Zweige. Sein graues Haar liegt wie ein Turban um seinen Kopf, er sieht ungeheuer zufrieden aus, der Wind spielt mit seinem Bart. Die Bäume stehen in voller Blüte, die Zweige sind mit Rosa bedeckt und werfen Glut auf Tagores braune Wangen. Er errötet. Ich finde, es ist ein schönes Autochrom, mit diesen zarten Farben wirkt es wie ein Gemälde, man sieht fast, dass der Porträtierte ein Dichter sein muss, und ich selbst hätte es genauso gemacht. Dennoch scheint mir das Bild falsch platziert, es sieht so aus, als wäre es aus der Kiste *Indien* herausgenommen und versehentlich zu den *Porträts* zurückgestellt worden.

Der Gästestrom riss nicht ab, im Sommer 1922 kam der Schriftsteller James Joyce mit dem Taxi in die Rue du Port, und als ich ihn sah, musste ich sofort an Marguerite denken. Nicht, weil er Ire ist, obwohl es unzweifelhaft auch damit zu tun hatte, sondern weil er eine Ernsthaftigkeit ausstrahlte, die mich an sie erinnerte. Es war gegen zehn Uhr morgens, Kahn war noch mit seinen Hunden im Garten spazieren, und Joyce stand unbeholfen in der Halle und stützte sich auf seinen Stock. Seine Gesichtszüge schienen wie mit einem Bleistift auf die Haut gezeichnet, die Brillengläser waren dunkel, wenn er sich bewegte, spiegelte sich das Licht darin.

Ich war wie immer durch die Hintertür hereingekommen und suchte Fernande: »Lastet die irische Luft noch immer auf den Mooren?«, fragte ich ihn.

»Sorry?« Er trat zur Seite, und ein Schatten wich aus seinem Gesicht.

»Es tut mir leid«, entschuldigte ich mich rasch, »jemand aus unserer Gruppe hat in Irland fotografiert, und ihr ist das aufgefallen.« Ich erhob die Hände. »Monsieur Kahn wird Sie gleich empfangen.«

In diesem Augenblick verließ Fernande den Archivraum und warf mir einen erstaunten Blick zu.

»O ja, schwer ist das Gewölk über Irland gewiss«, antwortete der Schriftsteller. »Das jagende Gewölk.«

Er hatte einen starken Akzent. Machte er sich über mich lustig? Dann drehte er den Kopf zur Seite, und ich schaute auf seine Brille, sah die Kratzer auf den Gläsern.

»Ich würde gerne mit diesem ›Jemand‹ sprechen«, sagte er. »Wenn es möglich wäre.«

»Mademoiselle Mespoulet lebt jetzt in Amerika«, antwortete Fernande. »Monsieur Kahn wird Ihnen ihre Autochrome sicher zeigen.«

Ich murmelte einen Abschiedsgruß und kehrte über den Rasen in die Garage zurück. Es war wieder ein warmer Tag geworden, die klare Luft überströmte den Garten, die Büsche wirkten frisch. Ich vermisste auf einmal die Kamera, ich vermisste das Metall des Vérascope in meinen Händen und den Geruch der Thornton, ein Geruch, der an die Bibliothek, an Holzschränke und an die Ledereinbände der Bücher erinnerte. Wer hätte das gedacht? Ich hatte die Konzentration lieb gewonnen, die nötig ist, um ein gutes Foto zu machen. An diesem Morgen hätte ich die Quitte fotografieren sollen oder die Brücke im japanischen Garten, ihre Farbe leuchtete intensiv. Vielleicht würde ich still und heimlich die japanischen Gärtner aufnehmen, jeden Morgen hörte ich sie reden, diese seltsamen Laute an meinem Fenster, wenn sie um das Haus gingen, und in meinem Halbschlaf stellte ich mir vor, ich wäre noch in Japan. Später am Tag sah ich, wie sich ihre braunen Körper zwischen den Bäumen bewegten, sie tranken Tee unter den Tannen im blauen Wald und schliefen in der Orangerie, man konnte den Duft ihres Essens riechen; der Garten war eine exotische Landschaft. Wenn der Winter kam, würden diese Männer verschwinden, und ich fragte mich oft, ob sie auch meine Träume in den Fernen Osten mitnehmen würden.

Eine Stunde später wurde ein zweiter Gast erwartet, auch ein Schriftsteller, ich wollte ihn mit dem neuen Renault vom Bahnhof abholen. Als ich das Auto aus der Garage fuhr, erschien Fernande auf der Freitreppe, sie hatte sich umgezogen und trug ihr schönstes Kleid; das perlgraue, das sie immer wählte, wenn Besuch erwartet wurde, ihre Figur stach scharf vom dunklen Hintergrund ab, ihr Gesicht war ernst. Sie schien mich nicht zu bemerken, und mir fiel auf, dass sie überhaupt nirgendwo hinsah, sie stand nur einfach da und wärmte sich in der Sonne. Ich saß im Auto über das Lenkrad gebeugt und sah, wie sie ihre kleinen Hände spreizte und ballte. Sie bewegte ihren Kopf mit dem Wuschelhaar von links nach rechts, atmete tief ein, und dann drehte sie sich wieder um. Ich fuhr schneller los als nötig, hörte den Kies unter den Reifen wegspritzen.

Als ich am Bahnhof ankam, meinte ich, den hochverehrten

Philosophen unter den Reisenden zu entdecken, frohgemut stieg ich aus und lief um das Auto herum, aber der Herr, der sich dann nach mir umdrehte, war jemand anderes. Mit hochgezogenen Augenbrauen musterte er den Renault und streckte seine Hand aus, um den Radkasten zu berühren. Er hatte einen ungewöhnlichen Namen: Rudyard Kipling. Sein Kopf war rund, genau wie der Kopf des Gelehrten, seine Züge waren weniger zart, er war gebräunt wie ein Seemann. Die rot umränderten Augen strahlten eine enorme Müdigkeit aus.

»9,1-Liter-Motor«, sagte er und sah sich die Karosserie genau an.

Ich nickte. »Ist das nicht eine Schönheit? Möchten Sie vielleicht lieber vorne sitzen?«

Er stellte sich vor die Wagentür, die ich ihm aufhielt. »Welche Autos besitzt denn Monsieur Kahn noch?«

»Noch zwei Mercedes, einen Daimler und einen alten Panhard & Levassor, der trotz seines Alters immer noch läuft wie geschmiert.«

Kipling rutschte auf den Sitz und richtete seinen Blick auf den Eingang des Bahnhofsgebäudes, wo einige Damen unter ihren Schirmen standen. Eine behandschuhte Hand lüpfte einen Rock ein wenig an, ein junger Mann zwängte sich vorsichtig an der Gruppe vorbei, zog sein Bein nach, sein linker Fuß schleifte über den Boden, und ich sah Kipling zusammenzucken. Ich startete den Motor, sein Dröhnen brach sich an der Hausfassade.

»Es ist nicht weit«, sagte ich.

Er reagierte nicht, wahrscheinlich hatte er mich nicht gehört. Dann räusperte er sich und sagte: »Du hast gedient. Wo?«

Mit meiner freien Hand rieb ich mir über den Arm. »Etwa sechzig Kilometer westlich von Nancy.«

»Nancy.« Er ließ sich nach hinten sacken und wandte nun sein Gesicht vom Fenster ab. In bedrückender Stille fuhren wir durch das sommerliche Paris, die Sonne fiel auf seine Knie, seine Finger trommelten auf den Sitz, und wenn ich es nicht besser gewusst hätte, hätte ich gedacht, mein Beifahrer sei Musiker, vielleicht Pianist, aber gewiss kein Schriftsteller, ganz und gar nicht.

Plötzlich sagte er: »Ich kannte einmal jemanden, der in der britischen Armee gedient hat. Seine Augen waren schlecht, deshalb wurde er zunächst abgelehnt.«

Er lächelte melancholisch. Vielleicht, dachte ich, wegen der Erinnerung an diese schlechten Augen.

»Sie haben ihn nicht weniger als dreimal zurückgestellt. Dann habe ich mich eingeschaltet, und er wurde angenommen.«

Ich lenkte nach rechts, es war nicht viel Verkehr, aber ich musste mich auf die Straße konzentrieren. Mein Kopf begann zu glühen, und erst nach einer Weile wagte ich es, die Frage zu stellen, auf die mein Fahrgast so unbedingt wartete: »Wer war das?«

Kipling drückte seine Fingerspitzen feierlich aneinander. »Es war mein Sohn«, sagte er.

Ich sah auf meine Hände, die das Lenkrad fest umklammerten, und schwieg.

Und wenn ich dich sehe, werde ich auf dich aufpassen, dachte ich, als wir auf den Quai du 4 Septembre einbogen. Der Satz stieg aus dem Nichts in mir auf und machte mich tieftraurig.

Kipling stand in der Bibliothek, er hatte ein Buch in den Händen und legte es aufgeschlagen auf den Tisch, schob seine Brille ein wenig die Nase hinauf und las: »*Wenn du das Bett naßmachst ist es erst warm dann wird es kalt. Seine Mutter legte das Öltuch auf. Das roch so komisch*«.

»Erst warm, dann kalt«, wiederholte er. Er schüttelte den Kopf. »Natürlich, wir fangen alle ...«, er blätterte in *Ein Porträt des Künstlers als junger Mann*, »... so an wie Stephen Dedalus.«

Joyce, neben dem Fenster, zuckte mit den Schultern, der irische Schriftsteller war schmächtig von Statur, er roch nach Kohl, und seine Jacke war eindeutig nicht von bester Qualität, der Stoff wellte sich unten. Kipling hingegen war tadellos gekleidet, er hatte sich rasiert und trug einen sauberen Kragen, seine Nägel glänzten, er strahlte eine gewisse Unnahbarkeit aus, und ich hatte Mühe, in ihm den Fahrgast vom Vormittag zu erkennen.

»Monsieur Kahn würde gern mit Ihnen speisen«, sagte ich und führte die beiden Schriftsteller durch das Vestibül. Fernande schlief, als ich an ihrem Zimmer vorbeigegangen war, hatte ich sie leise schnarchen hören. Im spärlich eingerichteten Salon erhob sich Kahn, er lud Kipling und Joyce ein, ihm gegenüber Platz zu nehmen, ich entschuldigte mich und zog mich zurück.

»Also, haben die Herren das Archiv schon gesehen?«

Ich bedauerte, dass ich nichts zu trinken genommen hatte, meine Kehle war trocken. Ich schlug die Zeitung auf.

»Mein bester Rudyard«, sagte Kahn im Nebenzimmer, »sag, was hältst du davon? Es wird dich sicher inspirieren, du wirst Sachen finden, die du für deine Dichtung gebrauchen kannst.

Hast du die Fotos von Japan gesehen? Kobe? Yokohama? Die Aufnahme des Kirschblütentanzes?« Plötzlich hielt er den Mund.

»Ich wette, Mr Joyce schreibt derzeit an etwas.« Kiplings Stimme klang leise, nicht zögernd, einfach nur leise.

»Aber sicher! Der Roman ist fast vollendet. Ich brauche Ihr Archiv nicht, vielen Dank, mein Herr.« Joyce seufzte vor Zufriedenheit. »Ich habe mir aber sagen lassen, dass schöne Bilder von Irland darunter sind, und die würde ich mir gerne ansehen, wenn's möglich ist.«

»Natürlich ist das möglich. Ich werde Fernande bitten, Ihnen die Autochrome zu zeigen. Sie werden Ihnen gefallen.«

Ich legte die Zeitung beiseite und starrte auf meine Schuhe. Die Spitzen glänzten vom vielen Polieren. Alles glänzte heutzutage.

»Und Sie, Mr Joyce. Haben Sie die Welt gesehen?«, fragte Kipling. »Sie sind ja noch jung«, stellte er fest. »Jedenfalls jung genug.«

Joyce antwortete nicht sofort. »Was soll ich sagen«, begann er nach einer kurzen Pause, »ich habe zuerst in Paris gelebt, in Triest, und in den letzten Jahren in Zürich ... Tatsächlich lebe ich im Exil«, fügte er plötzlich kokett hinzu. »Wirklich selbst gewählt.«

»Sie haben sich nicht gemeldet?«

»Mein Herr, ich weigere mich, dem zu dienen, woran ich nicht glaube. Sie werden eine Meinung dazu haben. Es ist mir egal, ob da nun als Etikett Vaterland oder Religion dranklebt. Außerdem, meine Augen, ich bin das, was man triefäugig nennen würde.«

»Was sagen Sie da? Sie wollen Irland nicht dienen?« Kipling sprach noch immer langsam, aber mit ausgeprägter Diktion. »Sie sind in Irland geboren, Sie schreiben darüber, Sie wollen es sich mit Ihren elenden Augen ansehen. Es ist Ihr Blut, in Wahrheit *sind* Sie Irland. Und auf der anderen Seite wollen Sie nichts damit zu tun haben? Sie haben sich der Ehre entzogen?«

Mit lauterer Stimme wandte er sich an Kahn: »Denkst du, Albert, dass sich ein Mann von sich selbst abwenden kann? Ehrlich gesagt, ich sehe dich als eine Autorität auf diesem Gebiet, du kennst Völker, die ihr Land gezwungenermaßen verlassen mussten. Wir Briten, sind wir denn weniger britisch in Indien? Und der Inder, auch wenn man nicht von *dem* Inder sprechen kann, wird in seinem Herzen immer indisch bleiben, wie sehr wir uns auch bemühen. Also, was denkst du?«

»Rudyard, du gehst zu weit.« Kahn klang betroffen.

»Ach komm, sei ehrlich. Du bist doch genau wie ich. Bist du nicht immer auf der Suche nach der Rolle, die Frankreich in der Welt spielen sollte? Tja, dann muss es auch genug Franzosen geben, nicht wahr? Ein Problem, das gelöst werden muss.«

Ich schob die Zeitung zur Seite.

»Wir tun alle auf die eine oder andere Weise unsere Pflicht«, sagte Kahn.

»Und wie frei sind Sie eigentlich, Mr Joyce?«, machte Kipling weiter.

»Ich habe keine Angst, Sir, ist es das, was Sie meinten? Überhaupt keine Angst. Und ist das nicht die wahre Freiheit? Überhaupt keine Angst zu kennen?«

»Freiheit, Freiheit«, spottete Kipling.

Ein Glas wurde laut auf den Tisch gestellt. »Mein Gott,

Rudyard! Im Krieg dreht sich nicht alles nur ums Dienen, es geht auch nicht nur ums Kämpfen. Krieg tötet die menschliche Seele, und davon sind wir alle betroffen. Ja, ich war elf, als der Krieg ausbrach, ein durch und durch französisches Kind unter der Herrschaft des deutschen Kaisers. Nicht alle Zivilisten sind Soldaten! Und doch steckt der Krieg in jedem von uns.« Brüsk stand er auf und ging auf die Tür zu. »Petit!«, rief er dann aus dem Flur, und mein Herz bebte, als ich diesen alten Kosenamen hörte.

Ich wartete, bis die Schriftsteller betreten den Salon verlassen hatten, und folgte ihm in sein Arbeitszimmer.

»Wo ist Fernande?«

»Ich weiß es nicht«, log ich.

»Zeig Joyce die Autochrome, die er sehen möchte.« Seine Stimme hatte einen ruhigeren Klang, aber er atmete schwer. »Er macht gerade eine schwere Zeit durch.«

Obwohl er Kiplings Namen nicht genannt hatte, wusste ich doch, dass er ihn gemeint hatte.

Ich sah mich um, es war lange her, dass ich sein Zimmer betreten hatte. Auf dem Boden stand ein Globus neben einem Miniatursegelschiff, hier und da lagen Bücher, und der Schreibtisch aus Nussbaumholz war mit Papieren und Zeitungen übersät. Auf der Schreibplatte lagen diverse Stifte, standen ein Tintenfass, die hölzerne Blumenpresse, es gab eine Uhrkette, eine Sanduhr, einen Kalender, einen Schreibblock, eine Vogelfeder und einen glänzenden graublauen Stein, der als Briefbeschwerer diente, wir hatten ihn einst an der Bahnstrecke während unserer Reise durch China aufgehoben. Lass sie zanken, wollte ich sagen, lass sie doch. Ich sagte: »Es ist eine verwirrende Zeit.«

»Natürlich.« Er musterte mich von der Seite, streckte eine Hand nach vorne und zeigte dann auf den Schrank auf der anderen Seite des Zimmers. »Schenk doch mal ein.«

Er nahm das Glas Kognak, das ich ihm reichte, und setzte es an die Lippen. »Wusstest du, dass Rudyard auch in Japan gewesen ist?«

»Nein, Monsieur.«

»Er hat darüber für seine alte Zeitung in Allahabad geschrieben, sehr lebendig. Ich erinnere mich an einen Artikel über einen Jungen mit einem Gesicht wie Elfenbein und ein Teemädchen an einem flaschengrünen Fluss, der über blaue Felsen strömt.« Nachdenklich biss er sich auf die Lippen. »Es gab da auch eine Passage über einen kleinen Polizisten in schlecht sitzender europäischer Kleidung. Rudyard hat Japan eine Nation von Künstlern genannt. Das Schlimmste ist, dass er nicht mehr reist, nicht wirklich.« Er verstummte. »Wie es kommt, weiß ich nicht«, sagte er dann unerwartet, »plötzlich muss ich an das eine Mal in New York denken, als du fast vom Wind weggeblasen wurdest. Petit, ein Blatt im Wind.«

»Das Flatiron?«

»Niagarafälle, du hast dich so tief hinuntergebeugt, dass ich Angst hatte, du würdest ins Wasser fallen. Wovon hast du dich da so hinreißen lassen?« Mit seinen Fingerspitzen betastete er den Stein, der vor ihm auf dem Schreibtisch lag. »Ich finde, wir haben lange nicht mehr miteinander geredet.«

»Ich wäre fast vornübergefallen«, sagte ich enthusiastisch. »Wir reisen nicht mehr zusammen, deshalb sprechen wir wenig miteinander, haben wir nur wenig miteinander gesprochen, meine ich. Weil wir nicht mehr unterwegs sind.«

»Dutertre, wir sind *immer* unterwegs.«

Er klang schon liebenswürdig, trotzdem hörte ich den belehrenden Unterton in seiner Stimme, und ich erwartete, dass da noch mehr käme. Als er schwieg, schob ich die Flasche an ihren Platz zurück.

»Sie haben Khedive auf der SS *Amerika* gespielt. Das Meer war rau, und die Hälfte der Passagiere lag seekrank im Bett, aber Sie hätten nichts davon bemerkt, haben Sie später gesagt, so spannend sei das Spiel gewesen. Sie wollten es mir noch beibringen.«

»Khedive! Das ist lange her. Wie amüsant, ich hatte es längst vergessen.«

Gleich danach wurde er wieder ernst. »Es bedeutet Herrscher. Khedive war der offizielle Titel des Unterkönigs von Ägypten. Später wurde er vom Sultan von Konstantinopel entlassen, und sein Sohn wurde sein Nachfolger. Erst vor ein paar Monaten ist das britische Protektorat über Ägypten aufgehoben worden.«

Seine beiden Hände griffen um die Stuhllehnen, er schloss die Augen und leerte sein Glas. Ich wusste, dass ich ihn wieder verloren hatte, es hätte ein Moment der Entspannung sein können, aber für ihn hatte jedes Geschehnis, und sei es noch so klein, eine Vergangenheit und eine Zukunft.

»Lass dich nicht von Rudyard aus dem Takt bringen«, sagte er und senkte die Stimme, als würde er mir ein Geheimnis anvertrauen. »Er ist davon überzeugt, dass ein britisches Imperium die beste Voraussetzung für Weltfrieden und Zivilisation wäre.« Bei diesen Worten zog er ein Gesicht. »Es tut mir wirklich leid. Es tut mir leid. Keiner von uns ist unverletzt aus dem Krieg zurückgekommen.«

Aus dem Garten ertönte Gebell, und er fuhr fort: »Täusch dich nicht, schließlich streben wir alle nach demselben Ziel.«

Ich ging zum Fenster, der Rasen war gerade gesprengt worden, ein bisschen Dunst hing noch in der Luft, und ich beugte mich zum Fenster vor, um Kipling besser sehen zu können, der mit den Hunden unter den Bäumen herumtollte. Aus der Ferne sah der Schriftsteller jung aus, er wirkte tatsächlich wie ein Junge. Ich hörte Kahn hinter mir aufstehen.

»Hol mir Marie-Angéline, ja, Dutertre? Ich brauche ihre Gesellschaft.« Und träge fügte er hinzu: »Wir alle.«

Ich nicht. Ich mochte Marie-Angéline nicht, und ich weiß sehr gut, wie das klingt: nach Eifersucht. Es liegt nicht in meiner Natur, eifersüchtig zu sein, und das ist die Wahrheit. Sie kam als Kindermädchen für die kleine Prinzessin ins Haus, eine befristete Anstellung, und mehr Einzelheiten über ihr Eintreffen kann ich mich beim besten Willen nicht entsinnen. Nachdem die japanische kaiserliche Familie abgereist war, kam Marie-Angéline weiterhin in die Villa, als wäre sie hier zu Hause, und spielte Klavier für Kahn. Sicher, die junge Dame mit ihren strahlenden Gewändern besaß eine gewisse Eleganz. Und Madame führte ein Wörtlein so schrecklich oft und nachdrücklich im Munde, dass es gar nicht anders sein konnte, als dass die Kleine aus Japan es übernommen hat und nun auf der anderen Seite der Welt durch den Kaiserpalast rennt und vor fast jedem Satz »puh!« sagt.

Kahn nannte Marie-Angéline seine »Freundin«, wie sollte man eine Dame auf Besuch sonst nennen? Sie machten Spaziergänge durch den Garten, vorzugsweise durch den japanischen Teil, aus der Küche konnten Fernande und ich sie lachen hören.

»Jeder Tag hat genug an einer Angéline«, murmelte Fernande, und auch wir lachten, nur viel, viel verschämter.

Ich finde es schwierig, über jemanden zu sprechen, den ich nicht mag, ich möchte der Dame kein unrecht tun und muss oft mit mir selbst zurate gehen. Kahn genoss ihre Besuche, zumindest hat er sie öfter holen lassen. An einem Herbsttag hörte ich sie mit der Journalistin Simone Téry die Vor- und Nachteile von Kunstseide diskutieren (puh, so himmlisch, weil sie nicht knitterte), und mit Albert Einstein, der ein Plädoyer gegen den Nationalismus hielt, begann sie prompt über Blumenhändler in Holland zu plappern – war er denn nicht gerade in Holland gewesen? – puh, davon hätte sie doch eine so schöne Fotoplatte gesehen! Einstein reagierte charmant auf ihre Unterbrechung, er war überhaupt sehr freundlich zu jedermann, und nahm dann den Faden seiner Darlegung wieder auf. Mit König Alexander von Jugoslawien sprach Marie-Angéline über Tennis (puh, meine Vorhand ist entsetzlich schwach). Der König hatte rabenschwarzes Haar und eine blasse Haut, aber seine Unterhaltung mit ihr bescherte ihm eine gesunde Gesichtsfarbe. Und jetzt wollte Kahn Marie-Angéline in der Villa haben, um die Stimmung zwischen Joyce und Kipling aufzuhellen. Vielleicht war das *ihre* Pflicht, *ihr* größtes Talent: Sie war ein Gegengewicht. Nach Diskussionen über Politik, Verträge und Strategien hob Marie-Angéline die Stimmung mit ihrem frohgemuten Verhalten, sie streichelte Kahn das Herz. Mich hat sie nicht berührt, ich hatte gesehen, wie sie mit Gommete umgegangen ist. Gott hat Hunde nicht umsonst erschaffen.

Kahn hat gesagt, ich solle mich von Kipling nicht aus dem

Takt bringen lassen, doch war vielmehr *er* es, der aus dem Tritt gekommen war. Denn ich sah, wie der Schriftsteller mit den Hunden auf dem Rasen spielte.

Jahre später las ich die folgenden Gedichtzeilen und dachte mit wehem Herzen an das, was er mir auf der Rückbank des Renault erzählt hatte.

If any question why we died,
Tell them, because our fathers lied.

Im Laufe der Zeit ging die Zahl der Besucher immer weiter zurück. Wie kann so etwas sein? Freundschaften, oder eigentlich sollte ich sagen, Beziehungen, sind wie junge Triebe: Alles hängt vom Ort und der richtigen Menge ab. Wächst der Trieb zu schnell, in einem zu hellen Licht, wird er keine Chance haben zu wurzeln, und umgekehrt, nun ja, ich sage das mit dem Garten absichtlich, denn Kahn hat seinen Bäumen und Pflanzen viel Pflege und Zeit angedeihen lassen. Nach der Abreise der japanischen Gärtner wurde es still um die Orangerie. Kurz vor ihrer Abfahrt haben sie die Arbeit einer Gruppe französischer Gärtner übergeben, die sich voller Erstaunen auf ihre Schaufeln stützten. Ich beobachtete die Gruppe von der Terrasse aus, die Japaner setzten die Männer über die frühe Blüte der Zaubernuss ins Bild, sie zeigten, wie man die Staude richtig schneidet, und die Neuen lernten, wie und wann man die Azaleen pfropft und aus Stecklingen zieht. Die Worte, die ich von den japanischen Gärtnern hörte, zeugten nicht allein von Wissen, es waren auch die erotisch aufgeladenen Worte, die ich später leise vor mich hinsprechen würde.

»Einige Azaleen werden, wenn die Knospen zu schwellen beginnen, in der Wärme der Orangerie zur Blüte gebracht.«
Dann waren sie weg, und viele Pflanzen gingen ein. Voilà, hätte ich fast gesagt.

Nur Monsieur Bergson besuchte Kahn weiterhin regelmäßig, und es war immer Bergson, der Kahn nach draußen lotste, damit er sich die frische Luft um die Nase wehen ließ. Ich beobachtete die beiden Männer hinter den Fenstern, die schmale und die breite Gestalt, die eine in einem langen Mantel, die andere mit ihrem eckigen Körper in einen dicken Mantel gehüllt. Die Köpfe dicht beieinander, schlenderten sie über die Pfade, durch den Wald und den englischen Gartenbereich. Oft ging auch ich nach draußen und hörte ihre Stimmen im Wind: die ruhige, etwas höhere Stimme des Professors und das tiefe Timbre von Kahn, ich blieb weit genug zurück, um nicht jedes Wort verstehen zu können, aber ich sorgte dafür, dass ich ihnen nahe genug blieb, um sie vor mir zu sehen. An der Brücke verhielten sie und verbeugten sich leicht voreinander; beide wollten dem jeweils anderen den Vortritt lassen. Eine dumme Zuvorkommenheit, die schnell umschlug in Übermut, ein jungenhaftes Schieben und Ziehen, im Spaß taten sie, als trauten sie sich nicht, die Brücke zu überqueren: Schließlich hing das lebensbedrohliche Ding an einem einzigen Seil über einem reißenden Fluss.

Lange Zeit dachte ich, dass Bergson Kahn mit diesen Spaziergängen einen Gefallen tat, Kahn konnte sich für eine Weile in ihrem kindischen Spiel verlieren, er ließ die Schultern sinken und entspannte sich. Mit der Zeit bin ich aber zu der Überzeugung gekommen, dass es eher Bergson war, der nachmittags bei Kahn ganz zu sich selbst kam, der Professor, der sich gerne fröhlich gab. So dachte ich zum Beispiel an die Fahrten um die Tuilerien, der Professor neben mir im Panhard, er sehr glücklich und kerzengerade, beide Hände auf den Knien und mit seiner Krawatte, die wie eine Margerite unter den Kragen gefältelt war – kindlich zufrieden.

Nach der Szene auf der Brücke wurden die Freunde schnell wieder ernst (zu meiner Erleichterung, ihre Neckerei machte mich zum Voyeur), sie zeigten auf Blumen und Insekten. Ich ging um den Teich herum und sah, wie sie ihre Schritte aufeinander abstimmten: Die großen Schritte von Kahn passten sich den kleineren Schritten des Gelehrten an oder umgekehrt. Bei Regen suchten sie Unterschlupf in der Orangerie, bei Sonnenschein schlenderten sie plaudernd durch den Rosengarten. Ausnahmslos führte sie das Ende ihrer Spaziergänge durch den blauen Wald, in diesem Stück Garten wachsen nur Colorado-Tannen. Sie schwiegen. Aus Respekt, habe ich oft gedacht, vor den mächtigen Bäumen, aber auch, um stillschweigend ihre Bruderschaft zu besiegeln, denn die Spaziergänge waren mehr als fröhliche Gänge, gleichzeitig waren sie eine Bekräftigung ihrer Freundschaft, und ich machte mich aus dem Staub, wenn die beiden Männer die Waldgrenze erreichten.

Obwohl sie unleugbar unterschiedliche Charaktere besaßen, blieb ihre gegenseitige Zuneigung unangefochten. Kahn ließ ihn an seinen Plänen für eine bessere Welt teilhaben, und der Professor klatschte in die Hände – seiner Meinung nach konnte nur derjenige, der es wagte, bestehende Ideen aufzugeben, zu neuen Einsichten kommen. Ich weiß nicht, warum ich mir später eingebildet habe, dass Einstein mit ihnen mitgegangen wäre, vielleicht, weil auch er etwas so Sprunghaftes an sich hatte, noch wahrscheinlicher, weil ich dachte, dass sie einander gern mochten, Bergson und Einstein. Was aber zu bezweifeln ist. Ende der Zwanzigerjahre hörte ich von Kahn, dass die Professoren in einer Debatte aneinandergeraten waren, sie hatten sehr konträre Ansichten. Und mein Bild von Einstein im Garten verblasste, von diesem Moment an liefen Kahn und Bergson wie schon immer zu zweit am Rasen entlang und stießen sich gegenseitig an. Ohne Hut, Sonne im Gesicht.

In der Zwischenzeit wucherte das *Archiv des Planeten*, die Kisten mit Autochromen türmten sich auf, und Fernande verschwand vollständig dahinter. Ich stand in der Tür, um ihr zuzuhören, manchmal drang ein Seufzer hinter der Holzwand hervor oder ein Ausruf, und Gott mochte wissen, welches der Fotos bei ihr diese Reaktion hervorgerufen hatte. Auf jeden Fall wurde klar, dass hier drinnen ebenfalls ein Gärtner gebraucht wurde, jemand, der das Wachstum kontrollierte. Ich hätte mir gewünscht, dass Kahn diese Person gewesen wäre, jeden Morgen fuhr ich ihn in die Rue de Richelieu und holte ihn erst zu später Stunde wieder ab, er schien es darauf angelegt zu haben, sein Vermögen zu vergrößern, damit er noch mehr Fotografen in die Welt schicken konnte.

So bekam das Archiv seinen Direktor, einen angesehenen Geografen namens Jean Brunhes. Ehrlich gesagt habe ich den Herrn nicht oft gesehen, er arbeitete ebenfalls von einem Büro aus, schmiedete Pläne für das Archiv, schrieb Briefe und kleine Führer, in denen er die Autochromisten ermutigte, die Charakteristika eines Landes oder eines Landstrichs festzuhalten, nicht nur das Handwerk und kleine Gebräuche, die dort üblich waren, sondern auch zum Beispiel die Architektur. Ich las die Führer, das Schönste daran war, dass Brunhes die Fotografen gleichzeitig warnte, seine Ratschläge nicht allzu sklavisch zu befolgen. Doch wusste ich, dass er recht hatte. Wer hat als Erster das Flatiron Building fotografiert? Wer das Plaza in New York? Ich will es nur mal erwähnt haben.

Brunhes schrieb, sie sollten sich nicht scheuen darzulegen, welche Idee sie bewogen hatte, ein bestimmtes Thema zu wählen, selbst wenn sich später herausstellte, dass die Idee nichts taugte. Er benannte die menschlichen Aktivitäten auf der äußersten Schale des Planeten, als wäre die Erde eine Apfelsine, die gepellt würde. Er nähme gern Bilder, schrieb er, von Phänomenen wie unergiebiger Landnutzung auf der äußersten Schale entgegen, also von Straßen und Häusern. Oder von Erscheinungen, die auf die Eroberung der Pflanzen- und Tierwelt hinwiesen: die Haltung von Haustieren oder die Bearbeitung von Feldern und Gärten. Die Fotografen wurden gebeten, den Gartenbau mit *besonderer Neugier* zu betrachten. Auf diese Weise, erklärte er enthusiastisch, sammeln wir die wichtigsten Werke des Menschen. Monsieur Brunhes nannte Kahns Archiv ein Bildermuseum.

Ich schleiche auf Zehen zum Archivraum und lasse die Tür aufschwingen. In der Zwischenzeit ist es dunkel geworden, auf dem Tisch schimmert etwas, Mondlicht fällt auf eine der Linsen des Diaskops. Schnell gehe ich zum ersten Schrank, öffne eine Kiste mit der Aufschrift *Amerika*, und da, auf der Platte im vorletzten Schlitz, stehe ich selbst, grinsend auf einem vorspringenden Felsen am Ufer des Eriesees. Ich habe die Hände in die Seiten gestemmt, und man merkt mir schon an, dass ich alles daransetze, eine entspannte Pose einzunehmen; über meiner Schulter baumelt die leere Tasche des Richard-Vérascope, das ich Kahn gegeben hatte, damit er ein Foto machte. Sein Abstand zum Gerät war viel zu groß, er hätte mindestens einen Schritt nach vorne treten müssen, um es richtig bedienen zu können. Währenddessen spritzte das Wasser wild um mich her.

»Einfach drücken«, rief ich. »Drücken!«

Er wollte die Flinte nicht zu früh ins Korn werfen und wackelte mit seinen Schultern so sehr herum, bis sein Hut schief auf dem Kopf zu sitzen kam, er wirkte jung und konzentriert. Dann hob er den Zeigefinger, und mit dem Gehabe eines Berufsfotografen bewegte er sich nach vorn und löste aus, worauf er sich sofort umdrehte und die Kamera stehen ließ.

»Geschafft?« Ich rannte fast auf ihn zu. Vor Freude wollte ich ihm einen Schlag auf den Rücken geben, er vergrub die Hände in die Hosentaschen.

Es ist das einzige Foto in seinem *Archiv des Planeten*, das Kahn selbst gemacht hat, ein Foto von mir. Museumsstück Nummer D4071. Ich wirke erschreckend klein. Und ich erinnere mich noch gut, dass ich mich auf meiner Reise durch Amerika und Japan manchmal wirklich so klein und verloren gefühlt habe, hilflos, meine ich, auf eine verrückte, konzentrierte Art und Weise. Mein Arbeitgeber gönnte mir wenig Ruhe, er ließ mich jeden Tag aufschreiben, wie die Menschen lebten, aßen, arbeiteten, ich richtete meine Kamera auf jeden, der es gestattete, und ließ mich in Geschichten hineinziehen, die genauso abrupt wieder abbrachen, und auch die Landschaft veränderte sich fortwährend, die Gerüche, die Farben der Erde, die

Luft. Ich vermisste Fernandes Küche, etwas so Einfaches wie den Stuhl, auf dem ich gewöhnlich saß. Plötzlich hatte ich Angst vor den Ereignissen, die der nächste Tag bringen würde. Ich war viel allein, aber daran lag es nicht, das Merkwürdige war, dass an manchen Tagen meine Welt auf dem Kopf stand; denn während ich loszog, wartete Kahn geduldig auf meine Rückkehr – am Ende des Tages stand er im Schatten des Hotels Soundso, saß auf einer Veranda, beugte sich zu mir, und wenn ich mich ihm näherte, streckte er sogar die Arme nach mir aus. Er wollte, dass ich die Glasplatten nach Paris schickte. Dann berichtete ich ihm, und alles schien wieder beim Alten zu sein.

Tagebuchaufzeichnungen

Honolulu – Tokio

9. Dezember. Am Abend ein Konzert auf der Brücke. Ich vermisse die kleine Missionsschwester mit ihren fröhlichen Augen – ein nettes Mädchen. Wie mag es Fernande in Boulogne gehen? Boulogne! Ich nehme mir vor, sie mehr zu lieben, wenn wir wieder zu Hause sind. Der Sonnenaufgang über der Seine, das gelbe Licht. Die Kirchtürme auf der anderen Seite strahlend in der Sonnenglut.

Als wir gerade abgelegt hatten, sahen wir eine wirklich hübsche Szene am Quai: Junge Frauen mit Blumenketten um den Hals winkten uns zu. Ich nahm die Thornton. Das könnten schöne Bilder für sein sogenanntes Weltfenster werden.

10. Dezember. Fliegende Fische langsseits. Ein blaurosa Lichtschein auf den Flossen. Schnell in meine Kabine gegangen, um die Filmkamera zu holen, aber als ich zurückkam, waren die Fische schon weg. Geflogen, sagte er beiläufig. Er freut sich auf unseren Besuch in Japan, und ich denke an Paris. Die Zeiten, als ich im Panhard vor der Börse wartete. Andere Bankiers äußerten sich abfällig über ihn – der Wind stand ungünstig. Ein Intrigant, so nannten sie ihn. Frankreich sei nun einmal Russlands Verbündeter. Sie haben keine Ahnung, wer er ist. Er lässt sich nicht beirren, von niemandem, und investiert in Japan.

11. Dezember. Wir haben eine Brandübung gemacht. Die Mannschaft rannte über die Decks und wir zu den Rettungsbooten. Das Meer begann sich zu rühren. Es hat sogar ein bisschen geregnet. Das graue Licht legte sich über das blaue Wasser und trübte es.

Bei einem Nickerchen träumte ich, dass ich am Steuer säße. Ich fuhr unglaublich schnell, die Landschaft flog nur so an mir vorbei. Der Wind riss mir die Mütze weg. Die war perdu.

12. Dezember. Dieser Tag existiert für uns nicht. Wir haben den hundertachtzigsten Längengrad erreicht. Von diesem Punkt aus ist die Entfernung nach Paris, west- oder ostwärts, genau gleich. Ich habe jeden Tag meine Uhr zurückgestellt, bis ich zwölf Stunden hinter Fernandes Zeit war. Jetzt machen wir einen Sprung von vierundzwanzig Stunden nach vorn. Plötzlich liegen wir zwölf Stunden vor Paris. Unglaublich, wir haben diesen Tag übersprungen! Fassungslos starre ich auf die Uhr.

Von der Brücke aus waren Wale zu sehen. Kahn kniff mir aus lauter Freude in den Arm. Ich fürchte, dass das Foto nichts geworden ist. Ich habe das Gefühl, dass ich alles verloren habe, was ich nie besaß.

Ich hätte auch gern ein Bullauge. Es ist so heiß, dass ich versucht habe, in einem der Liegestühle an Deck zu schlafen. Windstill. Irgendwann einmal sind Möwen mit uns mitgeflogen. Lieber Gott, muss das lange her sein. Ich möchte den Luftzug von ihren Flügeln spüren – flügelschlagende Atmung.

13. Dezember. Die Mannschaft kündigt Sturm an. Die Matrosen schleppen die Liegestühle nach drinnen. Bilder werden von den Wänden genommen und in Tücher gewickelt. Grimmige See und aufkommender Wind. Nicht zu glauben, mit welch enormem Rasen die Wellen auf das Schiff zurollen. Jeder spürt, dass etwas im Anmarsch ist.

14. Dezember. Sturm! Immer wieder wurde der Bug der *Magnolia* überspült. Nur die Mutigsten von uns blieben an Deck und wagten es, der Furie ins Auge zu sehen. Der Himmel war nachtschwarz. Eine Seemannskiste wurde vom Sturm umgeworfen, und der Deckel klappte auf – Äpfel rollten hinter die Ankerwinde. Das Meerwasser schlug über Bord. Ich nahm eine Matrosenjacke und ein paar Schuhe. Es war zu gefährlich, länger draußen zu bleiben. Die *Magnolia* bäumte sich auf und sackte dann in furchterregendem Tempo nieder. Das Schiff knarrte, und die Rettungsboote krachten gegen den Rumpf. Im Brüllen der See hörte ich Glas brechen. Ich wickelte Kameras und Autochrome in Decken, auf schwankenden Beinen. Musste mich am oberen Bett festhalten. Zum ersten Mal wünschte ich mir einen Reisegenossen. Den stillen Pater, der stoisch seine Karten legt. Ich fühlte mich in meiner fensterlosen Zelle gefangen. Jedes Mal, wenn das Schiff seinen höchsten Punkt erreichte, blieb es für einige Sekunden still. Als wollte es abheben.

15. Dezember. Jemand klopfte an meine Tür, ich musste antworten, weil die Passagiere von den Besatzungsmitgliedern gezählt wurden. Ich eilte nach oben. Trat über ein Tau, das sich losgerissen hatte. Eine Geige. Ein toter Fisch. Der

Teppich im Raucherzimmer ist durchnässt. Er saß an seinem Schreibtisch, die Bilder noch immer an den Wänden. Als er mich hereinkommen hörte, legte er den Stift zur Seite. Seine Hände zitterten und waren mit Tinte befleckt. Ich baute mich direkt vor ihm auf, sodass er mich ansehen musste. Er sprach leise, ich konnte ihn kaum verstehen: War das nicht schrecklich, D.? Blaue Tinte auch in seinem Bart. Und ich sagte etwas, das völlig unmöglich war. Ich sagte ihm, wir seien *halb* gesunken.

16. Dezember. Ich sitze in meiner kleinen Butze und schreibe. Briefe nach Hause und an Fernande. Ich schreibe auf dem Bett, eingehüllt in eine Decke, weil ich hier keine Heizung habe und es plötzlich bitterkalt ist. Kommen meine Briefe an? Ja, ich vermisse Frankreich. Ich kann mir vorstellen, dass Fernande sich verändert hat, wenn wir endlich zurück sind. Aber ich bin auch neugierig auf Japan.

Besuch im Maschinenraum. Gedrückte Stimmung. Die Maschinen konnten mich nicht aufmuntern. Ich bin froh, dass der Sturm nachgelassen hat, obwohl das Meer immer noch unruhig ist. Viele Passagiere sind krank. Man kann spazieren gehen und begegnet niemandem. Wahrscheinlich kommen wir morgen in Yokohama an. Nur ein Taifun kann uns jetzt noch aufhalten.

Zwei Chinesen sind zwischen Honolulu und Yokohama gestorben, und ihre Leichen liegen hinten auf der Brücke. Im Halbdunkel sah ich eine Frau. Sie kniete auf dem Deck und sang. Ihre Worte schienen dürftig. Ich dachte zuerst, sie singe ein Schlaflied für ihr Kind, und wartete. Die Pantoffeln waren ihr von den schmutzigen Füßen gerutscht. Schrunden an den Fersen. Die Frau hob einen Arm in die Luft und zog ihn sofort wieder an ihre Brust. Dann stand sie auf, und ich sah kein Kind. Vor ihr lagen die beiden in Decken gewickelten Leichen. Die Frau stand mit gesenktem Kopf auf. Sie sagte nichts und hat mich nicht einmal gesehen.

17. Dezember. Hatte eine schlechte Nacht. Es ist kein Taifun, aber wir haben wieder Sturm. Auf dem Achterdeck zu bleiben, um nach den Umrissen des Landes in der Ferne zu schauen, ist unmöglich. Um zehn Uhr klarte es kurz auf, dann war wieder alles grau. Was für ein schreckliches, nieseliges Wetter. Am frühen Abend durchquerten wir eine Nebelbank. Der Nebel war so dicht, dass die vorderen oder hinteren Decks vom Mittelschiff nicht mehr zu erkennen waren. Jede Minute stieß die Sirene der *Magnolia* ihren hässlichen Schrei aus, um zu verhindern, dass wir mit einem anderen Schiff zusammenstießen. Irgendwo in der Ferne erklang das Geräusch eines zweiten Horns. Ich würde eine Nebelbank eher einen Nebeltunnel nennen. Wie in einen Tunnel fuhren wir hinein, und so kamen wir auch wieder heraus. In Frankreich kann man im Regen herumkurven, und auf der anderen Seite des Berges scheint die Sonne.

18. Dezember. Der Kapitän informiert uns, dass wir den Hafen nicht anlaufen können. Erst nach der Quarantäne dürfen alle von Bord. Passagiere müssen noch einmal auf der *Magnolia* übernachten. Die Maschinen sind gestoppt. Um das Schiff herum herrscht dunkelste Nacht. Aber ich bin hellwach. Wie die Chinesen, die in der Stille Glücksspiele spielen.

19. Dezember. Gegen zehn Uhr für einen Moment die Sonne gesehen. In der Ferne ein paar Segelboote, das Land. Umso schlimmer! Er geht rastlos hin und her. Der Treibanker ist ausgeworfen. Dürfen wir denn nie mehr von Bord? Abendessen auf dem Schiff. Immer noch in Quarantäne. Der Sonnenuntergang auf dem Fujiyama kann uns nicht reizen.

Endlich durften wir doch mit einem kleineren Dampfer zur Küste fahren. Um acht Uhr in Yokohama angekommen. Nach einem herzlichen Empfang am Zoll direkt den Zug nach Tokio genommen. Kahn erzählte von Victor Hugo. Wie er sagte, hatte der Schriftsteller bei der Eröffnung der Weltausstellung 1876 berühmt gewordene Worte gesprochen. Alle Eisenbahnlinien, habe Victor Hugo gesagt, hätten nur ein Ziel: Frieden.

Ich habe nie etwas von V. H. gelesen. Aber als wir in den Bahnhof von Tokio einfuhren, begriff ich, dass Kahns Investitionen eine Menge, wenn nicht sogar alles, mit neuen Eisenbahnlinien zu tun hatten.

20. Dezember. Letzte Nacht haben wir uns im Impérial Hotel eingerichtet. Ich brauchte den ganzen Morgen, um meine Sachen in Ordnung zu bringen. Dann lernte ich unsere beiden Führer, Nériki und Nobata, kennen. Am Nachmittag habe ich mit Nériki einen Spaziergang unternommen. Die Stadt erstreckt sich in jede Richtung, die Holzhäuser sind alle niedrig, und deshalb ist Tokio so groß. Die Straßen sind mit orangefarbenem Sand bedeckt. Ohne den ernsten Nériki hätte ich mich sofort verlaufen.

In Tokio herrscht enorme Brandgefahr. Jeder Bezirk besitzt seine eigene Feuerwache. Ich kann mir gut vorstellen, wie sich das Feuer über die Holzhäuser ausbreitet. Feuerwehrmänner sitzen Tag und Nacht auf Wachtürmen und halten Ausschau.

Nériki hat mich in eine Wohnung mitgenommen. Aber zuerst musste ich meine Schuhe ausziehen. Nériki hielt die ganze Zeit das Gesicht gesenkt. Er habe Paris besucht, sagte er mir, auch das mit abgewandtem Gesicht. Der Fußboden der Wohnung ist mit Reisstrohmatten bedeckt, die ungefähr einen Meter breit und zwei Meter lang sind. Die Größe eines Hauses bestimmt die Anzahl der Matten. Laut Nériki normalerweise vier oder fünf. Im Raum selbst gab es bewegliche Wände aus Papier. Keine Möbel, keine Stühle oder Tische. Japaner sitzen auf dem Boden. Hier und da erkannte ich eine Buddha-Figur. Das war alles. Ich stand da in diesem Raum wie ein Priester fremden Glaubens. In der Tür drängten sich die Männer von der Straße, um mich in Augenschein zu nehmen. Sobald ich mich umdrehte, wandten sie alle sofort den Blick ab.

Nach den grauen Tagen war ich förmlich überrumpelt von der Fülle der Farben in dieser Stadt. Ich lief an einer Frau mit einem Baby auf dem Rücken vorbei. Sie trug einen schönen roten Kimono, das Kleine hing in einem weißen Tuch auf ihrem Rücken. Das Köpfchen an ihrem Hals. Die Mutter kaufte Zwiebeln und Gurken, sie hatte die Hände frei. Das Baby schaute über ihre linke Schulter. Wie seltsam, ein Kind so mit sich herumzutragen. Wie einen Sack Kartoffeln. Und doch, das Kleine konnte sehen, was seine Mutter sah. Roch ihre Haut. Sein Blick ist nicht auf ihr Gesicht gerichtet wie aus einem Kinderwagen, sondern auf das Gesichtsfeld der Mutter. Ich fühlte mich leichter werden. Pflanzte das Stativ in den Staub. Mein erstes Foto in Japan ist das von der Zwiebelverkäuferin am Straßenrand – aus dem Blickwinkel des Babys. Kahn wird dieses Bild von der einfachen Geschäftsfrau in Tokio später sehen und zufrieden sein. Wenn ich nach Hause komme, werde ich Fernande von dieser Stadt erzählen, in der Frauen ihre Babys auf dem Rücken tragen.

Nach dem Abendessen (Reis und Gemüse) auf dem Weg zum Markt. Wir sollten in einem Fahrzeug Platz nehmen, das von einem Mann gezogen wurde. Ein *jinrikischa*. Nériki erklärte, dass *jin* Mann und *riki* Kraft bedeutet. Die Verwendung der *scha* ist in Tokio üblich. Kahn wollte nicht. Scham zeichnete sich auf seinem Gesicht ab. Der Jin hatte die Deichsel schon gepackt. Die hölzernen Enden waren mit Lappen umwickelt. Schmutzig vom vielen Gebrauch. Morgen werde ich für Kahn eine schöne Aufnahme von der Karre machen – dieses Foto wird dem Jin mehr bringen.

21. Dezember. In einem Škoda-Zweisitzer zu einem Bekannten von K. Die Škodas sind hier sehr beliebt. Die kaiserliche Familie hat sie mit dem Zug liefern lassen. K. erzählte, dass die Škodas als Riesengeschenke in Japan angekommen sind. Latte für Latte haben die Monteure die Verschalung abgenommen, ehe sie ans Steuer konnten. Am Nachmittag Tempel von Shiba und das Kaufhaus Miskoshi besucht. Direkt hinter der Ladentür befindet sich eine Garderobe voller Schränke. Besucher müssen ihre Schuhe hier abstellen. Von Nériki habe ich Pantoffeln bekommen. Ich finde es peinlich, ein Gebäude oder ein Geschäft jedes Mal in Socken betreten zu müssen. Aber was ist beschämender? Meine Socken oder die Pantoffeln, die ich in meiner Manteltasche mit mir herumtragen muss? Ihm schien das nichts auszumachen. Er stapfte fröhlich in seinen Pantöffelchen durch die Gegend. Sie nahmen sich allerliebst unter seinen Hosenbeinen aus. Zwei neugierige Tierchen.

22. *Dezember.* Heute besuchten wir Graf Okuma, Patriot und ehemaliger Außenminister. Dem Grafen bereitet das Gehen Mühe. Er wurde bei einem Anschlag mit einer Dynamitstange verwundet. Ein Anarchist hatte gegen ein Handelsabkommen mit ausländischen Mächten protestiert. Kahn ist eine ausländische Macht. Dennoch scheint er hier in Tokio mehr Respekt zu genießen als in Paris. Er bewegt sich geschmeidiger und selbstbewusst. Japan macht aus ihm einen unbesorgten Mann.

23. *Dezember.* Wenig geschlafen. Um elf Uhr bin ich nach Yokohama aufgebrochen. Ich musste mich mit meinem Militärpass beim französischen Konsulat melden. Dieses Gebäude durfte ich in Schuhen betreten, ich schob die Pantoffeln tiefer in meine Manteltasche. Das Personal ließ auf sich warten. Hatte man mich vergessen? Gelegentlich hörte ich, dass hinter einer geschlossenen Tür Französisch gesprochen wurde. Ich saß kerzengerade da, bis die Stimmen verstummten. Das Konsulat schien verlassen.

Endlich rief ein schmächtiger Mann mit blasser Hautfarbe meinen Namen. Weil ich fürchtete, dass sich bei ihm eine Krankheit anbahnte, mochte ich ihm nicht die Hand geben. Ich verbeugte mich wie bei den Japanern üblich. Er führte mich in ein kleines Zimmer und ließ mich auf einem wackligen Stuhl

Platz nehmen. Ohne etwas zu sagen, musterte er mich von Kopf bis Fuß und holte dann einen Stempel hervor. Kräftig ließ er diesen Stempel in meinen Reisepass sausen. Dann rieb er sich ausgiebig die Hände, als hätte er mir gerade eine Maulschelle verpasst.

24. Dezember. Im Miskoshi drängte sich mir das Bild vom Lafayette am Boulevard Haussmann so stark auf, dass ich für einen Moment die Augen schließen musste. Die Reise durch dieses exotische Land erschöpft mich. Ich finde es furchtbar ermüdend, absolut nichts sicher zu wissen. Die Müdigkeit lässt auch durch viel Schlaf nicht nach. Gelegentlich genügt es, etwas zu trinken oder, wie jetzt, etwas zu schreiben. Ich vermisse die einfachsten Dinge: eine Scheibe Brot. Streichhölzer, um eine Kerze anzuzünden. Einen Stuhl am Fenster. Ich stelle mir vor, die Bäume zu Hause im Garten zu sehen. Den fließenden Bach unter der Brücke. Japaner zünden keine Kerzen an, sondern Laternen. Sie essen Reis. Auf der Straße dreht sich eine Dame um, und ihr Gesicht ist perfekt.

25. Dezember. Heute haben wir den Botanischen Garten besucht. Es war ein schöner Tag, ich mag besonders den Kimono der Japaner, einen weiten Mantel in bildschönen Farben. Die hängenden Ärmel dienen als Taschen. Männer tragen einen europäischen Hut oder eine Mütze. Japanische Frauen haben keine Kopfbedeckung. Ihre Frisuren sehen sehr kompliziert aus. Alle tragen das gleiche Schuhwerk. Eine weiße Socke, die am großen Zeh von zwei Schnüren geteilt wird – so etwas wie ein Fäustling aus Wolle, bei dem der Daumen von den anderen Fingern getrennt ist. Die Schnüre verlaufen mittig, zwischen dem großen Zeh und den anderen, über den Rist nach hinten. Sie halten den Schuh am Fuß fest. Eigentlich nichts weiter als eine simple Sohle – furchtbar hässlich. Das Gehen damit ist schwierig. Japaner trippeln in Kinderschritten. Obwohl ich Nériki für die Leichtigkeit beneide, mit der er in seine Schuhe schlüpft. Während ich immer auf der Straße knie, um meine Schnürsenkel zu binden.

26. Dezember. Heute früh bin ich mit dem Vérascope rausgegangen. Tokio ist relativ still. In Amerika hörte man immer irgendwo ein Lied. Die melancholischen Stimmen der Schwarzen am Bahnhof von Chicago. Während unseres kurzen Aufenthalts in Hawaii vernahm ich eine Trompete. Ich habe eine Frau singen hören, und ihre Stimme klang traurig. In den Straßen von Tokio hört man vor allem das Schlurfen Hunderter Füße: wie Wind in den Bäumen. Was würde passieren, wenn ich Tonaufnahmen anstelle von Fotos machen würde? Zu Hause würden wir uns die Aufnahmen anhören und vor unseren geschlossenen Augen die Stadt wieder sehen.

Ich nehme die Thornton aus meinem Zimmer und fotografiere den Fujiyama, den Gipfel des heiligen Berges, der schneebedeckt ist. – Jetzt muss ich gehen.

Wir waren im Abgeordnetenhaus.

27. Dezember. Die letzten Tage waren sehr anstrengend. Es war Weihnachten, in der Halle des Hotel Impérial steht ein Baum. Herrlich, dieser Duft eines Weihnachtsbaums! Kahn und ich genießen es sehr. Er arbeitet, genau wie in Paris. In aller Frühe geht er mit Nobata zum japanischen Kaiser. Auch zum Haus des Grafen Okuma oder zum Prinzen Matsukata; ein Mann, den ich nie getroffen habe. Ich stelle ihn mir als eine nicht hinkende Version des Grafen vor. Manchmal habe ich den Eindruck, dass wir nach Tokio umgezogen sind. Ich würde gern einmal eine Ausfahrt im Škoda machen. Aber so etwas fragt man einen Grafen oder Kaiser nicht.

Gestern hatte er eine Einladung zu einem Treffen im Abgeordnetenhaus. Das war ein echtes Ereignis. Wir sind mit Eskorte vom Impérial losgefahren. An der Straße wimmelte es nur so von Polizisten. Mir wurde strengstens untersagt zu fotografieren. Zwei Diener, speziell auf mich angesetzt, mussten dafür sorgen, dass ich die Kamera nicht anrührte. Den ganzen Weg flitzten ihre Blicke zwischen meinen Händen und der Kamera hin und her. Was wussten die denn schon? Sie schienen sehr jung mit ihren straffen Gesichtern und kleinen Gestalten. Die Frauen mit ihrem kalkweißen Mundschutz sind, glaube ich, alle noch Mädchen. So schmal, wie ihre Hände sind. Sie bewegen sich wie unter Wasser.

Als ich hinter Kahn das Parlamentsgebäude betrat, fasste mich jemand am Arm. Ich wurde in einen Nebenraum geführt. Es war dunkel. Meinerseits verhielt ich mich mucksmäuschenstill. Schließlich ging ich zur Tür, um zu fragen, was denn los sei. Ein kleiner Mann verbeugte sich aufs Freundlichste. Wies mich an, dort zu bleiben, bis das Treffen vorüber sei. Aus tiefster Seele wünschte ich mir ein Auto, um darin zu warten.

Boulogne, Paris

Die Stufen der Freitreppe sind verdreckt, die Dohlen werfen Zweige aus der Regenrinne, und wenn ich meinen Blick schweifen lasse, drehen sie ihre Köpfe mit mir; im Garten stehen sechs Zierkirschen mit langen Ästen, aber die Vögel ziehen es vor, mich vom Dach aus im Auge zu behalten. Kahn behauptet, es seien humorvolle Tiere mit menschlichen Zügen, er hat mir ans Herz gelegt, sie freundlich zu behandeln. Ich bin mir sicher, dass das Herumwerfen der Zweige nicht lustig gemeint ist. Die Vögel schlagen mit ihren Flügeln, manchmal sperren sie lautlos ihre Schnäbel sperrangelweit auf, was ich beängstigend finde. Mit einem kurzen Blick nach oben trete ich an einen Haufen von Weidenzweigen, Müll türmt sich auf, Unkraut schießt zwischen den Platanen und im Kies auf dem Weg hoch.

Es ist frisch, von der Seine zieht es kalt herüber, auf der anderen Seite des Flusses steht die Kirche von Saint-Cloud auf ihrem Hügel. Paris wartet ab, es denkt sicher, ihm kann nichts passieren. Nicht mehr lange, und Daladier fängt wieder mit der Maginot-Linie an, diese Mauer mit ihren Bunkern und Kasematten, die Frankreich vor möglichen Angriffen schützen soll, flößt ihm offenbar genügend Vertrauen ein, um weiter französische Panzerausrüstungen an Polen und Rumänien zu verkaufen. Kahn verliert kein Wort über diese Situation. Früher sah ich ihn, wenn ich abends auf dem Weg zu meinem Zimmer war, manchmal im Archiv; breitbeinig vor den Schränken stehend musterte er die Kisten wie ein General seine Truppen, obwohl ihm dieser Vergleich nicht zusagen würde, dann drehte er sich um, wandte sich dem Globus zu, folgte mit dem Finger dem Lauf der Flüsse, auf der Suche nach Ländern und Gebieten, die er noch nicht besaß. Ungeduldig drehte er den Globus.

Früher habe ich behauptet, dass die Schönheit der Sammlung hauptsächlich in der Idee stecke, aber damit greife ich zu kurz, seine Sammlung ist wirklich schön. Hinter Kahns Weltfenster verbergen sich Tausende Einzelteile des Lebens, präpariert und hinter Glas verwahrt wie Schmetterlinge, um jetzt ein schöneres Bild zu gebrauchen.

»Schmetterlinge sind brillante Tiere«, hat er immer wieder gesagt, »ihr Zug kann sich über mehrere Generationen erstrecken. Wohlgemerkt, die Routen werden dabei nicht immer von demselben Individuum bewältigt.«

Ich nehme eine Abkürzung zu den Rosen und schaue an der Fassade der Société hoch. Kahn hat sich ständig Sorgen um den kleinen Affen im Turmzimmer gemacht, hat sich immer gefragt, ob er genug Obst und Gemüse bekomme, und etwas von seinem eigenen Teller für ihn aufgehoben. Er stieg dann die Wendeltreppe hinauf und legte seine Gaben dort oben ab, setzte sich auf die Treppenstufe, und leise, beinahe flüsternd, erzählte er dem Affen durch die verschlossene Tür, was er mitgebracht hatte: Kohl und Karotten, etwas Salat, zwei Äpfel oder Birnen aus der Küche. Er zerzupfte den Salat und schob die Blätter unter der Tür durch, er wagte nicht hineinzugehen, es war das erste Mal, dass ich bemerkte, dass er Angst vor einem Tier hatte. Auf der anderen Seite der Tür sprang der Affe wild umher, aufgeregt vom Klang der Stimme, und unten im Salon blickten die Männer zur Decke.

»Wie heißt er?«, fragte Fernande, als ich ihr davon erzählt hatte.

»Ich weiß es nicht. Ich glaube nicht, dass er einen Namen hat.«

»Keinen Namen?« Sie hielt verdutzt inne. Unwillkürlich fasste sie sich an den Hals. »Was um Himmels willen hat das Tier dort oben zu suchen? Braucht ein Affe nicht andere Affen? Ein Affe im Haus ist ... ist ...« Sie sah aus dem Fenster. »Keine Bäume, kein Gras, also lebt er nur in diesem merkwürdigen Raum. Wir sollten ihn in den Garten lassen.«

»Er würde sofort über die Gartenmauer abhauen«, sagte ich entschieden. »Das Tier begreift doch nicht, wo es ist.«

»Dieser Affe gehört nicht hierher«, sagte sie ärgerlich. »Wer hat sich das denn ausgedacht, dass er es hier besser hat? Niemand sollte so allein sein. Das ist doch Wahnsinn.«

»Lass es gut sein, Fernande, er kommt schon zurecht.«

Sie schüttelte energisch den Kopf, ich roch ihren Duft und trat einen Schritt zurück.

»Es macht mich krank«, sagte sie. »Und dieses Warten, immer nur warten.«

Sie setzte sich mit dem Rücken zu mir auf den Stuhl, die dünne Kette, Claudes Hochzeitsgeschenk, hing immer noch um ihren Hals.

»Und wer weiß, wo er wirklich zu Hause ist«, sagte ich so locker wie möglich und lehnte mich an den Türrahmen.

Mit einem Ruck drehte sie sich zu mir um. »Sei nicht dumm, Dutertre. Ich meine doch auch all die anderen, die zurückgeblieben sind.«

Das war mir klar, aber das sagte ich nicht. Ich ging aus dem Zimmer.

Mit der Société im Rücken gehe ich zu dem Teich, hinter dem Kahn sein *laboratoire de biologie* untergebracht hatte, das kleine Gebäude im englischen Garten grenzt an die Stauden. Es genügte ihm nicht, diese Fotoplatten, diese Reisestipendien, für Kahn war nie etwas genug, ihm schossen immer neue Ideen in den Kopf, wie es auch immer neue Schmetterlinge geben würde. Eines Tages saß ich im Nebenzimmer und döste ein bisschen, als ich den Namen eines holländischen Erfinders hörte, eines Elektrochemikers, der in Paris gelebt und die »Metallisierung« erfunden hatte; er demonstrierte sie, indem er Porzellanisolatoren in Kupfer goss. Ich fand die Metallisierung interessant, und als die üblichen Fragen zu anderen Anwendungen gestellt wurden, sprang ich auf. Marie-Angéline schlug gleich vor, alle Teller, Tassen und Krüge mit Kupfer oder Silber zu überziehen, damit sie nie wieder zerbrechen könnten (puh!), und ich dachte an Gommetes Fressnäpfe, die dauernd kaputtgingen, weil sie nach dem Fressen immer mit den Pfoten reintrat.

Inzwischen hatten die Zusammenkünfte diesen lockeren Charakter angenommen; jemand hatte irgendwo etwas gehört oder gelesen, und Fernande wurde losgeschickt, um Farbplatten zu einem vergleichbaren Thema aus dem Archiv zu holen. Wie üblich fragten sich die Mitglieder, wie eine Idee verbessert werden könnte, um die Menschheit weiter voranzubringen;

Wegweiser für spätere Generationen. Sie waren nicht immer so fürchterlich ernst, während der Olympischen Spiele 1924 machten sie sich einen lustigen Nachmittag mit Fotos von mongolischen und türkischen Ringkämpfern und Kindern, die in Italien Fußball spielten. Ich hätte es fast vergessen, Kahn schlug vor, in den Garten zu gehen, und der schmächtige König von Jugoslawien rannte eine Runde über den Rasen. Während eines regnerischen Samstags ließ Bergson einen Pathé-Film über das Wachstum von Pflanzen zeigen, ich stand in der Türöffnung und sah, wie die Stängel aus der Erde aufschossen. Kahn fand es wundervoll, er wollte den Film sofort haben, er bot auch eine ansehnliche Summe, aber die Brüder Pathé lehnten ab und ließen sich auch später nicht überreden (sicherlich Émile, der Sturste von ihnen).

»Dieser Pflanzenfilm«, sagte Kahn eines Tages beiläufig, als wäre es gestern gewesen. Er befahl den Bau des kleinen Laboratoriums, und obwohl im Garten genügend Platz gewesen wäre, hatte ich das Gefühl, dass er es aus einem persönlicheren Grund ganz nahe am Haus haben wollte, nicht nur, weil er davon überzeugt war, dass die wissenschaftliche Forschung ihren Vorteil aus dem Film ziehen würde. Zu Beginn ließ er zwei Spezialisten Kameras über einem Topf mit Löwenzahn montieren. Es dauerte Wochen, wenn nicht Monate, das Blühen und Verblühen dieser Blumen aufzuzeichnen, während der fertige Film dann nur ganze zwei Minuten dauerte. Und doch, bei dem Anblick dieses langsam wegschwebenden Flaums klatschte Kahn triumphierend Beifall.

Jetzt bummle ich durch diesen niedrigen Komplex mit den verglasten Erkern, das Labor ist verlassen, die Gardinen sind zugezogen, der Vorhang ist gefallen. Ich stelle mir oft die Röhren mit Bakterien vor, die zerbrachen, als die Forscher das Gebäude schleunigst verließen, weil kein Geld mehr da war.

»Gymnastik und Hände waschen«, höre ich Kahn immer noch sagen: »Gymnastik und Hände waschen, und den Rest überlassen wir der Wissenschaft.« Trotzdem hatte er das Bedürfnis, ihr ein bisschen Wind unter die Flügel zu blasen.

Voilà, seine Angst vor dem Affen im Turmzimmer hatte natürlich auch mit der Angst vor unheilbaren Krankheiten zu tun.

Im Labor wurde eine Kamera über einem Mikroskop aufgehängt, um das Wachstum von Bakterien zu filmen. Am Anfang sah es so aus, als würde dieses Experiment ergebnislos bleiben, Kahn spazierte täglich um den Teich herum in der Hoffnung, eine Botschaft, ein Zeichen von den Wissenschaftlern aufzufangen, sein Blick hing ständig an den Fenstern. Im Lauf der Zeit wurde sein Rundgang einfach zu einem kleinen Spaziergang, hinter den Fenstern bewegte sich nichts, fast nichts, die Kamera lief weiter, während das Schälchen unter dem Mikroskop stand. Die Wissenschaftler räusperten sich mit vom vielen Durchsehen rot geränderten Augen, sie flüsterten, wagten es vor lauter Anspannung nicht mehr, laut zu sprechen. Der Fehlschlag, so nannte ich es Fernande gegenüber, das Fiasko im Garten. Dann entdeckten die Männer, dass die Tuberkulosebakterien größer wurden, und begannen herumzuwimmeln, jubelnd vor Aufregung rissen die Wissenschaftler die Tür auf und rannten nach draußen, ihre weißen Kittel flatterten im Tageslicht. Kahn hob mit schmerzlich verzerrtem Gesicht die Arme und klopfte den Männern ausgiebig auf die Schultern. *Phänomen des Lebens*, taufte er dieses Projekt.

Das Rauschen des Windes in den Bäumen, immer raschelt etwas, die Kastanienblätter, die Weide. Früh am Morgen, und alles sieht friedlich aus. Ich überquere den Weg, am Teich verlangsame ich meinen Schritt, Goldfische tummeln sich im Wasser, weiter oben, im japanischen Teil, schwimmen Koi-Karpfen, aber ich finde sie miesepetrig, ich mag lieber Fische, die einen fröhlichen Haufen bilden. Hier neben den Schwertlilien kann man zwischen den Bäumen die Konturen des Tempels sehen, die sich scharf gegen den Himmel abzeichnen. Es ist etwas Verkrampftes in dieser ganzen Landschaft, in der Art, wie sie angelegt ist, aber es ist sein Garten, und es ist immer noch schön hier, obwohl die Gärtner verschwunden sind. Er war nie verheiratet, und das ist schade, denn es wäre schön gewesen, Kinderstimmen in der Orangerie zu hören wie früher die Stimmen der japanischen Gärtner, vielleicht auch ein schlafendes Baby auf dem Rasen zu sehen. Übrigens kann ich mir Kahn als Kind überhaupt nicht vorstellen, er war der Älteste, derjenige, der gut rechnen konnte, und schon in jungen Jahren nahm ihn sein Vater mit auf den Viehmarkt, wo er das Verhandeln lernte – und die Taktik des blitzschnellen Zuschlagens. Sein Bruder Solomon war immer zu Hause. Er pflückte stundenlang Bohnen, ritzte sie auf und schüttete sie dann mit einem Klatsch in die Schüssel. Wenn der junge Kahn über die Hügel kam, sah er, wie Solomons blauer Kittel zwischen den Pfählen hin- und herwanderte, aber als er an seinem Sechzehnten aus der Schule in Saverne kam, stand niemand mehr im Gemüsegarten, und alle Fenster des Hauses waren verdunkelt.

Plötzlich habe ich es eilig, ins Haus zu kommen. Ohne auf etwas zu achten, renne ich durch den östlichen Hof, stolpere über einen Stein und strauchle, gerade rechtzeitig gelingt es mir, das Gleichgewicht zu halten. Fast wäre ich bei den Koi-Karpfen gelandet, der Platsch hätte sie sicher arg erschreckt. Dann zieht mir der Gestank von Verfall in die Nase, und ich halte ein, ein bisschen ängstlich klettere ich auf einen Uferstein. Vor mir glitzert etwas, und ich gehe langsam in die Hocke: Auf dem Wasser treiben tote Fische. Ich stehe wieder auf, suche einen Ast und stochere damit im Teich herum, prompt kommen die noch lebenden Karpfen an die Oberfläche, einer und noch einer, schnaufend versuche ich, sie zu zählen, aber sie schießen im Wasser davon. Gestorben sind sie dann doch sehr schnell.

Das Phänomen des Lebens, hat Kahn mit dieser Grimasse auf dem Gesicht gesagt. Was er wirklich ergründen wollte, war Solomons Tod, der unsichtbar in dieser Petrischale herumtrieb.

Meine Knie schmerzen, ich gehe an den Fenstern und der Terrasse vorbei und durch die Hintertür nach drinnen. In der Küche wasche ich mir die Hände, dann laufe ich durch das Vestibül und werfe einen Blick in seine Suite – er schläft. Rechts liegt das Musikzimmer, einer Eingebung folgend schiebe ich die Tür auf. Das Klavier, auf dem Marie-Angéline gespielt hat, wurde schon vor Jahren in den Salon gebracht, hier steht noch das Grammofon, und halb hinter dem Vorhang versteckt das Gerippe, das der Professor über die Universität ergattert hat. Ich habe das nie recht verstanden und hätte es Kahn als Letztem zugetraut, aber wie so viele andere wollte er ein Skelett als modisches Accessoire. Er zeigte sich von seinem Erwerb auch besonders erfreut, und oftmals fand ich ihn ganz in der Nähe von diesem Ding, wie er seinen eigenen Arm oder die Brust befühlte, als wollte er überprüfen, ob alles am richtigen Fleck saß, ob wirklich alles beisammen war und nicht doch ein Knochen fehlte. Voilà, seine Knochen waren vollzählig.

Seither steht das Skelett in der Villa, er ließ es zunächst in seinem eh schon engen Arbeitszimmer stehen, später zog es unter Knochengeklapper in den Archivraum um, wo Fernande es partout nicht haben wollte, und schließlich, nach einigen Irrfahrten, ist es hier vor diesem Fenster mit Blick auf die Terrasse gelandet. Als das Laboratorium fertig war, hoffte ich, dass auch der Knochenmann dort Einzug halten würde. Aber das Skelett blieb, wo es war, als Teil des Hauses wie ein alter Bewohner.

Meine Augen müssen sich erst an das Halbdunkel gewöhnen, und Schritt für Schritt tappe ich durch den Raum, ich stelle mich vor das Skelett und schlage meine Arme darum. Ich stelle mir vor, dass sich die Rippen bei meiner Umarmung ausdehnen, als hielte das Skelett den Atem an. Vorsichtig gehe ich rückwärts und ziehe das Knochengestell mit mir, das Pochen meines Herzens füllt den leeren Brustkasten, den ich an mich drücke, ein widerlich erdiger Geruch zieht mir in die Nase, aber ich bin schon unterwegs und durchquere die Bibliothek und den Salon, wo das Mobiliar unter den weißen Decken zu schweben scheint.

Auf halbem Weg durch das Vestibül habe ich den Eindruck, das Skelett wird leichter, die Knochen sind zerbrechlich wie Muscheln, *tick-tick* machen die Zehen auf den Fliesen. Mit einer Hand öffne ich die Haustür und trete nach draußen, schiebe meinen Partner auf die Freitreppe, wo ich ihn mit angehaltenem Atem loslasse. Ich bringe ihn nicht ins Labor, sondern stelle ihn hier ab, oben auf der Treppe, mit der Villa im Rücken und der Zufahrt im Blick. Als sollte es für wen auch immer abschreckend sein, hierher zu kommen.

»Was höre ich da?«, fragt Kahn. Er sitzt aufrecht und bewegt den Kopf.

»Das Grammofon«, sage ich, denn ich habe jetzt eine Platte aufgelegt. »Es ist lange her, dass wir Musik gehört haben. Sie haben Wagner immer geliebt, erinnern Sie sich daran, dass Sie eine Loge in der Oper hatten? Nicht, dass Sie jemals hingegangen wären, lieber haben Sie das ganze Orchester hier in die Villa gelotst.«

»Ach, die Geiger im Salon, die Tubaspieler zwischen den Türen. Ich habe immer ein Instrument erlernen wollen, weißt du das, Dutertre? Als ich Anfang zwanzig war, habe ich Klavierstunden genommen, aber es war hoffnungslos.« Er lässt sich in die Kissen zurückfallen.

»Sie sind einmal mit Monsieur Rodin zu einem Musikfestival gegangen. Auch Wagner, nicht wahr?«

Ich war nicht selbst dabei, aber es ist eine herrliche Anekdote, vielleicht, weil ich ihn so deutlich vor mir sehe, unseren alten Nachbarn hier in Boulogne, den Bildhauer mit seinem wiegenden Gang. Kahn hatte ihn zu den Bayreuther Festspielen mitgenommen, der junge Bankier Albert an der Seite von Auguste Rodin – ein Bär von einem Mann. Ich stelle mir all die Damen in ihren vornehmen Kleidern vor, die Herren, ich höre höfliches Hüsteln und all das Geplauder. Dann erklingt Wagners modernistische Musik, und es ist Rodin, der wie betäubt auf seinem Stuhl sitzt und sich verzweifelt den Bart zaust. Nach fünf Minuten hält er es nicht mehr aus und verlässt laut polternd, mit einer vor Empörung roten Nase, den Saal und schreit: »Was für ein unnützer Radau!«

Kahns Wangen röten sich bei der Erinnerung. »Rodin war ein echter Mozart-Mann«, sagt er.

»*Un homme Mozart*«, wiederhole ich, und wir lachen verschmitzt darüber.

(Der Gedichtband von Baudelaire, den mir Kahn schon vor langer Zeit geschenkt hat; die Verse haben mir zwar nie gefallen, aber es gibt prachtvolle Zeichnungen von Rodin in dem Buch. In den dicken Fäusten des Mozart-Manns, an Hammer und Meißel gewöhnt, verbarg sich eine zarte Zeichnerhand.)

Die Musik ist verklungen, in der Ferne kräht ein Hahn. Ich sage: »Wir brauchen etwas zu essen.«

»Ich glaube nicht, dass es je einen größeren Kontrast als zwischen Mozart und Wagner gab«, grübelt er weiter. »Du kennst doch Wagner?«

Aber ich denke an Kartoffeln und dicke Brotscheiben, und aus einer Laune heraus beschließe ich, den Renault zu nehmen und nach Paris zu fahren. Ich lasse Kahn brummelnd zurück. Als ich den Wagen vor der Villa wende, sehe ich das Skelett auf der Freitreppe und stelle mir vor, wie Fernande die Tür öffnet, weil sie den Motor laufen hört, jetzt, da ich das Haus verlasse, muss ich an ihr plötzlich lossprudelndes Lachen denken, und während ich langsam Gas gebe, tritt sie vor mein geistiges Auge, ich erkenne den Schrecken auf ihrem Gesicht, ihre hochgerissenen Hände. Dann bricht das Lachen aus ihr heraus, es ist genauso klar wie ihre Augen.

In gemächlichem Tempo fahre ich durch das stille Boulogne, es gefällt mir, diese Geschwindigkeit beizubehalten, und ich lasse meinen Blick über die Häuser schweifen. Ich vermisse die Kinder, die über die Trottoirs laufen, die Allerkleinsten noch mit ihrem Kindermädchen. In den Straßen der Stadt ist es alles andere als ruhig, auf den Boulevards stehen Grüppchen von Kellnern und schwatzen, Straßenkehrer fegen, Damen flanieren vorbei, während ich so leise wie möglich vorbeituckere. Ich lasse meine Hände über das Lenkrad gleiten und denke an Schokolade, vielleicht, weil das hier ein Tag wie jeder andere zu sein scheint: Naschwerk und Pralinen, Schokolade für Monsieur.

Gemächlich folge ich dem Lauf der Seine, am Quai steht eine Bude, und ich drehe meinen Kopf, denn zu meiner Linken erscheint der Eiffelturm, und wie immer, wenn ich ihn sehe, erfüllt er mich mit Stolz. Ich beschwöre die Erinnerung an die Weltausstellung herauf, die ich zusammen mit Maman besucht habe, an diesem Tag war ihr Schweigen ein staunendes Schweigen, eine schöne Stille, die ihr Gesicht mädchenhaft erglühen ließ, und ich biss mir von innen in die Wangen, um nicht laut aufzuschreien vor lauter Aufregung. Frankreich war ein Motor, brüllend auf dem Weg in die Zukunft! Ich sehe noch die Dynamohalle in voller Pracht vor mir, die Maschinen gaben mir ein bislang nicht gekanntes Gefühl von Stärke, es war, als würde ich selbst angetrieben und fortbewegt, dergleichen sollte von nun an, da war ich mir sicher, keine Mühe mehr machen. Ich stand mit der Nase vor solch einem riesigen Wunder, und nach einer Weile hörte ich nicht einmal mehr sein Summen. Schließlich wurde ich weggeschickt, weil ich so lange auf den Apparat gestarrt hatte, dass die Aufseher um meine Gesundheit fürchteten.

Jetzt, wenn ich daran zurückdenke, schäme ich mich ein wenig, gleichzeitig frage ich mich, wie wir alle so dumm sein konnten zu glauben, diese neuen, unermesslichen Kräfte würden uns nur Gutes bescheren. Der Zweck der Wissenschaft, aller Wissenschaft, ist es, dem Menschen zu helfen. Das hat Kahn mich lehren wollen. Und tatsächlich konnte ich nichts anfangen mit seinen hoch geschätzten Bildern von irischen Fischerbooten, die aus Haselnusszweigen bestanden und mit Kuhhaut verkleidet waren – mich als jungen Mechaniker sprach im Archiv eher ein Bild von einer modernen Dampfmaschine oder einem Dynamo an. Die Maschine blieb mir lange Zeit in Erinnerung, manchmal glaubte ich, ein Beben unter meinen Füßen zu spüren, und stellte mir vor, irgendwo in Paris hätte man so eine Maschine angeworfen. Ich hatte das Gefühl, mich festhalten zu müssen; in höchstem Tempo wurde eine Erfindung nach der anderen in die Welt geworfen. In einem der Pavillons war ein Röntgenapparat zu sehen, wahrlich eine verrückte Maschine, man flüsterte etwas von Gotteslästerung. Ich wusste es nicht. Den Dynamo hätte ich mir gerne von innen angesehen, aber einen Menschen?

Ich komme am Eiffelturm vorbei und fahre zu Debauve et Gallais in der Rue des Saints-Pères. »Pralinen für Monsieur Kahn!«, rufe ich lauthals, sobald ich über die Schwelle getreten bin. Der Geruch von Kakao ist überwältigend, ich bin der einzige Kunde. Der Chocolatier zieht eine Augenbraue hoch, eine nach der anderen nimmt er die Pralinen, die ich ihm in der Vitrine anweise, und ich merke, dass ich sie nicht ausstehen kann, diese Art Männer mit ihren Handschuhen und ihrem Zänglein. Dann fällt mir ein, dass ich für den Professor auf seinem Krankenbett auch ein paar Süßigkeiten mitnehmen sollte, und tippe mit meinem Finger an das Glas.

»*C'est tout?*« Der Chocolatier setzt ein falsches Lächeln auf.

Mit einer schwungvollen Geste hole ich meine Brieftasche heraus und zeige nebenher auf eine Schachtel mit Mandelpralinen. Der Chocolatier verzieht den Mund und wiegt meine Einkäufe auf einem Schälchen, nennt den Preis. Ich öffne das Portemonnaie. »*Pardon?*«

Der Preis wird in einem unangenehmen Ton wiederholt. Der Mann hat einen dünnen, geraden Schnurrbart, einen Schnurrbart wie ein Strich unter einer Rechnung, er wischt mit dem Finger darüber, und von seinen Lippen purzelt noch einmal der Betrag. So viel Geld habe ich nicht bei mir, ich klopfe auf meine Hosentaschen, obwohl ich weiß, dass sie leer sind, und lege mit niedergeschlagenem Blick eine Anzahl Franc auf die Theke. Der Chocolatier fischt mit seiner Zange Praline für Praline aus meiner Schachtel und legt sie wieder zurück, rückt sie zurecht. Schließlich reicht er mir eine armselige Tüte mit dem Rest Schokolade.

»*Bonne journée*«, singt der Halunke.

Als ich nach Hause komme, ist er noch wach. Ich entleere die Bettpfanne und helfe ihm mit einer Hand unter dem Arm aus dem Bett, er findet das schrecklich, ich auch, also schaue ich stur geradeaus.

»Ich bin da gewesen«, sage ich leise.

Er hält an. »Paris?«, fragt er und packt mein Handgelenk.

»Es ging prima«, sage ich. Eine Lüge. »Aber abscheulich kalt. Unterwegs musste ich an die Weltausstellung von 1900 denken«, füge ich schnell hinzu. »Die riesigen Dynamos, die es damals dort gab.«

Ohne zu antworten, zieht er am Gürtel seines Morgenrocks, ich lasse ihn los, und er schlurft ins Badezimmer.

Sobald er verschwunden ist, lasse ich mich auf den Stuhl sinken. Ich hatte einen anderen Weg nach Hause genommen, eine einfachere Route, als hätte ich mich mit meiner armseligen Tüte Schokolade und der leeren Brieftasche an die einfachen Straßen und Wege – und nicht mehr die Boulevards – zu halten, die mich durch das gewöhnliche Paris führten. Ein Junge stand an einem Kiosk, in dem Moment, als er den Renault näher kommen sah, trat er gefährlich einen Schritt nach vorn und sah mich mit einem Ausdruck von Erregung, in die sich auch Zorn mischte, durch die Frontscheibe an. Schreiend hielt er seine Zeitungen hoch. Fast zum Anhalten gezwungen, las ich die Schlagzeilen. »Bomben auf Polen!« – »Warschau in Trümmern«. Ich bremste, rund um das Auto sah ich schon die armen Frauen, Männer mit Sandsäcken zum Verrammeln der Türen, magere Pferde mit Schaum vor dem Maul. Ich roch wieder den Gestank der Kanalisation, und vor einem Laden mit Wintermänteln stand eine lange Schlange. Die Plakate hingen überall, immer wieder, immer mehr: *Paris, prends garde!* Seien Sie auf der Hut vor den Juden! Kopfscheu überquerten die Menschen die Straße, verängstigt mit ihren Blicken den Nachbarn abtastend, die Lippen aufeinandergepresst – aus Sprechen wurde Zischen, kein Wort fiel. *Prends garde, Paris! Prends garde aux juifs!*

Ich senke meinen Kopf, bleibe sitzen und lausche dem Geräusch des fließenden Wassers, unterbrochen von seinem Husten. Was habe ich erwartet? Das Archiv für den Frieden ist ein sinnloses Instrument, und es steht zu befürchten, dass es kein Tönchen mehr von sich geben wird. Mir rutscht das Herz in die Hose. Die Stadt hat mir ihre beiden Gesichter gezeigt, und das erste war eine Farce, ein Gesicht aus der Vergangenheit. Der Sekretär, auf dem meine Hefte liegen, die Trostlosigkeit des großen Hauses, das ist es, was geblieben ist. Es ist sehr kalt, erst jetzt bemerke ich, dass ich meinen Mantel noch anhabe.

»Ich habe Schokolade mitgebracht«, rufe ich laut durch die geschlossene Tür.

Es ist nicht meine Absicht, ihm von dem Bombardement zu erzählen, aber als er wieder herauskommt, weiß ich, dass ich es nicht vor ihm geheim halten kann. In dem hellen Rechteck der Tür steht er gestaltlos, verwelkt, würde ich fast sagen, aber er ist immer noch klar genug; von der Schwelle aus sieht er mich fragend an und streicht dann mit seiner Hand über die Augen, als ob er die Frage hinter seinen zitternden Fingern verbergen möchte.

»Henri«, sagt Kahn, »seine Familie kam aus Polen.«
Ich schüttle den Kopf.
»Aber der Vater, geboren in Warschau!«
»Soll ich mal anrufen?«
Ein Zittern geht durch seinen Körper. »Was?«, fragt er zaghaft. »Was?«
»Ob ich ...«
»Die Briefe«, unterbricht er mich. »Lass mich die Briefe lesen,

Dutertre.« Er zeigt auf ein Bündel, das auf dem Tisch liegt, mit einem Band umwickelt, und versucht, selbst danach zu greifen.

Es muss Ewigkeiten her sein, dass ich dieses Bündel da zur Zerstreuung hingelegt habe.

»Nein, mach du.«

Ich löse die Schleife und denke mir, es wäre besser gewesen, wenn ich meinen Mantel ausgezogen hätte. Zögernd streiche ich über das Papier. Wo soll ich anfangen? Am besten einfach irgendeinen auseinanderfalten und vorlesen. Ich lege eine Praline in seine offene Hand, er wartet.

Mein werter Kahn,

verzeihen Sie, dass ich so lange nichts von mir habe hören lassen. Um die Wahrheit zu sagen: Ich hatte in letzter Zeit einige Unannehmlichkeiten. Monsieur Liard, der Rektor, hat wiederholt angeboten, für mich einen Lehrstuhl für Wissenschaftsphilosophie an der Universität Lyon zu schaffen. Das wäre ein ganz neuer Ausbildungsbereich für Frankreich, und sollte es ein Erfolg werden, dann ließe sich in absehbarer Zeit eine Stelle an der Sorbonne ins Auge fassen. Leider werden solche Stellen schlecht bezahlt, und ich darf dabei nicht nur an mich denken. Also habe ich abgesagt, aber erst nach langen, verwirrenden Überlegungen, die dafür verantwortlich sind, dass ich meine Freunde vernachlässigt habe. Was machen Sie gerade, lieber Kahn? Sind Sie mit Ihrem neuen Haus zufrieden? Hat sich Ihre Position tatsächlich so verbessert, wie Ihnen versprochen wurde?

Also schreiben Sie bitte, und seien Sie meiner aufrichtigen Freundschaft versichert.

H. Bergson

Der Brief, datiert auf das Jahr 1884. Kahn streckt seine Hände nach vorne, er hat sich im Bett hochgeschoben, sitzt halb aufrecht in seinem violetten Morgenmantel. Auf seinem Handballen klebt Schokolade, und er saugt an seinen Lippen. Das alte Papier raschelt zwischen meinen Fingern, und etwas erstaunt bemerke ich, dass der Professor den Brief in meinem Geburtsjahr geschrieben hat. Ich nehme den Stapel und greife willkürlich nach einem anderen Brief, räuspere mich.

Mein werter Kahn,

schon seit ein paar Tagen will ich Ihren freundlichen Brief beantworten; aber ich hatte noch nie so viel zu tun. Ich denke, dass das auch für Sie gilt. Achten Sie gut auf sich, mein teurer Kahn, und beschränken Sie sich nicht wieder darauf, nur anderen gute Ratschläge zu geben.
[...]
Die Sorbonne hat meine Dissertation für gut befunden, ich verbessere noch das eine oder andere, ehe ich sie zum Drucker bringe.
Ich würde gerne die ersten zwei, drei Wochen Urlaub am Meer verbringen, in Dieppe. Meine Familie hat mir diesen Rat gegeben, und ich denke, ich tue gut daran, ihn zu beherzigen. Es ist schon wieder einige Jahre her, dass

ich mich wirklich ausgeruht habe, und das Meer hat mir noch immer gutgetan.
Eigentlich wollte ich Sie, mein teurer Kahn, bitten, mich zu begleiten. Ich weiß, dass Sie gerne nach England fahren würden; aber vielleicht schließt das eine das andere nicht aus, denn Dieppe liegt auf dem Weg nach London. Was meinen Sie?
Ich kann noch nicht genau sagen, wann ich abkömmlich bin, aber es wird frühestens am 8. August und spätestens am 12. August der Fall sein. – Ich würde allerdings gerne drei oder vier Tage in Paris verbringen. Dann würde ich also am 12. oder 16. von Paris aus weiterreisen. – Verträgt sich dies mit Ihren Plänen, könnten Sie auch Urlaub nehmen?

Mit Handschlag, mein teurer Kahn, und aufrichtig der Ihre

H. Bergson

Während ich das lese, wechsle ich meine Stimmlage, ich sorge dafür, dass mein Ton fröhlich bleibt, passend zur Aussicht auf Ferien am Meer. Der Professor scheint ganz nahe zu sein, Wort für Wort schlüpfe ich in diese Freundschaft hinein, und ich schiele zu Kahn hinüber, der leise atmet, aber nicht schläft, hin und wieder meine ich aus dem Augenwinkel wahrzunehmen, dass sich sein Mund leicht mitbewegt. Übrigens, die Handschrift des Gelehrten ist ordentlich und sauber wie er selbst.

Mein werter Kahn,

mein Schwiegervater ist der Ansicht, dass es zwecklos ist, die Beirut-Sache mit den Rothschilds zu diskutieren, da sie sowieso niemals in solche Aktien investieren würden. Es sei eher eine Investition für Privatiers als für Bankiers. – Ich kann es noch einmal ansprechen, wenn Sie wünschen; aber ich fürchte, es ist zwecklos.

Herzliche Grüße
H. Bergson

Während ich rede, halb von ihm abgewendet, merke ich, dass ich einen Fehler gemacht habe. Kahn zieht an der Bettdecke, entschlossen lege ich eine Reihe von Briefen auf das Fußende und blättere schnell durch den Rest. Ich habe die »Aktien« erwähnt, und der Urlaub in Dieppe ist, obwohl er im Brief noch nicht angefangen hat, längst vorbei.

Ich frage: »Warum haben Sie aufgehört, ihm zu schreiben?«

Er wedelt mit der Hand durch die Luft. »Die Bank, die Reisestipendien, nun ja, es gab viel zu tun. Es wurde alles sehr viel. Außerdem musste ich nicht schreiben, um ihn wissen zu lassen …«

Er stockt, inzwischen hat es angefangen zu regnen, und obwohl es gegen Mittag ist, stehe ich auf und knipse das Licht an. Ich nehme die Blätter vom Bett und bringe sie zum Sekretär.

»Philosophieren«, sagt Kahn in meinem Rücken, »ist eine private Angelegenheit.«

Ich drehe mich um. Er sieht müde aus, aber seine Stimme klingt überraschend klar.

»Das ist die feste Überzeugung von Henri. Gleichzeitig finde ich bei niemanden sonst so viel Resonanz für meine Gedanken. Er ist mein Pendant, ein Ebenbürtiger.«

Er zeigt gebieterisch auf den Stuhl. Gehorsam setze ich mich wieder hin und nehme das Blatt, das ich gerade aus dem Bündel gefischt habe.

Mein lieber Kahn!

Wenn es passt, wird morgen, Montag, im Laufe des Tages, das Skelett nach Boulogne gebracht.

Jetzt bin ich eine Weile still. »Ich habe es rausgestellt, auf die Freitreppe«, platzt es dann aus mir heraus.

»Ach, Dutertre, warum denn? Trotz deines Verstandes bist du immer noch Petit.«

Beschämt blicke ich auf das Blatt in meiner Hand.

»Weißt du, was gesunder Menschenverstand ist?«, fragt er dann. »Gesunder Verstand steht für vernünftige Arbeit. Es ist die Anstrengung eines Geistes, der sich ohne zu zögern und stets an das Neue anpasst. Klarheit der Ideen, Aufmerksamkeit, Freiheit und Maß im Urteil, das alles ist gesunder Menschenverstand. Aber die Seele, die Seele davon ist …« Er schlägt mit der flachen Hand auf die Decke. Seine Wangen haben eine hochrote Färbung angenommen. »… die Leidenschaft für Gerechtigkeit!«

»Monsieur?«

»Ach, die Leute standen nach Henris Vorlesungen Schlange,

etwas, was er sehr, sehr verabscheute. Es kam ihm sozusagen hauptsächlich darauf an, *nicht* zur Mode zu werden.«

»Er hat die Vorlesungen gehalten«, widerspreche ich.

»Nein, nein, er hat damit aufgehört. Du kannst eine philosophische Schule nicht wählen, Dutertre, ebenso wenig, wie du dich für die Mitgliedschaft in einer politischen Partei entscheidest, denn da gibt es nur Lösungen, die fix und fertig sind. Amateurismus, so hat Henri das genannt. Es wird dem Individuum nicht gerecht, und auch nicht seinem Denken.«

Brüsk streicht er sich über das Gesicht. »Henri hielt es für wichtiger, einen einzigen Menschen zu sich selbst zu bringen, als von Tausenden bewundert zu werden.«

Seine Stimme erstirbt. »Eine einzige Person«, flüstert er, »verstehst du, was ich dir sage, Dutertre? Einen einzigen Menschen.«

Dann lässt er seinen Kopf nach hinten fallen, der Mund weit offen, sein Körper unter der Decke schlaff vom vielen Reden. Er will jetzt nicht mehr essen oder trinken.

Das Telefonat wird vom Hausmädchen angenommen, hätte Fernande gesagt. Als das Dienstmädchen hört, dass ich es bin, ruft sie Madame Bergson, und ich erkundige mich in Kahns Namen nach der Gesundheit des Professors.

»Sein Rheuma quält ihn«, teilt sie mir mit. »Er kränkelt.« Madame spricht den Buchstaben k hart aus, was ihre Worte vorwurfsvoll klingen lässt. »Außerdem«, fährt sie fort, »macht er sich große Sorgen. Was sollen wir tun? Was ist das für ein Mann, dessen Namen ich mich weigere, in den Mund zu nehmen? Synagogen stehen in Brand, die Leute sagen nichts dazu.

Die Tore Palästinas stehen nur noch halb offen. Jetzt warten wir ab, wir warten alle ab. Seit Jahren hat mein Mann die enorme Welle des Antisemitismus kommen sehen, er sagt, dass wir unser Volk weiterhin unterstützen müssen. Aber wie? Das frage ich ihn. Ich habe das Gefühl, dass keine Zeit mehr bleibt. Was sollen wir tun? Polen ist schon im Krieg. Die Bolschewiken stecken unter einer Decke mit dem Mann, dessen Namen ich nicht aussprechen will. Warum? Der letzte Krieg ist doch gerade erst vorbei.«

Ich suche Halt an der Wand. »Ausländer werden aufgefordert, das Land zu verlassen«, sage ich.

Madame zischt zwischen ihren Zähnen hervor: »Wir sind keine Ausländer.«

»Natürlich nicht«, beeile ich mich zu sagen.

»Wie geht es Monsieur Kahn?«

»Er leidet unter der Situation. Er würde Sie gern besuchen, wenn es möglich wäre. Zu seinem Bedauern muss er das Bett hüten.«

»Ach, der arme Mann. Sagen Sie ihm unsere herzlichsten Grüße, oh, warten Sie eine Sekunde, ich gebe Ihnen …«

Es poltert, dann habe ich den Professor plötzlich selbst am Apparat.

»Alfred Dutertre? Bist du's?«

Als ich meinen Namen von dieser vertrauten Stimme höre, schießen mir Tränen in die Augen. »Ja«, sage ich. »Ja.«

Auf der anderen Seite bleibt es still, ich höre, wie der Professor in den Hörer atmet, er versucht weiterzusprechen, fängt aber an zu husten, und ich fühle selbst ein Kitzeln in der Kehle. Plötzlich habe ich Madame wieder an der Strippe.

»Der Arzt hat Kaliumbromid verordnet«, berichtet sie gemessen. »Nett, dass Sie angerufen haben.«

Ich will auflegen, als das Mädchen wieder mit mir spricht: »Madame und Monsieur Bergson haben sich zurückgezogen.«

»Danke«, sage ich. »Wie heißt du, Kind?«

»Ich heiße Amélie.«

»Auf Wiederhören, Amélie.«

Die Verbindung ist bereits unterbrochen.

Am Abend, als ich die Briefe wieder in den Schrank zurücklege, lasse ich, auf dem Fußboden sitzend, die Hände über die Umschläge in der Schublade gleiten. Zwei junge Männer allein in Paris, einer aus Marmoutier, der andere zurückgekehrt aus der Schweiz, haben sich mit Intelligenz und Wissensdurst gegenseitig aus ihrer Einsamkeit herausgeholfen. Und ich habe gesehen, wie sich Kahns Gesicht in Gegenwart von Bergson aufhellte und Ruhe ihn überkam. Der Bankier und der Philosoph, ich habe sie wie Kinder herumtollen sehen. Kahn fand Vergnügen daran, Blumen für seinen Freund zu pflücken.

Ich schiebe die Lade zu und erhebe mich, aus einer Laune heraus hole ich mir den Projektor, ich laufe durch die Küche und überquere den Kiesweg, die Lampe in seinem Zimmer brennt, das weiche Licht fällt auf die Sträucher, der nächtliche Garten säuselt, und ich bin mir bewusst, dass meine Schritte zu hören sind. Als ich die Tür des Ausstellungsraumes öffne, rieche ich Motoröl, vor Jahren ist das hier sein Projektionsraum geworden, für mich wird es immer die alte Werkstatt bleiben, ich meine noch, meinen Overall an einem Nagel an der Wand hängen zu sehen. Als ich aus der Großen Schlacht zurückkehrte, war alles umgebaut worden, und ich erinnere mich, dass ich zwischen den Sitzreihen meine Werkzeuge gesucht habe, wo hatte ich immer meinen Gabelschlüssel, den Engländer und die Ölspritze? Es war Fernande, die mir die neue Garage gezeigt hat, links von den Platanen. Es hat lange gedauert, bis ich morgens gleich das richtige Gebäude betrat und nicht erst den Ausstellungsraum, in dem ich den Panhard und die Mercedes-Wagen vorzufinden dachte.

Mit dem Projektor in den Armen lasse ich die Tür hinter mir zufallen. Zurück im Archivraum, zünde ich eine Kerze an und stelle das Gerät neben den Tisch, die Kerze flackert, geht aber nicht aus. Ich öffne zwei Kisten, auf Anhieb finden meine Finger die richtigen Platten, behutsam nehme ich die erste, und wenn ich auf den Knopf des Projektors drücke, verbreitet sich das Licht bis in die letzte Ecke des Raumes. Ich setze das Autochrom vor die Linse und halte meinen Blick gesenkt. Als ich dann aufsehe, sitzt Alma Mahler vor der Tür mit ihrer losen Haarsträhne und dem durchdringenden Blick, das Gesicht ist fast durchscheinend, ihr anfangs so blaues Kleid färbt sich durch das Grün der Tür in ein helles Violett, der Busen wölbt sich im Mieder. Ich stehe neben dem Projektor und lasse sie da, sie sitzt kerzengerade, ihre Schuhe stehen fest auf dem Holzfußboden. Nahe ihrem Hals ist die schwebende Hand des Herrn Direktor, er selbst bleibt unsichtbar, die dunklen Aktenschränke verschlucken seinen Körper. Über dem Buchstaben i auf dem Etikett *China* sehe ich seine Nasenspitze, und als ich weitersuche, entdecke ich einen Finger über *Dahomey*.

Mit meiner Hand auf dem Tisch schiebe ich Alma zur Seite. Das plötzliche Licht blendet, und ich muss mich festhalten, um nicht zu fallen. Ich nehme die zweite Platte aus dem Schlitz und schiebe Fernande auf Almas Platz, eine Sekunde später erscheint sie auf der Schwelle, jung, mit noch weichen Gesichtszügen. Da ist sie schon Strohwitwe, aber ihre Fröhlichkeit wirkt ansteckend; alle im Haus sind fröhlich. Ich machte ihr Foto, als sie durch die Küche polterte; wie schön sie doch in ihrem hellen Kleid ist, und im Vorbeigehen hat sie mir zugezwinkert.

Als ich das Archiv durchquere, springt sie vor mir davon, wie immer nimmt sie vor mir Reißaus. Ich konnte mich ihr nie nähern ohne ein Gefühl der Unzulänglichkeit, für mich hatte sie nie ein anderes Wort als Bruder – oder Schwager. Hat sie mich deshalb immer beim Nachnamen genannt? Um unser familiäres Band zu betonen, wenn ich mit ihr alleine war? Nein, allein waren wir nie, immer, wenn sie mich anschaute, hat sie Claude in mir gesehen, und ich glaube, dass sie es nie aufgegeben hat, auf ihn zu warten.

Jetzt gehe ich auf sie zu, und kurz vor der Tür bleibe ich stehen. »Tag, Fernande«, sage ich. Zögernd nähere ich mich und halte den Atem an, kneife meine Augen im hellen Licht des Projektors zu, spüre ihre Wärme. »Ich bin es. Alfred.«

Fuß auf Fuß, Bein gegen Bein, Gesicht an Gesicht.

Als ich wieder in meinem Zimmer bin, öffne ich das Fenster, die Kälte soll mich beruhigen, ich ziehe Weste und Hemd aus, ich bin halb nackt und taumele. Blau glänzend steht der Mond am Himmel, etwas Schweres hängt an allen meinen Gliedmaßen. Eine Frau tanzt, Stoff gleitet über ihre Haut, ihre Silhouette zeichnet sich ab, sie streckt die Arme in die Luft, und die Ärmel gleiten von ihrem Handgelenk. Als das Licht zu hell wird, verschwindet ihre zierliche Figur, nichts bewegt sich, kein Geräusch mehr, nur mein eigenes Atmen. Ich ziehe meine Hose aus und hänge sie über den Stuhl. So lange vor dem Fenster liegen bleiben, bis der Schmerz in meinen Lenden nachlässt und mein Körper eiskalt geworden ist.

Tagebuchaufzeichnungen

Japan – Tokio

28. Dezember. Ich beginne, mich an mein Zimmer zu gewöhnen. Meine Sachen haben ihren festen Platz gefunden. Es gibt genügend Raum zum Schreiben und auch zum Entwickeln der Fotoplatten. Im Kaufhaus Miskoshi war alles zu bekommen. Ich habe jetzt einen ordentlichen Vorrat an Bromkalium und auch die benötigten Glasplatten. Das einzige Fenster in meinem Zimmer blickt auf den Innenhof. Am Morgen rupfen Küchenhilfen Hühner unter dem Maulbeerbaum. Sobald ich ihre Stimmen höre, stehe ich auf und setze den Entwickler an. Der Ammoniakgeruch sticht mir in die Nase, ich bin hellwach. Ich glaube, die Küchenhilfen wundern sich einigermaßen über den Arm, der da immer aus dem Fenster gestreckt wird und eine Glasplatte ins Licht hält.

Nach dem Frühstück gehe ich mit Nériki nach draußen. Wir beginnen unseren Tag in einem der Teehäuser der Stadt – das Getränk wärmt uns. Nériki ist klapperdürr. Er trägt keinen Kimono, sondern eine weite Hose, darüber eine Art Hemd. Vermutlich hat er kein Gramm Fett am Körper. Kahn dagegen blüht auf mit der japanischen Schonkost aus Fisch und Gemüse. Seine Westen sitzen straff.

Heute hatte Nériki eine Überraschung für mich. Er brachte mich in ein Gebäude, wo zuerst ein Paneel aus Reispapier zur Seite geschoben werden musste. Auf dem Boden saß eine sehr alte Frau. Sie schöpfte mit einem langstieligen Löffel Wasser aus einem Kessel. Ließ es in zwei Schalen laufen, schöpfte weiter. In geschmeidigen Bewegungen. Kein Tropfen ging daneben. Die Flüssigkeit in den Schalen ist grüner als das zarteste Blatt. Ich spürte die tiefe Bedeutung hinter diesen Gebärden. Eine Verbundenheit mit der Vergangenheit, die ich nicht vollständig deuten konnte. Das war seltsam: Ich wurde getröstet, obwohl ich gar nicht wusste, dass ich Trost suchte. Ich erinnerte mich an ein kleines, früher erlebtes Glück. Die alte Frau reichte mir das Getränk. Bittersüß. Sie trank ebenfalls. Dann stellte sie die Schale vorsichtig auf die Matte und neigte ihren Kopf. Ich tat das Gleiche.

Ich fühlte mich erfrischt. Nériki lachte und sagte, dass der Weg des Tees immer funktioniere: *Kei, Wa, Sei, Jaku*, die vier Schritte auf diesem Weg.

Kei ist der erste Schritt und bedeutet Respekt – verhalte dich respektvoll gegenüber deinen Mitmenschen.

Wa: Harmonie. Du kannst *Wa* mit deiner Umgebung und anderen sein.

Sei steht für Reinheit. Laut Nériki soll Schönheit Teil deiner Umgebung sein. Schönheit lässt dein Herz wachsen und macht es sauber und rein.

Dann der letzte Schritt, *Jaku*. Dieser Schritt steht für spirituelles Gleichgewicht und ist unabdingbar für die Erleuchtung. Alle Gesten beim Servieren und Trinken des Tees sind vorgeschrieben. Die Zeremonie soll einen von den täglichen Sorgen befreien.

Wäre es nicht schön, dem Professor von diesen Schritten zu erzählen? Die Schritte auf dem Weg des Tees neben seinen Stufen auf der Leiter der Höflichkeit.

In Paris konnte Nériki den Teeweg nicht gehen. Er fragte mich, was die Europäer tun, wenn sie sich bedrückt und unrein fühlen. Ich wusste nicht, was ich sagen sollte. Jetzt war ich es, der den Kopf abwandte. Nériki wartete höflich auf eine Antwort, die ich ihm nicht geben konnte.

29. Dezember. Kahn ist früh mit dem Škoda abgefahren. Ich gönnte dem Jin des *Pousse-Pousse* den Verdienst von ein paar Sen und ließ mich von ihm zur Universität bringen, um Fotos von den Klassen mit jungen Mädchen zu machen. Die Mädchen fotografiere ich gerne. Es schwindelt mich, wenn ich daran denke, wie wahnsinnig viel es insgesamt noch aufs Bild zu bannen gibt. Ihn scheint das nicht zu belasten. Sein Vertrauen in dieses Unternehmen ist unerträglich! Natürlich hat es wieder geregnet. Männer und Frauen hielten sich Kleidungsstücke über den Kopf. Der japanische Regenschirm. Bei der Universität gehorsam meine Schuhe vor die Tür gestellt. Daran bin ich schon fast gewöhnt.

Besuch beim Grafen von Okuma. Spaziergang durch den Garten. Zusammen mit dem französischen Botschafter in Tokio und dem japanischen Botschafter aus Sankt Petersburg sind wir zum Abendessen eingeladen. Die Kellner sind sehr höflich. Während des Essens blieben sie hinter uns stehen. Menü: Sake (ein Peitschenhieb für meine Speiseröhre!). Fischsuppe. Rohes Fischgericht, zwei Eier. Fischplätzchen. Fischsalat. Zweite Schüssel Fischsuppe. Gewürzgurken. Fischpüree. Geflügel, die

Federn noch dran. Überraschung, wieder Fischsuppe! Mandarinen und Tee. Kahn aß alles mit einer an Unhöflichkeit grenzenden Gier. Außer dem Vogel – den ließ er wegschaffen.

Die halbe Nacht nicht im Bett – pinkeln. Ich habe das Gefühl, dass ich nur noch aus Suppe bestehe.

30. Dezember. Nach der Teezeremonie erfahre ich meine innere Kraft. Was tun wir, um unseren Geist zu erhellen? Wir würdigen die Vergangenheit nicht auf diese japanische Weise. Wir drängen nach vorn. Kahn glaubt nicht, dass man vorankommt, wenn man nicht ständig zurückblickt. Man muss wissen, von wo man aufgebrochen ist, ehe man an einem anderen Ort ankommen kann.

In Gedanken höre ich Fernandes Stimme: So viel zu Zeremonien, D. Am Sonntag gehe ich in die Kirche.

Aber ich rede nicht vom Gottesdienst. Er auch nicht. Laut Nériki ist die Teezeremonie eine Form des Zen-Buddhismus. Ich glaube, dass uns die Japaner vor allem beibringen, uns in Geduld zu üben. Das wäre das Erste, was er brauchte. Jeden Abend fragt er mich, wie viele Fotos ich schon nach Paris geschickt habe. Ich kann die Zahlen nicht nennen, ohne an die ganze Welt zu denken.

Abreise nach Nikko mit dem Zug. Die Wagen sehen aus wie Straßenbahnwagen. Nériki hat Fischplätzchen mitgebracht, wir aßen sie dann auf unseren Plätzen. Gegen Mittag hellt es auf. Fotos gemacht von Tempeln, viele. Nun habe ich auch die Tempel aufs Bild gebannt. Am Nachmittag Schnee. Ein schönes Hotelzimmer mit Wasserflaschen auf dem Bett. Wir sind die einzigen Gäste. Man merkt, dass wir außerhalb der Saison reisen.

31. Dezember. Hatten eine eiskalte Nacht. Um sechs Uhr wurde das Feuer angezündet, und erst nach einer Stunde konnten wir uns waschen. Zu Pferd zum Wasserfall von Kirifuri. Kahn glühte vor Vergnügen. Sein Pferd dampfte. Die Stute war weiß, und der Boden war es auch. Und Kahn rief: D., wer ist jetzt hier der Bauernsohn?

Der Bergweg war mit Schnee und Eis bedeckt. Ein schwieriger Aufstieg, wir mussten zu Fuß weiter. Eine wollige Luft hing zwischen den Bergwänden. In der Ferne hörte ich das Donnern des herabstürzenden Wassers. Kahn nutzte einen Ast als Gehstock. Ich trug das Vérascope und das Stativ. Plötzlich rutschte ich aus, das Stativ rollte zwischen die Bäume und war weg. Er half mir auf und wollte unbedingt meine aufgeschürften Hände inspizieren. Von da an musste ich vor ihm gehen.

Eine offene Stelle, umgeben von glänzenden Wänden. Zwei Wasserfälle rasten in die Tiefe. Kahn hockte sich hin. Es sah aus, als säße er im Regen, ohne nass zu werden. Es war nichts Seltsames oder Heiliges dabei. Der kleine Mann mit seinen kardinalen Wünschen. Ich hätte liebend gerne ein Foto von ihm gemacht – ausdrückliches Verbot hin oder her. Ich wollte das Foto von ihm machen, um ihm zu zeigen, wie winzig er ist. Wir alle.

Der Expresszug zurück nach Tokio brauchte fünfeinhalb Stunden. Bei jedem Halt konnte man eine Teekanne und eine Tasse für vier Sen (zehn Cent) kaufen. Nach der Ankunft bin ich direkt ins Miskoshi gegangen, um ein neues Stativ zu besorgen.

Im Hotel fand ich ein Paket auf meinem Bett. Handschuhe aus dickem Leder, gefüttert mit Schafwolle.

1. Januar 1909. Heute feiern alle Japaner Geburtstag. Am 1. Januar wird dem Alter eines jeden ein Jahr draufgezählt. Zum »Tag des Jahres« sind alle Häuser dekoriert. Neben jeder Tür werden zwei kleine Tannen gepflanzt. Gesäumt von Bambus.

2. Januar. Ein weiterer Feiertag mit einer Militärparade in den Straßen. Das Wetter ist schön. Ich habe versucht, einen Film von der Parade zu drehen. Fotos in den Straßen gemacht. Die Japaner haben nichts dagegen, fotografiert zu werden. Sie weigern sich, einem in die Augen zu sehen, schauen aber unbekümmert in die Linse. Die Stadt ist braun und orangefarben, der Staub kriecht überall hin. Die Tannen machen sie schöner, die Häuser erröten förmlich.

Kahn sehe ich selten. Er ist ständig mit seinen Geschäften zugange. Es ist fast wie in Paris. Nur Nobata begleitet ihn. Nobata ist zu einer Art Chauffeur-Sekretär geworden.

Mittagessen beim Grafen, japanisch mit Stäbchen. Hatte vorher noch nie mit Stäbchen gegessen. Habe, glaube ich, zu viel Sake getrunken.

4. Januar. Ich dachte, das Reisen würde mich stärken. Nie zuvor ist mir Warten so schwergefallen. In Boulogne ist eine Stunde, was sie ist – sechzig Minuten: die Fahrt von der Villa zur Bank. Fünfzig Minuten: die Zeit, die Fernande braucht, um eine Schüssel Bohnen zuzubereiten. Auf dieser

Seite der Welt scheint die Stunde kein Maß zu haben. Immer wieder suche ich nach einem Rhythmus, den ich nicht herausbekomme. Irgendwo muss er sein. Nicht zu fassen. Morgens habe ich einen kleinen Spaziergang gemacht, es regnete ein bisschen. Ich werde erst heute Abend beim Grafen erwartet.

Gegessen mit Graf Okuma. Auf dem Fußboden. Gott sei Dank mit Gabeln statt mit Stäbchen.

6. Januar. Heute Abend haben wir ein Restaurant besucht. Tanzende Geishas. Sie hatten rote Münder, Lippen wie Mohnblüten. Ich dachte, dass ich Wasser rauschen hörte, aber es waren ihre Seidenkimonos. Kahn versuchte, seine Suppe zu löffeln, während die Geishas tanzten. Tropfen fielen auf seine Knie. Ich hatte meinen Löffel schon längst weggelegt. Auf dem Rückweg erzählte er mir, dass er ein Geschenk vom Kaiser erhalten habe. Die ganze Zeit schlang er seine Arme um seinen Körper. Er sagte, dass sie in seinem Zimmer wären.

Plural, Monsieur? Ich wusste nicht, was ich da fragte. Ich dachte an schmale Hände. An blasse Haut auf der Innenseite eines Handgelenks.

Heute Abend in den Straßen von Tokio war ich sein Gefährte. Während unserer Reise schlüpfe ich in diese Rolle und aus ihr heraus, ungefähr so, wie ich meine japanischen Pantoffeln an- und ausziehe. Kahn sagte, es seien drei in seinem Hotelzimmer. Ich dachte, er meinte Geishas.

Er kniff mir in den Arm. Nein! Goldene Teller von Kaiser Meiji.

Jedes Land braucht Geld. Nicht nur wegen der Kriege, die geführt werden. Graf Okuma ist ein Verbündeter. Sie haben Pläne für die Zukunft – Vereinigung der Welt. Rassistische und religiöse Intoleranz muss verschwinden, sagt Kahn. Du brauchst dich nicht mit jedem gemein zu machen, D. Aber du bist verpflichtet, dich mit dieser Welt zu verbinden.

Ich beobachtete ihn, als er in seiner Suite verschwand. Es war schon dunkel. Im Dunkeln tappend mein Bett an der Rückseite gesucht.

7. Januar. Ich bin mir sicher, dass Kahns Mission zu groß ist. Zu groß für ihn allein. Er wird einwenden, dass sie viele sind. Männer wie der Graf stehen hinter ihm. Was hat man an jemandem, der hinter einem steht? Die Fotos sind kein Anfang, sie sind ein Beschleuniger. So wie der neue 6,7-Liter-Motor den Mercedes schneller macht. Er sagt, dass die Fotos das Leben verändern werden. Ich habe schon Hunderte nach Paris geschickt. Wenn wir zu Hause sind, wird er ein Bataillon von Fotografen losschicken. Im Kampf gegen die Voreingenommenheit!

Töpfe gekauft für die Gärten in Boulogne.

8. Januar. Letzte Nacht alle naselang von Ratten geweckt worden, die über den Frisiertisch rannten und meine Seife fressen wollten. Heute Morgen fand im Park eine Parade von Feuerwehrleuten statt. Sie zeigten der herbeigeströmten Öffentlichkeit ihre Kupplungen und Dampfpumpen. Liefen in langen Reihen mit ihren Bambusleitern. Habe schöne Bilder gemacht. Wirklich schöne. Die Männer strafften den Rücken vor dem Auge des Vérascope. In der Pause wurde Sake für sie ausgeschenkt. Ich hoffe nur, dass nirgends ein Feuer ausbricht.

9. Januar. Heute schiffen wir uns auf der *Korea* ein und fahren Richtung Süden von Japan nach China. Ich war wahnsinnig beschäftigt. Es kostete mich einen halben Tag, den Versand der Gartentöpfe nach Paris zu arrangieren. Zahlreiche Empfangsquittungen und Formulare wollten ausgefüllt sein. Auf dem Postamt endlos auf seine Korrespondenz gewartet. Als ich die postlagernden Briefe ausgehändigt bekam, fand ich zu meiner Überraschung auch einen für mich in dem Stapel. Eine Nachricht aus Frankreich in meiner Tasche!

Im Hafen lag eine ganze Flotte von Sampans zwischen dem Quai und der *Korea*. Unser Gepäck hüpfte von Boot zu Boot. Ich wollte mich noch von Nériki verabschieden, wusste aber nicht, wo er steckte. Kahn war schon an Bord. In dem Moment, als ich auf den Landungssteg wollte, hielt mich eine Hand zurück: Nériki. Er schenkte mir eine Packung Tee und ein Schälchen.

Folge dem Weg des Tees, sagte er. *Bon voyage.* Ich wollte etwas in seiner Sprache sagen, etwas Respektvolles. Das Einzige, was mir in den Sinn kam, war: *Wa!*

Männer drehten sich um. Nicht Nériki.

Es ist ein farbloser Nachmittag, an dem die *Korea* aufgetankt wird. Der Anker wird gelichtet. Mit Kohlen beladene Schubkähne fahren längsseits. Ich setze mich an Deck und versuche, in der Ferne die Gestalten im Hafen von Tokio auseinanderzuhalten.

Boulogne, Paris

Die Fingerknochen des Gerippes klappern im Wind, das alte Skelett steht da wie eine Vogelscheuche im Saatfeld, an deren Armen leere Büchsen im Wind klappern. Seufzend schiebe ich meine Tagebücher beiseite, ich habe keine Lust, mich nach China zu begeben, damals nicht und heute auch nicht. China ist mit Japan nicht zu vergleichen, ehrlich gesagt, ich habe einfach eine Abneigung gegen das Land, es ist schrecklich schmutzig, und selbst die schönsten Fotos können daran nichts ändern.

72364 Autochrome erzählen beileibe nicht die ganze Geschichte. Das hätte ich einmal mit Kahn besprechen müssen, aber immer, wenn ich dazu ansetzte, merkte ich, dass ich doch die Traute nicht hatte. Eine Weile lang habe ich versucht, allen Mut zusammenzuraffen, aber dann habe ich es aufgegeben. Ich chauffierte ihn nicht mehr, die langen Sommerreisen waren passé, sogar die kurzen Ausflüge. Trotzdem blieb ich sein Fahrer. Sein Lebenswerk – nie beendet, niemals, kann man dann sagen, es sei von Erfolg gekrönt? Gott verhüte, dass er, um nur ein Beispiel zu nennen, nach den Balkanländern fragt. Ich werde Himmel und Hölle in Bewegung setzen, um ihn auf andere Gedanken zu bringen, heimlich tausche ich ein paar Fotos aus. Dann würde er keine Soldaten sehen, sondern gelben Stechginster und einen irischen Fischer neben seinem Boot. Auf der Schwelle lausche ich gespannt, ob er atmet.

Er, dessen Namen ich nicht aussprechen will.

»Hitler!«, rufe ich in der Abgeschiedenheit meines Zimmers. »Hitler!«

Es gibt Zehntausende Kinder in diesem Haus. Wer von ihnen rennt da über die Zufahrt unter den Platanen? Wer von ihnen wurde zu den Waffen gerufen, wer hat es geschafft, erwachsen zu werden? Mit der Stirn am Fenster starre ich in den Garten, stecke das Tagebuch unter meine Weste und laufe durch das Vestibül. Im Archivraum ziehe ich Deutschland aus dem Regal: Ruhrgebiet, Nürnberg, Oberfelden. Ich stelle die Kisten auf den Tisch und schiebe den Betrachter in die Mitte, reiße die Deckel auf, ein Vergrößerungsglas liegt in der Schrankschublade, und ich ziehe ein Autochrom nach dem anderen hervor.

September 1912. Oberfelden. Bauernhof, Karren, Kinderwagen. Sechs Erwachsene. Der Bauer ordentlich gekleidet, Sonntag, es wird ein Sonntag sein. Auf dem Weg mitten im Grün zähle ich fünf Frauen, vier Kinder mit Hüten – Mädchen, die in sauberen Kleidern stecken und die Hände gefaltet haben, als würden sie schon anfangen zu beten. Selbst jetzt bin ich wieder von der Klarheit der Farben gerührt, mit der Lupe in der Hand beuge ich mich weiter vor. Wer liegt da? Wer schläft da im Kinderwagen?

Nächste Platte: Arbeiter im Sägewerk, wie es aussieht, in der Blüte ihrer Jahre. Heute könnte einer von ihnen vielleicht General sein, ich kann es niemanden fragen, ich habe nur das Bild ihrer lachenden Gesichter unter den Helmen, sehe die weiten, umgeschlagenen Hosen, die Säge in ihren Händen. Die Zähne der Säge sind groß, die zersägten Stämme haben getreidefarbene, helle Flächen. Die Männer stehen im Laub, stapeln die Stämme auf, gehen abends auf dem Waldweg wieder nach Hause und ziehen an der Hintertür ihre Arbeitsschuhe aus. Zupfen ein verirrtes Blatt aus dem umgekrempelten Hosenbein.

Nürnberg, Juli 1924, auf dem gummierten Rand steht: Nürnberger Burg. Was noch? Ein Foto des Opernhauses. Fingerabdrücke auf der Platte, meine eigenen. Ich schiebe die Platte ungeduldig zur Seite, lege sie ohne Pardon auf die vorherige, das Klirren von Glas auf Glas dringt laut in meine Ohren, durchs Zimmer und vielleicht sogar bis in die Suite, wo Kahn im Bett wartet und plötzlich meint, Glas brechen zu hören.

Ich blicke auf, die Fotoplatten vor mir auf dem Tisch sind durcheinandergeraten. Wie spät ist es? Die Sonne schlüpft durch das eine Fenster und taucht das Zimmer in lodernde Flammen. Ich trage die Kisten zum Schrank zurück, ich trage Deutschland zu Grabe, denke ich unwillkürlich, während der Krieg noch nicht begonnen hat. Ich zog ins Feld mit dem Gefühl, dass er nie enden wird, immer wieder fielen Schüsse, und ich dachte an die Kamele, um nicht verrückt zu werden.

8. Januar, werde ich gleich zu Kahn sagen, wenn ich ihm seinen Tee bringe, ich werde das Heft unter meiner Weste hervorholen und langsam daraus vorlesen. Ihm wird dieser Teil gefallen: »Letzte Nacht alle naselang von Ratten geweckt worden, die über den Frisiertisch rannten und meine Seife fressen wollten. Heute Morgen fand im Park eine Parade von Feuerwehrleuten statt. Sie laufen in langen Reihen und singen: Denn wir sind die Feuerwehr, die Feuerwehr.«

Ich werde weiterblättern und sein Gesicht über der Decke betrachten, während er meckert: »Das konnten sie gar nicht singen.«

»In Gedanken«, werde ich antworten. »In Gedanken.«

Nur eine kleine Lüge.

Ich habe mir schon ein Kreuzchen an die Stelle gemacht. Der Aktenschrank glänzt, Staub wirbelt hoch und legt sich wieder, von Zeit zu Zeit fällt ein Schatten durch die Fensterscheibe, eine Wolke am Himmel, und um auf Nummer sicher zu gehen, suche ich irgendein Balkanland heraus. Das Problem mit diesen Ländern ist, dass sie so schwer fassbar sind, ganze Bevölkerungsgruppen bewegen sich über die Grenzen hin und her. Ich weiß noch, wie Fernande gesagt hat: »Die Stadt Zara wurde siebzehn Mal von Venedig erobert«, sie bearbeitete das gerade, ich erinnere mich an ihre Augen, die vor Staunen aufgerissen waren. Im Schrank finde ich ein Reisetagebuch von 1923 und streune ein bisschen durch Dalmatien.

Man sollte, lese ich, an den Schrank gelehnt, den neuen Namen zu würdigen wissen. Die Entente mit Italien ist gescheitert.

Die vergilbten Seiten sind dicht beschrieben, die Handschrift ist schwer zu entziffern, ich halte das Heft nah vor meine Augen und setze mich ans Fenster. Wie bei den meisten Reiseberichten der Société Autour du Monde steht der Name des Verfassers auf der Rückseite: J. Antoine, Dezember 1923.

Als ich in Triest war, nachdem ich einen Teil von Tirol durchquert hatte, und bevor ich meine Studien in Italien fortsetzte, habe ich Dalmatien einige Tage gewidmet: Staat der Serben, Kroaten und Slowenen.

Der Name verweist nicht auf verschiedene ethnische Gruppen, aber auf Gruppen derselben Rasse und derselben Sprache, von einigen Dialekten abgesehen. Dalmatiner, Serben und Montenegriner haben mir einhellig erklärt: Wir sind Jugoslawen! Ich treffe überall die gleiche ruhige und entschlossene Energie an, die gleiche Leidenschaft. Für sie hat Solidarität größte Bedeutung, und trotz ihrer Loyalität gegenüber der Dynastie (ganz Split hat geflaggt, um die Geburt des Kronprinzen zu feiern, das Porträt des Königs in einer einfachen Offiziersuniform hängt in allen Vereinslokalen) scheinen sie mir eines der demokratischsten Völker zu sein. Das erklärt die natürliche Gemütsruhe, die stolze Würde, die man selbst bei den einfachsten Menschen findet, dem Bauern, dem Mann aus den Bergen. Es macht die Jugoslawen sympathisch, sie verhalten sich frei und ritterlich.

Der Dalmatiner ist mit einer noch größeren Anpassungsfähigkeit gesegnet, und mit mehr Fingerspitzengefühl (man darf nicht vergessen, dass das Nationalgut mit Einflüssen der westlichen Zivilisation angereichert ist), aber sobald man diese Nuancen einmal festgestellt hat, unterscheidet er sich in nichts von seinen Rassebrüdern. Es ist genau diese moralische Blutsverwandtschaft, die das festeste Band knüpft.

Dalmatien ist arm. Ich fragte mich, als wir an der kahlen Küste entlanggingen, was dieser felsige und trockene Boden hervorbringen könnte. Und was ist mit Montenegro? Das Volk muss sich in der Bucht von

> Kotor von den Erträgen der steilen Abhänge von ganz
> unten bis hinauf zu den kahlen Höhenzügen ernäh-
> ren. Die Allerärmsten haben notgedrungen dieses un-
> dankbare und zugleich leidenschaftlich geliebte Stück
> Land verlassen müssen, um anderswo eine bessere
> Zukunft zu suchen; ich habe halb verlassene Dörfer
> gesehen, deren Bewohner nach Amerika ausgewan-
> dert sind.

Überrascht lege ich das Journal in meinen Schoß. Da erhebt sich eine Stimme aus der Vergangenheit, es ist, als hörte ich Marguerite wieder über ihren mit Brennesseln überwucherten Staketenzaun reden. Ich könnte die Hefte nebeneinanderlegen und Übereinstimmungen finden. Trockenes Land, dürr und bitter. Tausende Ähnlichkeiten und Tausende Unterschiede. In Dalmatien weht ein kalter Fallwind vom Dinarischen Gebirge, Bora genannt ...

> Die Bevölkerung hat eine Vorliebe für Schöngeistiges,
> man muss nur den Namen des zeitgenössischen Dich-
> ters Rakić nennen, dessen Werke das gleiche Niveau
> haben wie die unserer Parnassiens, und man sieht das
> allerherzlichste Lächeln.
> Die künstlerischen Anlagen der Dalmatiner zeigen
> sich auch in schönen Stickarbeiten, in geschmackvoll-
> stem Schmuck, ich habe während der Überfahrt von
> Split nach Dubrovnik herrliche zweistimmige serbi-
> sche Lieder gehört, gesungen in verblüffender Reinheit
> und eindringlichem Charme. Überall, selbst in den

Dörfern, findet man Lesesäle mit populärer Lektüre sowie Sportklubs, Sokols (Gymnastikvereine mit eiserner Disziplin, zu denen auch Frauen Zugang haben). Ich habe mit Vergnügen festgestellt, dass man große Sympathien für Frankreich hegt. Zweifellos bedauert die Geschäftswelt, dass sich der Handel zwischen den beiden Ländern nicht stärker entwickelt, was in Geldwechselproblemen seine Ursache findet. Bislang hat dies den Handel mit Deutschland begünstigt; wir sollten größtes Interesse daran haben, die Kreditbedingungen und den Geschmack der Jugoslawen besser zu berücksichtigen. Unser Theater und unsere Literatur werden sehr geschätzt: Dieser Einfluss ist nichts Neues, mit Verwunderung habe ich zur Kenntnis genommen, dass Stücke von Molière auch im entfernten Dalmatien aufgeführt wurden. Junge Schüler sprechen Französisch und waren sehr stolz darauf, mir beweisen zu können, dass hier in der Schule unsere Sprache unterrichtet wird.

Was mich selbst betrifft, so bin ich nur mit Milde und Höflichkeit behandelt worden; nirgendwo, nicht einmal auf dem platten Land, habe ich die unanständige Neugier bemerkt, die Ausländern sonst oft zuteilwird. Mit Bedauern habe ich Dalmatien verlassen, ich habe ein Volk kennengelernt, das während des Krieges eine große Rolle gespielt hat, und jetzt gelingt es ihm, das Werk des Friedens zu einem guten Ende zu bringen.

So also J. Antoine, Student in Italien. Als Student war er sicher sehr fleißig, er zeichnet Dalmatien glasklar, und ich gebe zu, das Land ist toleranter, als ich erwartet habe, tapferer. Über das Dokument gebeugt muss ich einen kleinen Moment pausieren, der Staub brennt mir in den Augen, und ich schlinge meine Arme um meine Knie. Da kann man mal sehen, ich weiß nie, was mich als Nächstes erwartet. Der Bericht von Antoine ist übrig geblieben, seine Reisenotizen werden im Schrank verwahrt. Aber hier ist niemand mehr, es gibt auch keine Besucher, die sie lesen würden. Ich stehe auf, um ein paar Autochrome aus Dalmatien aus der Dunkelheit zu befreien und auf den Tisch zu legen.

Es ist Zeit für sein Bad. Ich lasse die Wanne ein und helfe ihm aus dem Bett. Im Bad stelle ich mich hinter ihn und greife ihm unter die Achselhöhlen. Der Morgenmantel liegt wie eine Pfütze zu seinen Füßen, ich mag seine Farbe nicht. Kahn will sich nicht bei mir anlehnen, er hebt ein Bein, setzt seinen Fuß auf den glatten Wannenboden und zieht dann vorsichtig das andere nach. Ich drücke meine Brust gegen seinen Rücken, lasse ihn sich hinsetzen. Sobald er im Wasser ist, presst er seine Schenkel zusammen, er ist klein, er könnte bequem seine Beine ausstrecken, bleibt aber mit angezogenen Knien sitzen und stützt die Ellbogen auf den Wannenrand. Er hockt da wie ein Grashüpfer, und wenn ich ihn wieder anhebe, muss ich aufpassen, dass er mir nicht zerbricht.

Ich klopfe an die Emaille, nehme den Hocker und drehe mich um. Sobald ich weg bin, höre ich das Wasser plätschern, Seifenduft dringt durch die offene Tür. Vorhin haben wir nicht gesprochen, wollten diesen kleinen Raum zwischen uns nicht mit Worten füllen, jetzt, da ich im Schlafzimmer um die Ecke sitze, fängt er an, sich mit einem Schälchen Wasser über den Kopf zu schütten, man könnte es auch als Gespräch auffassen: Ich bade mich alleine, hörst du? Bist du da?

Als Antwort scharre ich mit dem Hocker über den Fußboden: Ja, ich bin hier.

Geplansche: Also alles in Ordnung.

Ich hüstele und wechsle den Platz: Alles in Ordnung.

»Sag«, ruft er plötzlich, viel lauter als nötig, »hast du noch angerufen?«

Mit seinem Gedächtnis ist alles bestens. »Madame hat das Telefonat angenommen. Sein Rheumatismus setzt ihm zu.«

Es wird still im Badezimmer. »Ich verstehe es nicht«, sagt er langsam, und ich sehe ihn vor mir, wie er nachdenkt und an seinem Kinn zupft, an dem Bart, der nicht mehr da ist. »Henri wollte zum Katholizismus konvertieren, aber er will die Gemeinschaft nicht im Stich lassen. Was in aller Welt hat er mit dem Katholizismus zu tun?«

Ich setze mich gerade hin.

»Denn wie er selbst gesagt hat, der Katholizismus strotzt nur so von Vorschriften.«

Vielleicht kommt es, weil er in der Badewanne sitzt, dass seine Stimme so schrill klingt.

»Und Henri verabscheut die vorgeschriebenen Wege.«

»Sie meinen, die jüdische Gemeinde?«

Falsche Frage, denke ich. Er bleibt zumindest eine Weile still, er lässt noch immer Wasser über sich laufen, und in der Zwischenzeit starre ich auf die malvenfarbene Tapete hinter seinem

Bett. In diesem Haus verläuft eine fast sichtbare Linie zwischen Glauben und Glaubensbekenntnis. Kahn hat für sich allein in seinem Arbeitszimmer gelernt, umgeben von seiner Bibliothek. Er will alle Religionen verstehen, alles in sich aufnehmen, er hat eine ganz eigene Vorstellung vom Glauben; für ihn ist Gott ein Spaziergang im Freien, jeder Grashalm und jeder geliebte Strauch.

»Wie –«, fange ich zögernd an, ich möchte meine Worte sorgfältig setzen.

»Brauchen wir denn alle einen Erlöser, Dutertre?«, fällt er mir ins Wort. »Manche Menschen ihr ganzes Leben, manche nur ... zum Ende hin?«

Seine Stimme beginnt zu schleppen. Jetzt sitzt er schon eine Weile in der Wanne, das Wasser kühlt ab, und ich stehe auf, um das Bett frisch zu beziehen.

»Erlöse uns vom Bösen!« Im angrenzenden Badezimmer klirrt das Schälchen an die Fliesen, und ich lasse die Bettwäsche fallen und springe mit ausgestreckten Armen durch die Tür, bereit, ihn hochzuziehen.

»Arme Leute, armer Henri.« Er sitzt kerzengerade. »All die schönen Fotos. Geh weg, hörst du? Warum bist du nicht gegangen? Was machst du noch hier? Du hättest schon lange ...« Sein Gesicht ist verzerrt, und ich gehe wieder ins Schlafzimmer. Dort bleibe ich neben den Türen zum Garten stehen und höre auf das erneute Planschen: Bist du noch da?

Durch die Fenster sehe ich, wie es sich bezieht, das Licht ist fahl geworden, Nebel hängt über der Terrasse, und ich stehe an den Vorhängen und räuspere mich: Ich bin hier. Nach vorn gebeugt lege ich meine Finger ans Glas. »Heute Nachmittag«, sage ich nach einer schieren Ewigkeit, »heute Nachmittag habe ich etwas über Gymnastikvereine für Frauen gelesen.«

Als ich wieder ins Bad komme, sitzt er zurückgesunken im Wasser, und ich hocke mich hinter ihm hin. »Hilf mir. Nur aus der Wanne.« Ich stütze ihn. »Komm, aufstehen.« Mit einem Arm schlage ich ein Handtuch um ihn. Dann denke ich an Dalmatien und unsere Parnassiens, in der Bibliothek kann ich vielleicht eine Anthologie finden, ich denke an Serben und Montenegriner, und jetzt, da ich ihn im Schlafzimmer am Fußende des Bettes sanft absetze, murmle ich: »Aber irgendwie sind wir doch alle Jugoslawen!«

»Vielleicht ist es noch nicht zu spät«, sage ich zu ihm. »Alles kann noch gut werden.«

Ich lasse das Bad ab und fülle die Wanne wieder auf, diesmal für mich. Nachdem ich mich gewaschen habe, gehe ich in den alten Gemüsegarten von Fernande, mache mir Vorwürfe, dass ich alles so vor sich hin habe wuchern lassen. Zu meiner Entschuldigung kann ich nur anführen, dass die Autos tipptopp in Ordnung sind. Ich habe Kahn eine Woche lang nicht nackt gesehen, und in dieser Woche ist er noch fragiler geworden, beinahe durchsichtig, riesengroße Augen. Seine Brust ist eingefallen, er liegt im Bett mit ausgestreckten, abgemagerten Beinen, die Hände an den Hüften.

Halbherzig jäte ich Unkraut, die Hacken und Schaufeln liegen in der Orangerie, mein Ärmel bleibt an einem Dornenzweig hängen, ungeduldig reiße ich mich los. Es ist lange her, dass ich Bohnen gegessen habe, und ich würde Kahn gern sagen, dass im Gemüsegarten wieder etwas geerntet werden kann. Als

Fernande noch lebte, war sie fast jeden Nachmittag im Garten, ich bin ihr oft hinterhergegangen, es war schön zu sehen, wie sie sich im Grünen bewegte, draußen klang ihr Lachen echter. Ich erinnere mich noch an alles: Wie sie dastand im fallenden Licht, das den Himmel streifte, ihre Hände in die breiter gewordenen Hüften gestemmt, an den scharfen Duft von Zwiebeln und Erde. Fernande arbeitete auf den Gemüsebeeten, holte eine Schnur aus der Tasche ihres Kleides und band die Tomaten fest, danach schnüffelte sie an ihren Fingern.

»Eine Unze Geduld bringt ein Pfund Hülsenfrüchte«, sagte sie.

Manchmal drehte sie mir abrupt den Rücken zu, stützte sich auf die Hacke.

Die Tür zur Orangerie, der alten Unterkunft der Japaner, quietscht. Drinnen hängt heiße, bleischwere Luft, ich trete in die Türöffnung und sehe, dass ich erst etwas hinaustragen muss, ehe ich hineinkann. Die Pflanzen sind schon lange tot, niemand hat sich mehr um die Azaleen gekümmert, für einen Moment macht es mich traurig. Mein Blick fällt auf einen Lederriemen, ein altes Halsband von Gommete, weiter hinten auf dem Boden liegt eine Strohmatte. Kahn hatte den Gärtnern das Gästehaus angeboten, aber sie wollten lieber hier biwakieren, nur auf dem Boden, die Türen und Fenster der Orangerie weit offen. Ich stellte mir oft vor, wie sie abends hier zusammensaßen, die Beine im Schneidersitz, sodass sie sich, wenn sie sich dann endlich hinlegten, die schmerzenden Knie reiben mussten. Am frühen Morgen sah ich sie das Haus betreten, um sich zu waschen, ich kannte ihre Namen nicht, und für mich nannte ich sie alle Nériki.

Ich fuchtele mit den Armen wegen der vielen Spinnweben, laufe rückwärts, lege Schaufel und Hacke über einen Kübel und rolle die Schubkarre nach draußen. Um einen Anfang zu machen, werde ich das schlimmste Unkraut ausreißen, dann will ich die ehemaligen Gemüsebeete jäten, ach, wie oft habe ich Fernande dabei zugeschaut. Ich hoffe, dass es noch Möhren oder Kartoffeln gibt, und vor allem, dass ich ihre Blätter überhaupt erkenne. Mit hochgekrempelten Ärmeln fange ich an zu graben, ich erinnere mich wieder an den Erdgeruch. Tomaten gibt es hier schon lange nicht mehr, auch keine Erdbeeren und Zucchini; alles, was über der Erde wächst, ist längst verschwunden, aber was tiefer liegt, ist vielleicht noch da.

Später erzähle ich Kahn, dass ich im Gemüsegarten gearbeitet habe. »Ich kriege das hin«, sage ich und zeige ihm die Schrammen von den Disteln an meinen Händen. Dann setze ich mich hin und erzähle ihm, dass ich Kartoffeln geerntet habe. Ich ziehe eine Grimasse.

»Du, Dutertre? Weißt du denn überhaupt, was du da tust?«

»Der Gemüsegarten ist noch nicht fertig«, sage ich ihm, »aber fast, fast.«

»Du stinkst.«

»Ich habe verdammt hart gearbeitet.«

Ich sage nicht, dass ich das Unkraut kaum vom Gemüse unterscheiden kann und nur hier und da eine kümmerliche Kartoffel gefunden habe. Auch nicht, dass der Griff des Spatens verrottet und morsch ist und dass ich mir die Splitter aus den Fingern ziehen musste. Dass ich ein altes Halsband von Gommete in der Orangerie gefunden habe, wo die Japaner vor Jahren in aller Seelenruhe ihren Tee zubereitet haben. Und auch nicht, dass ich Fernande zugesehen, aber augenscheinlich nicht die Bohne begriffen habe.

Zwei Kartoffeln kochen im Topf, und während ich Zwiebeln anbrate, höre ich Radio. Das Fett zischt, ich drehe am Lautstärkeregler, und die Stimme des Reporters überschlägt sich. Die Truppen rücken vor, sie marschieren durch Polen, als ob es das verdammte erste Mal wäre – ich fasse zur Seite, um das Gleichgewicht nicht zu verlieren. Mit dem Rücken an die Wand gelehnt, reibe ich den Buchstaben H an meinem Unterarm und drehe den Herd ab, das orangefarbene Licht des Radios wirft seinen Schein über die Fliesen, und die aufgeregte Stimme des Reporters schallt laut durch den Raum. Ich stolpere in den Archivraum und ziehe meine Kriegskiste mit dem Verzeichnis heraus: Helm, Fingernägel, Knochen, Dutertre. Wort für Wort kenne ich die Geschichte. Ich nehme die beiden Umschläge, lasse das wertlose Manifest der französischen Universitäten fallen, öffne den anderen. Ich betaste das Papier und spreche den ersten Satz laut, noch bevor ich den Brief aufgefaltet habe.

In meinen Gedanken bist du nicht gefallen, sage ich.

»*Vous ne vous êtes pas trompés, sur ma pensée.*« Meine Stimme ist sanft, weil diese Botschaft nicht von mir stammt. Es ist ein offener Brief von Anatole France über ein Mitglied des Cercle, ein Mitglied der Société Autour du Monde, aber das spielt überhaupt keine Rolle, diese Botschaft des französischen Schriftstellers aus dem Jahr 1915 ist eins meiner privatesten Besitztümer. Nein, seine Worte sind nicht die meinen, und doch hätte ich sie ebenso schreiben können; an meinem Schreibtisch im Licht der Lampe oder in der Bibliothek. Ich hätte sie in der

Rue de Richelieu schreiben können, wenn ich am Steuer des Panhard gewartet habe, und sie im Garten unter der Goldlärche wiederholen können. Es war ungemein tröstlich, sie auszusprechen, und ich war mir sicher, dass auch Fernande meiner Meinung gewesen wäre. Bei jedem Geräusch draußen erstarrte sie für einen Moment, die flachen Hände an das Kleid gepresst, und ich sah von dort, wo ich stand, wie sie tief Luft holte und sich Haarsträhnen hinter die Ohren strich.

»Wir wollten keinen Krieg«, schrieb Anatole. »Aber jetzt wollen wir den Sieg, wir wollen ihn von ganzem Herzen. Was mich angeht, so freue ich mich, dass ich über die französische Ehre gesprochen habe, aber ich will nicht mehr monatelang reden. Was sind sie wert, unsere Worte in dieser Zeit? Wir dürfen unsere Gedanken nicht von unseren Soldaten abwenden, deren Mut das ewige Wunder der Welt sein wird. Viele sind gefallen, fallen genau in dem Moment, in dem ich dieses hier schreibe, und dieser Gedanke lässt meine Hand erzittern.«

Anatole France hat die Vergangenheit und die Zukunft gezeichnet. Die, auf die es ankommt, sagte er, sind allesamt Soldaten.

Claude ist nicht gefallen, zumindest nicht in meinen Gedanken, und ebenso wenig in denen von Fernande. Ich habe versucht, mir vorzustellen, wie er starb, habe das rotbraune Gras vor mir gesehen, auf das er mit seinen Stiefeln trat, aber er fiel nicht. Auch ich nicht, obwohl ich das nicht mit letzter Sicherheit behaupten würde, schließlich irre ich wie ein lebender Toter durch dieses Haus. Mit steifen Beinen gehe ich zurück in die Küche und mache das Feuer wieder an, schnipple die Kartoffeln auf einem Teller klein und bringe ihm das Essen aufs

Zimmer. Er kaut mit geschlossenen Augen so ruhig wie möglich, selbst jetzt noch, zum Ende hin, glaubt er, dass es gesünder wäre, langsam zu essen. Sein ganzes Leben lang hat er sich um gesunde Ernährung gekümmert. Ich war dabei, als er nur Fisch wollte, vielleicht mit einem Stückchen Brot und Butter, während ein ganzes Bankett zu seinen Ehren angerichtet war. Ich brachte ihm Gemüse und Schokolade, das reichte ihm. Er hat nie Medikamente genommen, im Labor im englischen Garten ließ er das Wachstum von Bakterien filmen und hoffte, dadurch ein Heilmittel gegen Tuberkulose zu finden. Ich lehnte an einem Baumstamm, mir war übel, als er mit den Laboranten dastand und jubelte. Ich brauche keine Pillen, sagte er zu mir, ich habe eine eiserne Gesundheit. Darüber weiß ich alles. Ich habe die Schlagzeilen gelesen und Radio gehört, und es ist nicht sein Körper, um den ich mir Sorgen mache.

Als er schließlich fertig ist, nehme ich den Teller von seiner Brust. »Geht es?« Die Augen fallen ihm zu.

Ich neige den Kopf, um zu hören, ob ich draußen vielleicht schon Truppen beim Marschieren singen höre. Der Gedanke lässt meine Hand zittern.

Tagebuchaufzeichnungen

Tokio – Schanghai

12. Januar. Kahn und ich verließen die *Korea* auf einem Sampan und besuchten Nagasaki. Ich fühle mich schlapp und laufe die ganze Zeit wie ein japsender Hund herum. Vorher hatte ich Durchfall und kam nicht aus meiner Kabine. Zurück an Bord aß ich eine Gurke und rieb mir mit den Schalen das Gesicht. Noch ein paar Tage, dann erreichen wir Schanghai, China.

13. Januar. Neben der *Korea* fahren Boote, darauf Männer mit kleinen Körben voller Steinkohle. Sie werfen die Kohlestücke in Dutzende Luken unten am Schiff. Heraufziehender Ostwind. In meiner Kabine stinkt es nach Rauch. Die Luft ist silbrig. Durch das Bullauge fällt der graue Abglanz des Meeres ein.

Ich habe den Brief in meiner Tasche noch nicht gelesen. Die Buchstaben würden vor meinen Augen tanzen.

14. Januar. Das Meer ist gelb. Sandbänke in der Mündung des Jangtsekiang. Er sagte, es gibt hier so viel Schlamm und Sand, dass sich das Wasser verfärbt. Der Schlamm, der vom Boden hochgespült wird. Wir sind mit all unserem Gepäck auf einen kleineren Dampfer umgestiegen. Von der Flussmündung aus folgten wir dem Huangpu Jiang bis Schanghai. Ich sah eine Reihe von Kriegsschiffen und ließ die Kamera lieber in der Tasche. Kahn stand neben mir an Deck. Ein wehrloser Ausdruck auf seinem Gesicht. Ich stecke den Brief wieder weg.

Er wirkt erleichtert, dass wir in China angekommen sind. Es gibt auch allen Grund, erleichtert zu sein. Von China aus werden wir endlich nach Europa zurückkehren. Die chinesisch-mongolische Grenze ist der Ort, den ich als unseren Wendepunkt ausgemacht habe.

Am liebsten würde ich ihn bitten, dass wir schon jetzt umkehren. Es ist genug. Ich weiß, dass er noch die ganze Welt sehen will, aber ich bin völlig erschöpft. Die mongolische Grenze – weiter weg als der Horizont.

In Schanghai in der amerikanischen Enklave angelegt. Zum Zoll. War mir nicht ganz geheuer. Unfreundliche Männer in einem dreckigen Büro. Lange Tische, braun-gelbe Wände. Sie ließen mich eine Schachtel Autochrome öffnen. Einer der Chinesen hob den Deckel von einer Kiste mit Fotoplatten. Ließ die Platten durch seine Hände gleiten. Ich versuchte, ihm klarzumachen, dass er das Glas nicht ins Licht halten dürfe. Seidenpapier zerriss. Neugierig drängten sich die anderen Zöllner um die Kiste. Liefen mit Händen voller Platten zum Fenster. Tatschten mit ihren Dreckfingern auf dem Glas herum. Ich tat mein Möglichstes, ihnen zu erklären, dass ein Bild zuerst gemacht werden muss, bevor es auf dem Glas zu sehen ist. Plötzlich aufgeregtes Gemurmel: Foto, Foto. Ich nahm das Vérascope und machte ihnen Zeichen, sich zusammen aufzustellen. Was für ein Spaß, sie schubsten den Kleinsten nach vorne. Ein Junge noch. Ich nahm eine der sowieso wertlosen Platten und schob sie ins Magazin.

Klick, sagte ich. Löste aus, ohne richtig scharfzustellen. Es stank nach verfaultem Fisch.

15. Januar. Zwei Kisten mit Glasplatten wurden konfisziert. Kahn musste dreißig Dollar bezahlen, damit wir den Rest unseres Gepäcks mitnehmen durften. Aber nicht, ohne dass die Zöllner auch noch einen Film ruiniert hätten, indem sie ihn ins Licht hielten.

Was für ein großer Unterschied zu Japan! Es ist elend schmutzig und armselig hier. Auf der Straße eine dicke Schlammschicht. Wir werden dauernd von Bettlern verfolgt. Erst wenn ich wüst mit der Kamera herumfuchtele, flüchten sie. Die Straßen sind hier so eng, dass ein Auto gar nicht durchkäme. Das gebräuchliche Transportmittel in den Straßen Schanghais ist der schmale Rücken eines Mannes.

Ein chinesischer Arbeiter verdient zweihundert bis zweihundertfünfzig Kupferstücke. Höchstens fünfzig Cent pro Tag. Mit diesem mageren bisschen muss er eine oft große Familie durchbringen. K. gab den Kulis viel Geld. Beschämt, dass wir unser Gepäck nicht mehr selbst tragen konnten.

16. Januar. Wir bleiben im europäischen Viertel. Aus Moddergassen wurden Straßen. Straßen wurden zu Alleen mit Koniferen. In der französischen Enklave gibt es ein Postamt, ein Kaufhaus und sogar eine Schule. Heute Morgen hörte ich Kinderstimmen französische Lieder singen. Es waren die Kleinsten, die auf dem Schulhof spielten.

Hier gibt es deutlich mehr Verkehr, alle Arten von Fahrzeugen kutschieren kreuz und quer durch die Gegend, ich habe eine besondere Art von Schubkarre gesehen, in der Menschen transportiert wurden.

17. Januar. Die Chinesinnen mit ihren langen Zöpfen und Kleidern. Sie tragen das Haar oft eingerollt auf dem Kopf, es wirkt wie eine Mütze über dem rasierten Schädel. Viele haben noch immer sehr kleine Füße. Gut, dass diese Mode verschwindet. Nur in hochgestellten Familien gibt es noch die Sitte, den Fuß eines kleinen Mädchens zu brechen, wenn es sieben oder acht Jahre alt ist. Diese gebrochenen Knochen, von den Zehen bis zur Ferse, werden unter der Fußsohle in einem Wickel zusammengebunden. Als presste man aus einem Vogel die Luft heraus. Das Mädchen bekommt winzige Schuhe angepasst. Nach und nach verkrüppeln die gewickelten Füße. Wie viel Schmerz muss es aushalten? Wie soll es jemals rennen? Wem sollte es in die Arme laufen, dieses Kind?

Die Dämmerung hat eingesetzt. Mehr denn je sehne ich mich nach Boulogne. Ich würde jetzt gerne die Motorhaube des Panhard anheben. Meine Finger über den Motorblock wandern lassen. Gegen die Reifen treten und eine kleine Ausfahrt machen. Nirgendwohin. Nur eine Fahrt um des Fahrens willen. Nach Hause kommen und mich aufs Bett legen. Dann würde ich den Brief aus meiner Tasche noch einmal lesen, obwohl er keine angenehme Nachricht enthält. Und obwohl ich den kurzen Text inzwischen auswendig weiß:

Hier ist es kalt gewesen. Wir mussten zusätzliches Heu in den Stall bringen. Das Wasser war schon gefroren, und es schien, dass sie sich eine Erkältung zugezogen hatte. Ihre Füße und Finger schwollen an. Sie wollte das Bett nicht mehr verlassen. Nachdem Claude weg ist und nun auch Du nicht mehr da bist, habe ich das Gefühl, dass ich Euch alle verloren habe. Ich glaube, wir bekommen einen milden Frühling. Lass es mich so sagen: Manchmal ist Gott da, manchmal ist ER nicht da.

Ich habe Kahn nichts gesagt. Ich hoffe, Fernande war bei Mamans Beerdigung. Geh nach Hause und umarme deine Eltern, hat er mir gesagt. Weil wir nach Japan fahren. Und ich stand im Garten und habe ihr die Hand gegeben. Auf Wiedersehen, habe ich gesagt.

Von hier aus erscheint Frankreich wie eine unvorstellbare Welt. Der Professor hat mich noch gewarnt: Wer reist, kann sich selbst verlieren. Ich glaube, ich muss ihm widersprechen. Es ist der andere, den man unterwegs verliert.

18. Januar. Plötzlich ist es sehr heiß. Ich versuchte, eine Stunde zu schlafen, aber irgendein Gesang hat mich daran gehindert. Eine Straße wurde befestigt. Vierzig Kulis zogen rhythmisch eine Walze hinter sich her. Ihre Köpfe glänzten vor Schweiß. Ein erster Bettler kam wieder auf mich zu. Ich weiß nicht, wie er es geschafft hat, an den Polizisten vorbei hier ins Viertel zu gelangen. Schmutzige Lumpen. Der Gestank von Urin – ein Mief, den ich leider gleich erkannte. Was sollte ich tun? Ihn wegzuscheuchen hätte Aufmerksamkeit erregt, und der arme Schlucker wäre eingelocht worden. Wäre Kahn dahintergekommen, hätte ich alle Hebel in Bewegung setzen müssen, ihn wieder freizubekommen. Sich dem Armen zu nähern, wäre von Übel gewesen. Besser ihm etwas hinwerfen: eine Kupfermünze. Ich sah ihn voller Erwartung grinsen. Ich hatte den Eindruck, dass er absichtlich so schrecklich schmutzig und abstoßend war. Was er nicht alles getan hätte, um Almosen zu kriegen!

19. Januar. Wir wollten auf direktem Wege nach Peking. Wieder ein Stück über den Jangtsekiang und von dort weiter mit der französisch-belgischen Eisenbahn. Es fährt nur ein Zug in der Woche. Genau am Tag der Abreise feiern die Chinesen Neujahr, und deshalb verkehrt der Zug nicht. Die einzige andere Möglichkeit wäre, über das Gelbe Meer nach Qinhuangdao zu fahren. Dann weiter über Tianjin. Ich habe im Hafenbüro ein Nickerchen gemacht. Heute Abend soll ein Schiff gehen. Als ich wach wurde, erfuhr ich, dass es keine Plätze mehr gibt. Ich ging zurück zu Kahn, um ihm die Nachricht zu überbringen. Der Hotelier, ein Franzose mit knallroten Wangen, hatte unser Gespräch verfolgt. Er wies uns auf eine dritte Möglichkeit hin, nach Peking zu gelangen. Morgen früh fahre ein deutsches Schiff Richtung Qinhuangdao. Dieses Schiff sei nicht ausgebucht, legt unterwegs aber zwei Stopps ein. Ich hätte den Hotelier umarmen können. Vor mir ein paar lange Stunden Schlaf, einfach so!

Der Hotelier hatte nur eine kleine Bitte: Er wollte gern ein Buch ausleihen. Der arme Mann wurde rot bis über beide Ohren. Die Bücher in seinem Hotel hatte er bereits gelesen.

Zweimal. Mirbeau, das ging, Flaubert und Stendhal. Aber Sand! Stotternd versicherte er, dass er ganz vorsichtig beim Lesen sei, ich würde nicht bemerken, dass er das Buch überhaupt in den Händen gehabt hätte. Ich habe ihm den Baudelaire gegeben.

20. Januar. Nur halb ausgeruht. Neue Flohbisse an Armen und Beinen. Nachmittags an Bord der *Staatssekretär Kraetke* (zweitausend Tonnen). Ein kleiner Dampfer der Hamburg-Amerika-Linie. Wirklich ein superbes Schiffchen, schön eingerichtet und komfortabel. Das Meer ist tatsächlich ziemlich gelb. Ich schlafe noch immer sehr viel. Sobald ich aufgewacht bin, gehe ich aus meiner Kabine und aufs Deck. Das Erste, was ich sehe, ist dieses Wasser. In der Farbe verbirgt sich eine gewisse Drohung. So, wie ein rabenschwarzer Himmel Unheil ankündigt. Am Abend beginnt sich das Meer zu rühren. Nachts erreichen wir Qingdao, der erste Stopp.

21. Januar. Um sieben Uhr früh gingen wir an Land. Ein Auto brachte uns zum Frühstück ins Hotel. Ein köstlicher Brotgeruch hing in der Luft. Kahn schätzt ein Ei am Morgen. Zu Hause kocht Fernande jeden Tag ein Ei für ihn. Wir haben bisher noch keinen Happen chinesisch gegessen, immer nur europäisch. Ich fragte ihn, was die Chinesen so essen. Er antwortete ziemlich kurz angebunden, dass die chinesische Küche viele Spezialitäten kenne. Wie er das sagte, lässt das Schlimmste ahnen.

Nach dem Frühstück besuchten wir Qingdao. Ich schaute mir die Augen aus. Es ist eine deutsche Stadt. Errichtet vor acht Jahren, als die deutsche Marine die Erlaubnis zum Bau eines

Hafens bekam. Sie haben mich regelrecht glücklich gemacht: diese breiten Alleen, ein schöner Boulevard. Keine Spur von den alten chinesischen Häusern. Mit dem Vérascope einige gute Aufnahmen gemacht. Ich könnte hier den ganzen Morgen bleiben und herumlaufen. Kahn nicht, er lief schweigend vor mir her.

Zurück auf die *Kraetke*. Kaum eine Stunde später dümpelten wir schon an der Küste entlang. Ein Stück Deutschland auf der einen Seite und endlich, in der Mittagssonne, blaues Wasser auf der anderen.

22. *Januar.* Ich habe mich sehr gut erholt. Das Meer ist ungestüm, es hat den blauen Schleier wieder abgelegt. Krachender Wind. Die *Staatssekretär* ist mit einer dünnen Eisschicht bedeckt. Alles ist überfroren. Bei unserem zweiten Stopp stand Kahn neben mir an Deck. Es sah fast so aus, als würde das Meer nahtlos in Land übergehen. Die blassgelbe Erde ließ sich kaum vom Wasser unterscheiden. Es war die Reihe von Sampans, die den Übergang markierte. Kahn zitterte. Ich trug die neuen Handschuhe, die er mir geschenkt hat. Ich zog sie aus und hielt sie ihm hin. Er wollte nicht.

Er begann mit einer leidenschaftlichen Darlegung über Kulturschätze. Über die Möglichkeiten, sie wirklich und wahrhaftig abzulichten und mit Hunderten Menschen zu teilen – man stelle sich das mal vor! Er bewegte sich in einem Rhythmus, den nur er vernahm. Das ist einer der Gründe, warum die Fotografie erfunden wurde, D. Um die chinesische Mauer in Paris zeigen zu können. Aber das weißt du ja alles selbst, sagte er.

23. Januar. Heute früh eine Eisscholle umschifft. Am Nachmittag konnten wir grade mal den Hafen erkennen. Die Durchfahrt wurde von einem neuen Eisbrocken blockiert. Der Kapitän versuchte erfolglos, eine andere Route einzuschlagen. So sind wir stundenlang hin und her geschippert. Immer wieder sah ich die Küste vor mir auftauchen und dann wieder kleiner werden. Ich hatte den Eindruck, selbst immer kleiner zu werden und mich am Geländer festhalten zu müssen. Die Kälte kroch durch das Leder meiner Handschuhe. Und ohne Halt zu machen in die Wolle hinein.

Ich hatte schon Angst, das Schiff würde nie ankommen. Wenn man das Land immer wieder zurückweichen sieht wie ich heute, kann man sich vorstellen, dass man selbst auch verschwindet.

24. Januar. Endlich hat der Kapitän es zu einer Anlegestelle geschafft. Wir konnten nicht an den Landungsstegen festmachen und mussten über eine Leiter an der Vorderseite des Schiffes von Bord klettern. Rüberbalanciert. Kahn setzte strahlend seinen Fuß an Land. Danach weiter in einem kleinen Zug ohne Schlafwagen. Das Gepäck lag im hinteren Waggon, und an jeder Station stieg ich aus, um nachzusehen, ob unsere Kisten und Koffer noch da waren. Er war, mir gegenübersitzend, eingeschlafen. Neben ihm ein alter Mann, dessen Mantel von Hühnerscheiße durchtränkt war. Fest an die Brust gedrückt schleppte er einen Haufen Enten und Hühner in einem Schilfkäfig mit sich herum. Grüngelbe Kacke tropfte durch den geflochtenen Boden. War ich froh, dass ich jedes Mal rausmusste – Luft! Wieder an meinem Platz, sah ich, dass der Chinese zu Kahn hinübergesunken war. Eine dicke Dreckschicht im Käfig rutschte ebenfalls langsam zur Seite. Ich gab dem alten Knacker einen kurzen Tritt, erschrocken klammerte er sich an seinem Schatz fest. Die Hühner gackerten. Kahn fragte erstaunt, ob wir schon da wären.

25. Januar. In China war erst vor vier Tagen der letzte Tag des Jahres. Die Polizisten tragen hier Gewehre.

Er warf sich in seine Lehrerrolle und erklärte mir: Peking besteht aus drei Städten. Die Chinesenstadt, die Tatarenstadt, die Kaiserstadt. (Wie Campbell mit seinen alten Lacrosse-Namen: Kleiner Krieg, Kleiner Bruder des Krieges, Männer schlagen einen runden Gegenstand?)

Unser Hotel liegt in der Tatarenstadt. In diesem Teil befindet sich auch die französische Gesandtschaft. Gut geschützt von zweihundert Mann der Kolonialinfanterie. Auch hier hatten alle zu Beginn des neuen Jahres Geburtstag. Ha! Wir sind in drei Wochen zwei Jahre älter geworden.

Aus unerfindlichen Gründen ist es nicht möglich, im Hotel Victoria ein Frühstück zu bekommen. Wir haben Proviant in unseren Kisten: Sardinendosen und Schokoladenriegel. Wir haben jeder eine Dose genommen. Mit unseren Fingern friemelten wir die Fischchen aus dem Öl und strichen sie am Rand ab. Im Zug nach Nankou fragte Kahn nach meinen Eltern. Was sollte ich sagen? Die Worte im Brief meines Vaters waren Worte eines Menschen aus einer anderen Welt. Ich weiß noch nicht, was es bedeutet, dass ich sie verloren habe. Wie sollte das auch gehen? Französischer Boden ist sehr weit weg. Schon seit November habe ich das Gefühl, dass es kein Zuhause mehr gibt – keinen Vater und keine Mutter. Ich habe Kahn am Freitagmorgen etwas über den Brotgeruch erzählt.

Ich werde die bestmöglichen Fotos machen. Eine superbe Serie Autochrome. Und dann geht's zurück.

26. Januar. Steif, aber ausgeruht. Ich habe ein armseliges Zimmer. Es gibt keinen Stuhl und keinen ordentlichen Tisch. Ich schreibe hier mit dem Notizbuch auf dem Schoß. Gestern sollten wir endlich die Chinesische Mauer an der Grenze zur Mongolei besichtigen. Am Bahnhof stellte sich heraus, dass die Züge dorthin aufgrund der anhaltenden Feierlichkeiten zum neuen Jahr immer noch nicht verkehren. Als hätte das Jahr nicht längst begonnen. Kahn versuchte, den Bahnhofsvorsteher zu überreden, einen Sonderzug fahren zu lassen. Er hat eine Menge Geld geboten – aber nein.

Da wir nicht zur Mauer kamen, wollte er die Ming-Gräber sehen. Wir nahmen einen anderen Zug und mussten dann weiter mit einem Esel. Ein trödeliges Vieh. Auch Kahn ging es nicht schnell genug. Der Weg war verschneit, und erst nach drei Stunden kamen wir an den Anfang der Straße zu den Gräbern. Die Straße ist jahrhundertealt, mehr als zwei Pferde passen nicht nebeneinander. Auf beiden Seiten standen, in groben Stein gehauen, Denkmäler von Persönlichkeiten der erloschenen Dynastie. Mir gefielen sie nicht. Wir besuchten einen Tempel, ein Grab, und machten uns auf den Rückweg. Inzwischen war die Temperatur gesunken. Wir liefen die ganze Strecke im Schritt hintereinander. Unsere Führer vorneweg mit hochgehaltenen Laternen. Vergebens hielten wir Ausschau nach unseren früheren Spuren. Neun (!) Stunden nach unserem Aufbruch waren wir wieder in Nankou. Vierzig Kilometer durch den Schnee gepflügt, mit nichts weiter im Bauch als ein paar Sardinen und einem Schokoriegel. Kahn stampfte den nassen Schnee von seinen Schuhen. Ich war vollkommen erledigt. In der Zelle, die mein Zimmer sein soll, schlief ich auf einer Art Türmatte, die als Bett verkleidet ist.

27. Januar. Wieder in Peking! Zurück in den Kasernen im Tatarenviertel. Die deutschen Soldaten feierten heute den fünfzigsten Geburtstag von Kaiser Wilhelm II., und die Kaserne war hübsch dekoriert. Die bunten Fahnen und Girlanden waren eine Augenweide. Es herrschte eine Atmosphäre der Kameradschaft zwischen deutschen und französischen Soldaten – gemütlich. Gemeinsam schlenderten sie durch die Straßen. Was sahen die Jungs im grauen Peking adrett aus! Ach, diese Jungs, so frisch gewaschen und fröhlich.

Jeden Tag fotografiere ich chinesische Handwerker: Fußpfleger, Barbiere in kleinen Buden. Die Chinesen drängeln sich vor die Linse. Heute Nachmittag bemerkte ich einen ekelhaften Gestank. Erschrocken sah ich mich um, ob es irgendwo brannte. Die Luft war unerträglich, es roch nach schwelenden Kadavern. Ich sah einen Raum voller Männer. Eine Art Garage. Eine Wolke wehte heraus. Einige Lumpenkerle starrten hohläugig mit einer Pfeife in der Hand nach draußen.

Ach, es war Opium. Wirklich …!

29. Januar. Ich habe immer noch wenig Lust zu schreiben. Ich denke an die Küche zu Hause, an ihr schlichtes

Kleid, ihre Wangen und Arme, mit Mehl bestäubt. In Frankreich werde ich gleich ein Baguette kaufen. Und lange daran riechen, bevor ich hineinbeiße. Brottrunken werden.

Die Festtage dauerten lange. Jetzt hat das normale Leben wieder begonnen. Gerade eben fiel mir ein Vers aus meiner Kindheit wieder ein: *Die alte Zeit ist hingegangen, auf, nun lasset uns die neue fangen. Da die Tage sind verstrichen, müssen wir von vorn anfangen.*

Nachts höre ich Hunde heulen. Wir haben lange warten müssen. Aber in zwei Tagen werden wir zur Chinesischen Mauer aufbrechen. Gott sei Dank, der Zug fährt wieder.

1. Februar. Als wir gestern aufbrachen, schien alles wie beim letzten Mal zu sein. Hastig frühstückten wir gekochte Eier, Sardinen in Öl, Schokolade. Entgegen früheren Auskünften fuhr der Personenzug nach Kalgan, dem mongolischen Passtor, doch nicht. Dieses Mal haben wir uns aber nicht abwimmeln lassen und sind todesmutig in einen Güterwagen gestiegen. Ein Maulesel stand versteckt in einer Ecke des Wagens. Seine Augen leuchteten im Dunkeln. Kahn gab ihm ein Ei.

Der Güterzug hielt, wir folgten unserem Weg nach oben zu Fuß. Kahn fing fast an zu rennen. Ich trug die schwere Thornton in aller Gemütsruhe durch die trockene, frische Luft.

Das Bauwerk ist beeindruckender, als ich es je für möglich gehalten hätte. Zwanzigtausend Kilometer, hat er gesagt, und erst jetzt sah ich, was das heißt. Stein für Stein zieht sich die Mauer über Hügel, über Felsen. Wie ein prähistorisches Tier mit einer rotbraunen und manchmal gelblichen Farbe. Ein mächtiger Körper, der über die Erde herrscht.

Wichtiger war die Grenze, die die Mauer bildete. Zu meinem stummen Erstaunen (und meiner Scham) merkte ich, dass ich weinte.

Er tat so, als hätte er meine Tränen nicht gesehen. Vielleicht hat er sie auch nicht gesehen.

Als wir zurückkehrten, war die Sonne bereits untergegangen, und der Mond schien. Wetterleuchten in der Ferne über der Mongolei. Auf der Straße, die China mit dem mongolischen Land verbindet, zog ein unaufhörlicher Strom von Tieren dahin. Esel, schwer beladene Maultiere mit Sitzen auf dem Rücken für Passagiere. Kamele, alle mit einem Seil verbunden, damit keins von ihnen ausschert, überschritten die Grenze. Im spärlichen Licht sah ich das Seil von Schwanz bis Maulkorb schaukeln, immer wieder von Schwanz bis Maulkorb. Eine wogende Silhouette, fast fließend. Wir haben uns mucksmäuschenstill verhalten. Dem letzten Tier hatte man eine kleine Glocke umgebunden, und der Klang verschlug mir den Atem. Bei jedem Schritt bimmelte dieses helle Glöckchen, um jedermann hören zu lassen, dass die Karawane vorbeizog. Ich sah, wie er mit der einen Hand die andere packte.

Letzte Woche hatte der Bahnhofsvorsteher gesagt, dass eine neue Eisenbahnlinie Nankou mit Kalgan verbinden wird. In absehbarer Zeit sollen dann auch Autos über den Pass rollen. Mit den Kamelkarawanen wird es bald zu Ende gehen. Sollte ich die Thornton noch einmal aus dem Koffer holen? Die Tiere zuckelten wie aufgefädelt über den Berg. Eins der Kamele brüllte. Sein Schrei hallte wie ein Echo durch die Luft und wurde von den anderen aufgenommen, sodass es schien, als würde er nie enden.

Ich ließ die Kamera, wo sie war, eingedenk des Handbuches der Gebrüder Lumière: Ein regloses Motiv ist eine der Voraussetzungen für eine gelungene Farbaufnahme.

2. Februar. Wir könnten mit der Transsibirischen Eisenbahn Richtung Frankreich fahren. Doch Kahn entscheidet sich dafür, wieder auf dem Seeweg zu reisen. Für jemanden, der so viel Vertrauen in die Eisenbahn setzt, entscheidet er sich ziemlich oft fürs Schiff. Am Sechsten soll ein deutscher Dampfer von Schanghai nach Europa fahren. Schaffen wir das? Der Weg von Peking nach Schanghai ist lang. Morgen früh fährt der wöchentliche Zug nach Hangzhou, und wir opfern einen Teil der Nacht, um unsere Sachen zu packen. Jetzt, da er die Chinesische Mauer gesehen hat, scheint auch er es eilig zu haben.

3. Februar. Das ganze Zugpersonal spricht Französisch. Noch in China und doch schon das Gefühl, fast zu Hause zu sein. Im Zug traf ich einen französischen Landsmann. Monsieur Jovinet ist Vertreter der Firma Pathé. Ein großer Mann mit zu viel Pomade im Schnauzbart. Der ganze Mann ist überkandidelt. Wie Émile Pathé interessiert er sich nur für Filme. Er spricht mit lauter Stimme und scheint sehr zufrieden mit seinem Platz in der Welt zu sein. Ach, was schert es mich?

4. Februar. Auf jedem Bahnhof standen Polizisten, mit Knüppeln bewaffnet. Sie hielten die Bettler und die Armen, die um milde Gaben bettelten, fern. Ich sollte unser Gepäck überprüfen. Eine kleine Kiste mit Lebensmitteln fehlte. Ich habe nichts gesagt.

5. Februar. Ein Dutzend Kulis beauftragt, unser Gepäck zu bewachen. Wir gingen in die Stadt, um Tee zu trinken. Abends um acht Uhr auf der *Kiang Yu* eingeschifft und den Jangtsekiang hinuntergeschippert. Auch Kahn war unruhig. Ich erschrak über sein blasses Gesicht. Es sieht aus, als fastete er wieder, zumindest habe ich ihn nichts essen sehen.

Ich hoffe, dass wir pünktlich nach Schanghai kommen. Nicht nur wir, auch all unsere Koffer und Kisten müssen auf ein kleines Dampfboot. Das wird uns zum großen Schiff bringen. Mit der *Lützow* reisen wir dann nach Europa.

6. Februar. Monsieur Jovinet wurde in Schanghai von seinem »boy« erwartet. Unvorstellbar, dass Kahn mich je so nennen würde: *garçon, boy.* Aber der Vertreter befahl dem Jungen, uns zu helfen. In rasender Geschwindigkeit wurde das Gepäck auf mehrere chinesische »Schubkarren« verteilt. Ich habe versucht, die Übersicht zu behalten, nichts sollte in China zurückbleiben. Vorsicht, Glas! Selbst Kahn musste auf einer solchen Karre Platz nehmen. Er hatte keine Wahl. Ich sah sein verdattertes Gesicht. Er saß da, das Kinn auf den Knien und mit hochgezogenen Schultern. Ich rief ihm hinterher.

Holterdiepolter setzte er sich in Bewegung. Streckte einen Arm in die Luft. Ein Gruß war das nicht.

Fahren Sie nur, rief ich. Ich komme auch gleich.

Boulogne, Paris

Das Licht nimmt ab, der Tag neigt sich dem Ende, ein Ast wippt vor dem Fenster hin und her. Heute Morgen haben England und Frankreich Deutschland den Krieg erklärt, und Paris liegt wehrlos am Horizont.

»Wir sind überall gewesen«, sage ich, vor allem, um meine eigene Stimme zu hören. Es ist wahr, auf dem Rückweg von China sind wir über Colombo nach Ägypten, über Port Said nach Neapel, Italien, gereist, und ich erinnere mich, dass mir kalt war, immerzu kalt, ein schneidender, nicht nachlassender Wind blies mir ins Gesicht. Am Donnerstag, dem 11. März 1909, trafen wir in Boulogne ein, und ich werde ganz wehmütig, wenn ich daran zurückdenke: der Schatten der Platanen und Fernande, die aus dem Zwielicht hervortrat.

Ich nehme ein paar neue Kissen, rücke den Kragen seines violetten Morgenrocks zurecht, wickle seine Füße in eine extra Decke und stelle eine Tasse Wasser auf dem Nachttisch bereit, direkt neben Fabres *Souvenirs entomologiques*. Der Umschlag und die Seiten des Buches sind verfärbt, der Titel ist fleckig. Ich schließe die Vorhänge, aber nicht ganz. Aus dem Salon hört man das Schlagen der Uhr, es hallt durch die leeren Räume.

»Wissen Sie noch, dass man bei ruhiger See die Kronleuchter des Ritz-Carlton auf dem Schiff im Wind klirren hörte?«

Seine Lippen bewegen sich, aber er sagt nichts.

»Und welcher Teil unserer Weltreise hat Ihnen am besten gefallen?«, dringe ich in ihn, als er weiter schweigt.

»Alles«, sagt er. »Ich fand alles gleich schön.«

»Das ist nicht wahr«, flüstere ich. »Das kann gar nicht wahr sein.«

Das Flatiron war schöner als das St.-Regis-Hotel, obwohl man die beiden eigentlich nicht miteinander vergleichen kann. Horseshoe war fantastisch und Honolulu schöner als San Francisco, wo alles in Trümmern lag. Ich erinnere mich an die schwarze Erde in den Bergen auf der Insel, was gar keine Erde war, sondern Lavastaub. Die Fahrt mit der *Kraetke* war viele Male komfortabler als die mit der *Magnolia*, weil es an Bord der *Magnolia* stickig heiß war. Japan war so viel schöner als China.

Ich sage: »Ich hatte dauernd Angst vor den Chinesen mit ihren dunklen Blicken, aber in Japan hatte ich eine ganz andere Befürchtung; ich hatte Angst, etwas falsch zu machen, eine ungeschriebene Regel zu brechen. Nichts Dramatisches, nur etwas Kleines. Dann hätte ich im Bett gelegen und mich gefragt, was ich falsch gemacht habe.«

Eine Weile bleibe ich reglos sitzen. Aber ich habe das Bedürfnis, noch mehr zu sagen, ich raffe meine Gedanken zusammen. »Manchmal«, sage ich, »wache ich auf, und da ist gar nichts. Keine Gedanken, keine Farben, überhaupt nichts. Erst in den nächsten Augenblicken komme ich dahinter, dass ich selbst dieser wortlose Pfuhl bin, und dann glaube ich, dass ich mich Bild für Bild, Wort für Wort aus der Tiefe herausarbeiten muss, aus der ich erwacht bin. O ja, denke ich dann immer. O ja … Während unserer Reise hatte ich oft das Gefühl, dass ich mich wieder neu in der Welt platzieren musste. Manchmal hatte ich Angst vor dem Offenen um mich herum, ein anderes Mal fürchtete ich mich vor dem, woran ich mich erinnern sollte. Ich habe versucht, das Hier und Jetzt zu verstehen, indem ich es benannte.«

Sein Gesicht ist wie eine Nebelschwade auf dem Kissen. Die Luft ist klamm im Krankenzimmer, das keinen Ofen hat, den ich heizen könnte, er atmet mühsam, seine spitzen Schultern bohren sich in den Morgenmantel, der Ast schabt am Fenster. »Monsieur«, sage ich, »warum reden Sie nicht mit mir?«

Er räuspert sich. »Gerade als du so lange geredet hast, dachte ich, ich hätte da draußen im Wald einen Wolf gesehen«, bringt er heraus.

Die Dämmerung fällt schnell, das ist es. Ich drücke die verfilzte Wolle in seiner Decke auseinander, das Rautenmuster ist im Lauf der Jahre verblasst. Ich möchte einen Arm ausstrecken, um seine Wange zu berühren, ich will ihn beruhigen und sagen, dass sein Archiv weiter aufgefüllt wird, es ist wieder Herbst, ich möchte seinen zerbrechlichen Körper in meinen Armen tragen, ehe es Winter wird. Bittere Kälte, keine Blätter an den Bäumen.

Ich überprüfe in allen Zimmern die Fensterläden und ordne die Überzüge neu, die die Möbel bedecken. Draußen auf der Freitreppe steht das Skelett und stößt klappernd mit dem Rücken gegen die Tür, das Skelett des Professors, auch wenn das falsch ausgedrückt ist. Was ich sagen will, ist, dass er derjenige war, der die Kiste geliefert hat, und ich überlege, ob ich den Professor noch einmal anrufen soll. Kahn hat mich nicht darum gebeten, das Lesen der Briefe war fast schon ein Beisammensein, ich weiß es nicht, vielleicht sind keine weiteren Worte nötig. Ich erinnere mich an diesen Tag, als ich noch ein junger Chauffeur war und der Gelehrte mich in der Küche aufsuchte. Er hatte gerade von unserer bevorstehenden Reise gehört, stellte sich neben den Tisch, an dem ich aß, und sagte zu mir: »Pass gut auf meinen Freund auf.«

Ich habe ihm in Fernandes Küche mein Wort gegeben.

Das Archiv ändert sich, es ändert sich, wie die Geschichte unser Schicksal ändert oder bestimmt. Kahn will das genaue Gegenteil, das *Archiv des Planeten* soll uns helfen, die Geschichte zu beeinflussen. Ich habe es sicher schon erwähnt, vielleicht ist es mir entfallen, aber die Fotos sind eine Aneinanderreihung von Geschichten und Zeugnissen, die sich im Licht der Zeitläufte verändern. Und ich sagte mir dann: Nirgendwo wächst ein heiliger Strauch, in den man Stoffstreifen flechten kann, damit der Schmerz nachlässt.

Ich habe die vertrauten Türen geöffnet und sammle die Schriftstücke, staple Heft auf Heft. Meine Tagebücher werden überdauern, vielleicht gibt es einmal jemanden, der sie liest, die Seiten kleben hier und da etwas aneinander, aber man kann sie aufschneiden, vorsichtig, damit das Papier nicht reißt. Von der Bibliothek aus sehe ich den Brückenbogen vor dem Hintergrund hoher Bambusbüsche, der Garten liegt verlassen da, keine Laterne im Wald, keine Schritte auf dem Weg, der zur Société Autour du Monde führt. Schließlich kehre ich ins Archiv zurück und suche die Porträts von Fernande und nach einigem Zögern auch die von Mian und Alma Mahler heraus, Frauen, deren Namen in diesem Haus genannt wurden. Ich schließe die Tür des Archivraums und lege die Autochrome auf meinen Schreibtisch.

Als ich wach werde, ist es noch stockdunkel. Ich setze mich auf und starre in den Raum, und für einen Moment habe ich Angst vor der Nacht selbst, dieser endlosen Dunkelheit, ich knipse das Licht an und stehe auf, um meine Tagebücher zu nehmen. Mein Atem geht schnell, ich keuche, als wäre ich ein ganzes Stück gerannt und nicht bloß in meinem Zimmer auf und ab gegangen. Weil ich weiß, dass ich doch nicht mehr schlafen kann, breite ich die Hefte auf der Decke aus, öffne sie wahllos und fange an zu blättern. Die Erzählbruchstücke erinnern mich an die Jahre, in denen Regierungschefs am Kaminfeuer saßen und redeten, und ich saß auf meinem Platz und hörte so ein bisschen mit zu. Durch die offene Tür konnte ich sehen, wie Kahn an der Wand entlangtrippelte, nicht zu einem Gespräch bereit, zu keiner lockeren Konversation in der Lage, so groß war sein Ideal, dass es ihn für immer in seinen Schatten stellte. Sein ganzes Leben lang hielt er seine Gefühle, seine Freuden und seine Ängste in seinem Körper aufgeschichtet wie in einem Schrank. Seine Bewegungen waren verkrampft, und ich erinnere mich noch, dass ich seinen gemessenen Gesten mit einer Mischung aus Besorgtheit und Faszination folgte. Ich glaubte zu wissen, wenn ihn etwas aufregte oder störte, Momente, in denen er die Ellenbogen ausfuhr, es war wie ein kurzer und starker Flügelschlag, als würde er damit den Ereignissen wieder Ordnung und Form geben. Was mich am meisten überraschte, war die Leichtigkeit, mit der er in der Gesellschaft von Kaisern und Königen stundenlang schweigen konnte. Jetzt weiß ich, dass es Menschen gibt, die durch ihre Taten sprechen, und andere, die das verstehen.

Ich lese laut im Bett und höre auf meine eigene Stimme. Vielleicht bin ich kurz eingenickt, plötzlich schrecke ich hoch; von der anderen Seite der Villa meine ich, einen Schrei gehört zu haben, und sofort werfe ich die Hefte zur Seite und beginne zu rennen, schlittere durch das Vestibül, am Archiv vorüber, an der Bibliothek und der Küche, durch den endlosen Flur zu seinem Zimmer. Blind greife ich nach der Türklinke und falle fast ins Zimmer hinein.

Der Schrei ist verstummt. Sobald ich hinter der Tür stehe, werde ich mir der Stille im Raum bewusst, tiefer, als ich es je erwartet hätte, viel tiefer als die Stille bei Maman. Die schmächtige Figur unter der Decke ist ein Schatten, und ich denke unwillkürlich an die Möbelbezüge: schütze den Stoff, schütze den Körper. Ich taste nach dem Lichtschalter, mein Pyjama schnürt mir die Brust zusammen, ich lasse meinen Arm wieder sinken, ohne das Licht anzuknipsen, und gehe zum Fenster, ich möchte zwischen den Vorhängen hindurch die Bäume sehen, die Umrisse der Farne. Der Samt ist schwer, ich greife fest zu und spüre die Stille hinter mir. Ich öffne den Mund, aber da ist kein Wort – stumpf zieht der Morgen herauf. Gern würde ich etwas ganz Einfaches sagen, das Verlangen danach ebbt langsam ab. Was würde es denn noch bedeuten? Ich spüre keine Wärme mehr, keine Angst, es gibt keinen Laut, außer dem vertrauten Knarren der Schränke und dem Ast, der noch immer ans Fenster schabt.

Ich gehe in mein Zimmer zurück, um eine Kerze zu holen, der Tod verträgt kein elektrisches Licht. Vorsichtig trage ich die

Kerze vor mir her und stelle sie auf den Sekretär, ich setze mich nicht, sondern bleibe beim Fenster stehen. Ich halte meinen Blick in den Garten gerichtet, und erst dann, wenn ich mich umdrehe, werde ich ein Kreuz schlagen in diesem unermesslichen Dunkel.

Epilog

*Archiv des Planeten
Reisebericht, von Konstantinopel nach Beirut,
Autor unbekannt*
Albert Kahn zum Gedächtnis

Januar 1914

Von allen Städten des Morgenlandes bewahrt Damaskus den unerfahrenen, nach neuen Eindrücken hungernden Reisenden am besten vor bösen Enttäuschungen. Kaum angekommen im Hotel d'Orient mit seinem pittoresken Innenhof und dem Springbrunnen (überall in Damaskus hört man Wasser, das sich rauschend in Becken ergießt), stürze ich mich ins Abenteuer. Ich eile in Richtung des Lärms. Der entpuppt sich als ein Konzert von Kupfergeschirr, das vor dem Eingang des Pathé-Kinos in starkem Wind aneinanderschlägt. Schnell biege ich in die Straße zum Eselsmarkt ein.

Das malerisch Orientalische wird schließlich verschwinden, dank uns, die wir unseren Appetit darauf allzu deutlich zeigen.

Das Malerische ist eine besondere Art der Schönheit, die wir an anderen schätzen und mit amüsierter Verwunderung aus der Von-oben-herab-Perspektive betrachten. Dieser stolze Dünkel zeigt sich überall. Allerdings, beeile ich mich zu sagen, bei den Franzosen weniger als bei anderen. Die Franzosen reisen mit mehr Anstand. Selbst in Japan trifft man auf überhebliche Reisende, die zwischen zwei Absätzen im *Baedeker* die Bewohner von Kopf bis Fuß mustern und Bemerkungen wie »*How picturesque*« und ein geschmackloses »*Awfully nice*« fallen lassen.

Es ist immer wieder erstaunlich, dass Länder, die Waffen und Panzerschiffe besitzen, immer noch als »pittoresk« durchgehen. In Indien wird das nicht ertragen, da stößt man auf eine überlegene Gleichgültigkeit, aber ich habe gesehen, wie Japaner ihre aufsteigende Wut mit letzter Kraft herunterschluckten, wenn das Pittoreske ihres Landes angesprochen wurde.

Es ist unmöglich, in Syrien zu reisen, ohne von der herzlichen Zuneigung erfasst zu werden, die das ganze Land für Frankreich empfindet. In den Schulen, die wir schon sehr lange finanziell unterstützen, wird die französische Sprache so intensiv unterrichtet, dass viele Gymnasiasten fließend Französisch sprechen, als wäre es ihre Muttersprache. Außerdem erinnert man sich mit Dankbarkeit an unsere Anstrengungen von 1860.

Als ich zum Abendessen zurückkehrte, ersuchte mich der syrische Hotelbesitzer, den Ehrenplatz am Familientisch einzunehmen. Während des ganzen Abends sprachen wir über Frankreich und die Türkei.

»Sie, die Franzosen, lassen uns im Stich«, wurde mir gesagt, »wir sehen in diesem Moment, was wir vorher nie wahrgenommen haben: Junge Leute, die Englisch reden, bevor sie Französisch sprechen. Und doch wünschen wir uns hier nichts sehnlicher, als Franzosen zu sein ...

Mit unserer Unabhängigkeit sollten wir nicht rechnen: Wir sind zu zersplittert. Alles, worum wir bitten, ist, dem türkischen Joch zu entkommen; und außerdem wollen wir hier keine Deutschen, wir verstehen einander nicht und werden uns nie verstehen. Worauf warten Sie, um hier ein französisches Protektorat auszurufen?«

Worte von einfachen Menschen, die sich nicht um das europäische Gleichgewicht und diplomatische Finessen scheren, hingegen Worte rührender Anhänglichkeit. Und die Mutter, eine alte syrische Frau, die nur Arabisch spricht, aber genau versteht, worüber wir diskutieren, folgt unserer Unterhaltung und stimmt mit ihren Blicken zu.

Es passiert einem nicht nur unter Syrern, dass man freudig überrascht dieser Liebe zu Frankreich und dem Wunsch nach französischer Kultur begegnet. Auf Anraten des Direktors des öffentlichen Dienstes besuchte ich das arabische College von Oman: einer der interessantesten Schulbesuche während meiner Reise.

Ich wurde vom stellvertretenden Direktor empfangen, er brachte mich in einen kleinen Besprechungsraum, der auf landesübliche Weise mit Diwanen und Kissen eingerichtet war. Schließlich kam der Direktor, ein waschechter orientalischer Araber mit den feinen, weichen Gesichtszügen eines alten Imams, auf dem Kopf der grüne Turban des Mekkapilgers.

Wir tranken aus kleinen Tassen Kaffee und sprachen, der

freisinnige Vizedirektor dolmetschte. Ich sei hier, sagte man mir, Gast in einem anerkannten, aber freien Institut. Gegründet, um den Bedürfnissen der arabischen Bevölkerung entgegenzukommen. Die Schüler hier hätten nicht vor, für die Regierung zu arbeiten. Sie gingen in den Handel, studierten Medizin oder Rechte. Der Unterricht werde auf Arabisch abgehalten, und das sei auch die einzige orientalische Sprache, die auf dem Lehrplan stehe.

»Welche europäische Sprache unterrichten Sie?«, fragte ich. »Ach, Monsieur, wir unterrichten Französisch, aber wir haben solche Mühe, Französischlehrer zu finden! Wir können hier sogar von Glück reden, dass wir Ihre Sprache auf einem anständigen Niveau lehren können: Wir haben einen echten Franzosen aus Frankreich. Aber die findet man heute kaum noch: Engländer, Deutsche, so viel Sie wollen, aber Franzosen ... Monsieur, Ihr Land ist zu schön! Sie wollen nicht hierherkommen.«

Und der alte Imam machte eine Verbeugung, die Hand auf dem Herzen.

Der Vizedirektor führte mich herum. Das College befand sich in einem sehr alten Gebäude mit fleckigen Wänden, in die ein paar schmale Fenster eingelassen waren: Die Klassenräume waren klein, eng und dunkel. Ich wagte mich in die Algebra- und Geometrieklassen. Als ich eintrat, sah ich nur die roten Feze der Schüler, aufgereiht wie versiegelte Flaschen in einem Weinkeller. Die kleinsten Schüler waren allerliebst, im Koranunterricht hockten sie auf dem Boden und hielten ihr Gekritzel auf den Knien.

Dann endlich die Französischstunde. Fünfzehn der größeren

Schüler waren über eines unserer eingebundenen und auf gelbem Papier gedruckten Bücher gebeugt; irgendeine Art Roman, dachte ich. Hier war der Unterricht sehr lebendig. Ich hielt es für eine hübsche Idee, das Werk anhand einiger Sätze zu identifizieren, an die ich mich vielleicht noch erinnern würde, und bat den Lehrer, mit dem Vorlesen weiterzumachen. Der beste Schüler legte sich sehr ins Zeug. Aber ich verstand mit keinem Wort, worum es ging. Wie groß war dann meine Überraschung, als ich, über ein Pult gebeugt, sah, dass die Schüler *Die Kunst des Schreibens* von Antoine Albalat lasen.

Da verflog meine aufkommende Freude bald. Hier hatte man zwar junge Leute mit dem Wunsch, unsere Sprache zu erlernen, unser Land kennenzulernen, aber wir ließen sie ihre Zeit verschwenden (und sicher auch den Mut verlieren), während wir sie doch anregen und entwickeln sollten. Dies ist nur ein Beispiel. Es gibt sicher mehr davon: Was für eine Vergeudung guten Willens!

Wieder draußen, versuchte ich, dem Vizedirektor zu erklären, dass sein Französischlehrer zweifellos ausgezeichnet war, man ihm aber vielleicht für die Anfänger als Unterstützung jemanden an die Hand geben sollte, den die Schüler auch verstünden.

»Ja, Monsieur«, stimmte er zu, »wir bräuchten jemanden, der uns wirklich auf unserem Niveau unterrichten möchte. Wir sind sehr arm. Wir können einem Französischlehrer nicht ein Gehalt zahlen, für das er Frankreich verlassen würde. Aber wäre nicht Folgendes möglich: Wenn wir ihm so viel bieten würden, wäre Ihre Regierung, die von unseren Anstrengungen ja profitiert, nicht in der Lage, etwas beizutragen? Es wäre gut angelegtes Geld.«

Ich verabschiedete mich: Eine andere Stimme hatte das Lesen von Albalats Text übernommen. Wahrscheinlich sind sie bis heute damit beschäftigt. Oder, was wahrscheinlicher ist, sie haben mit Englisch angefangen, und das sprechen sie dann heute.

In Ländern wie Syrien, das sich seit langer Zeit dem Gesetz des Stärkeren hat beugen müssen, hat man großen Respekt vor der Macht entwickelt. Es gibt kein Land, in dem es riskanter wäre, der Schwächere zu sein oder auch nur diesen Anschein zu erwecken; ein Land, wo es gefährlich ist, einen Vergleich zu akzeptieren, der nicht zu Ihrem Vorteil ausschlägt. Sie erzwingen Ehrfurcht durch Schmuck, der überreichlich an Ihrer Uniform glitzert; respektiert werden Sie, wenn Sie reich sind und Ihr Haus großes Ansehen genießt.

Das Lyzeum von Kairo ist ein Palast, während das in Alexandria zwar klein, aber sehr schön ist, und man hat ein zweites gebaut, das auch sehr hübsch ist. Sowohl in Kairo als auch in Alexandria ist es viel einfacher, Äußerlichkeiten für das zu nehmen, was sie sind, anders als in Beirut. Wenn man will, dass die Mission in Sachen öffentliche Bildung in Französisch-Syrien erfolgreich wird, muss man ein schönes Lyzeum als Symbol der Macht haben. Und dann braucht es auch noch etwas Zeit, um die Bescheidenheit des Anfangs vergessen zu machen.

Zweifellos hat sich die Mission für öffentliche Bildung nicht als Gegenstück zum französischen katholischen Einfluss aufspielen wollen. Die Tatsache, dass sie das am wenigsten säkulare Land gewählt hat, um ihr bescheidenes College zu begründen, weist bereits darauf hin. Das College wollte, und das ist schon ein großes Ziel, seine Tore für junge Menschen aller Religionen oder Rassen öffnen, weil sonst die Angst vor einer religiösen Erziehung oder, besser gesagt, vor dem kaum wahrnehmbaren Einfluss, der wahrscheinlich durch religiösen Unterricht ausgeübt wird, dazu führen würde, dass die Pforten des »Saint Joseph« gemieden würden. Man ging umsichtig zu Werke. Man wollte kein Loch in die mächtigen Mauern des »Saint Joseph« schlagen. Und diese Überlegung, wäre da nicht die unbegrenzte Macht, mit der sich die Jesuiten wappnen, hätte der neuen Schule ein herzliches Willkommen bescheren können, zumindest bei den gebildeten Kreisen.

Ich habe herausgefunden, warum es nicht hat sollen sein, und dass geschehen ist, wovon ich an unzähligen Orten einiges aufgeschnappt habe – denn man darf nicht vergessen, dass im Orient die Nationalität eines Mannes seine Religion darstellt und ein Franzose per definitionem katholisch ist. Die Menschen dieses Landes sagten sich: »Frankreich ist ein katholisches Land. Beweis dafür ist, dass das Gebäude der Jesuiten reicher ist als das andere: Die Jesuiten sind also das wahre Frankreich.« Und sie schicken ihre Kinder weiter ins »Saint Joseph«. Und diejenigen, die geistig nicht so helle waren und sich über die verschiedenen Richtungen, beide unter gleicher Flagge, aufgeregt haben, sagten sich: »Man weiß es nicht, also schicken wir unsere Kinder lieber zu den Amerikanern.«

Und jetzt spielen sie Fußball, rasieren sich die Oberlippe und sprechen so korrekt durch die Nase, als hätten sie das Licht der Welt in Chicago erblickt.

Ich gebe ausschließlich das wieder, was ich vielmals gehört und mit eigenen Augen gesehen habe.

Ich muss auch sagen, dass mich oft Mitreisende fragten: Warum haben Sie denn nur religiöse Einrichtungen im Orient? Und ich antwortete: »Aber Sie kennen doch die Mission für öffentliche Bildung?«

»Was?«, riefen sie. »Die kennen wir nicht! Sie werden keinen Erfolg haben, wenn Sie die nicht publik machen!«

Man muss den Mut haben, Schlussfolgerungen zu ziehen aus den Eindrücken eines Reisenden, der das Land zwar zügig durchquert hat, aber von der Bedeutung dieser Mission, die er in Bedrängnis vorfand, stark berührt wurde. Es ist überdeutlich, dass die Arbeit der Mission für öffentliche Bildung im Orient unerlässlich ist, dass sie hervorragende Arbeit in Alexandria und in Kairo leistet, und, ich zweifle nicht daran, auch in Saloniki, obwohl ich das nicht selbst gesehen habe – und dass sie sich bewundernswert in Beirut schlägt. Aber man kann nicht leugnen, dass sie für Beirut zu spät gekommen ist. Wir haben keine Wahl mehr. Wir stehen vor vollendeten Tatsachen: In Beirut ist das »Saint Joseph« das Synonym für Frankreich geworden. Ich will nicht sagen, dass wir den Kampf aufgeben sollten, obwohl ich weiter oben gezeigt habe, wie die beiden gegensätzlichen Strömungen die Menschen guten Willens von ihrem Weg abgebracht und in die Irre geführt haben; aber es scheint, dass es in dieser schwierigen Zeit für den französischen Einfluss im Orient vor allem darum geht, das Französische zu retten.

Es ist eine Sache von Leben oder Tod. Weitermachen mit der Arbeit der Mission für öffentliche Bildung, um liberales Gedankengut zu verbreiten: einverstanden, aber lasst uns zuerst das Französische retten. Einer, der von sich glaubte, nie irgendwie laviert zu haben, sah seine Prinzipien an dem Tag wanken, an dem er, verloren im Labyrinth einer östlichen Stadt, eine Kinderstimme hörte, die Stimme eines Schülers der heiligen Brüder oder Schwestern, die zu ihm sagte: »Sie suchen das Hotel, Monsieur, ich werde Sie dorthinbringen«, und noch am selben Tag war ihm klar, dass das Wichtigste darin bestand, unsere Sprache zu bewahren, die in diesem Moment auch Inhalt des Gesprächs war: Denn solange die Menschen die gleiche Sprache sprechen, haben wir die Möglichkeit, Ideen auszutauschen, auch wenn sie sich vollkommen von unseren Vorstellungen unterscheiden.

Dank

Zuerst nenne ich Roël, »den Sucher und Finder«. Ohne seine Detektivarbeit wäre ich niemals an die Passagierliste der SS *Amerika* gekommen, um nur ein Beispiel zu nennen. Roël, deine Liebe, Geduld und dein Enthusiasmus sind, wie immer, von unschätzbarem Wert. Ich danke dem Musée Albert Kahn, insbesondere Serge Fouchard, für seine Gastfreundschaft, vor allem aber für das Überlassen des Tagebuchs von Dutertre. Es stellte sich als eine fantastische Leitlinie für den Roman heraus; ich war sehr glücklich damit. Und ich hatte noch mehr Glück: Als eine der letzten Besucherinnen durfte ich mich einen ganzen Monat lang im Institut Néerlandais in Paris aufhalten. Von dort aus bin ich fast täglich mit der Metro zum Museum gefahren.

Dorien Kouljzer, Literaturkritikerin und ehemaliges Leitungsmitglied des Institut Néerlandais, war mehr als eine Übersetzerin von Bildunterschriften, Briefen, Dokumenten und Tagebuchfragmenten. Sie unterhielt lange Zeit den Kontakt zum Musée Albert Kahn und half mir bei der gesamten Kommunikation. In mehrfacher Hinsicht hat Dorien einen wichtigen Beitrag zu dem Roman geleistet. Sie stellte kritische Fragen und hielt mich auf Trab. Ich bin ihr sehr dankbar.

Vielen Dank an Melle van Loenen, Redakteur beim Verlag Cossee, für dein Verständnis und deinen besonnenen Rat. Das Buch und ich hatten beides nötig.

Ich bedanke mich bei den (ehemaligen) Studierenden Carlijn Brouwer, Laura Jongen und Steven van der Haas für ihre Übersetzungsdossiers über die Korrespondenz zwischen Henri Bergson und Albert Kahn. Nicht alle Briefe konnten im Roman Platz finden, aber mit ihrer klaren Darlegung über Art und Ton der Briefe haben die Genannten mir sehr geholfen. Mein herzlicher Dank gilt auch der Radboud Universität und Dr. Marc Smeets, der diese Unterstützung ermöglicht hat.

Tom Houdijk hat zwei Reiseberichte übersetzt, damit ich sie verwenden konnte, ein harter Brocken. Hans Rooseboom, Kurator des Bereichs Fotografie im Rijksmuseum, zeigte mir die Autochromsammlung des Museums und stellte mir seine Artikel über die Geschichte des Autochroms in den Niederlanden zur Verfügung. Diese Artikel haben es mir ermöglicht, den Prozess oder das Prinzip des Autochromverfahrens zu verstehen und zu beschreiben. Hans stellte auch den Kontakt mit Wim van Keulen her, dem Sammler alter Kameras und Stereofotos. Im Haus von Wim van Keulen hatte ich zum ersten Mal ein Richard-Vérascope in den Händen.

Anmerkungen der Autorin

Es muss 2012 gewesen sein, als ich zum ersten Mal von dem »Mann, der die Welt fotografieren wollte«, gehört habe. Ein halbes Jahr später standen mein Mann und ich vor dem Musée Albert Kahn in einem Vorort von Paris, dem heutigen Boulogne-Billancourt. Eine Überraschung, ich hatte keine Ahnung gehabt, dass er mich hierherbringen würde. Leider war das Museum geschlossen.

Während meines späteren Aufenthaltes am Institut Néerlandais und meiner Forschungszeit fand im Museum eine Ausstellung über das Leben Albert Kahns statt. Wenn diese Ausstellung etwas deutlich gemacht hat, dann vor allem, dass Kahn schwer zu fassen ist, eine Tatsache, die auch die Kuratoren des Museums offen bestätigten.

Dann stand ich ein weiteres Mal vor verschlossener Tür: der Tür des Archivs. Natürlich konnte ich mir die vielen empfindlichen Fotoplatten nicht einfach so ansehen, die Fotos sind in Kisten verpackt und werden bei gleich bleibender Temperatur aufbewahrt. Doch das *Archiv des Planeten* besteht nicht nur aus Fotos, es enthält Hunderte, wenn nicht Tausende Briefe, Reiseberichte, Notizen und Dokumente, die die Welt zwischen 1908 und 1931 beleuchten und so den Mann, der sie gesammelt hat, aus dem Schatten treten lassen. Nun war es nicht so, dass das Archiv für mich verbotenes Terrain gewesen wäre, im Gegenteil, ich musste nur sagen, welche Papiere ich sehen wollte, und sie wurden mir gebracht. Aber die Verheißung eines Archivs, eines immensen Archivs wie dieses, liegt doch vor allem im Verborgenen, im Unerwarteten, und es ist eine spezielle Entdeckung, die dann das hellste Licht wirft.

Am Tag meiner Abreise fuhr ich für einen kurzen Abschiedsbesuch ein letztes Mal mit der Metro zum Museum. Jemand fragte, ob ich vielleicht schnell …? Und so, wenige Stunden vor meiner Abreise, öffnete sich mir die Tür des *Archivs des Planeten* noch einmal sperrangelweit. In höchster Eile durchsuchte ich unzählige Ordner, las die Titel und wählte instinktiv: Dalmatien, Syrien …

Der Reisebericht im Epilog ist ein Fundstück dieses letzten Sommertages. Der Verfasser legt Nachdruck auf das, was er die Mission für öffentliche Bildung und für die Verbreitung der französischen Sprache nennt. Albert Kahn wünschte sich mit glühendem Herzen, dass man einander verstehen möge. Aber es war sicher nicht seine Intention, alle Französisch sprechen zu lassen, und auch wenn er viel Wert auf größtmöglichen Wissenserwerb gelegt hat, konnte ich nichts über eine Beteiligung an dieser Mission herausfinden. Die Aufzeichnungen wurden von einem anonymen Studenten verfasst. Kahns Wunsch zu erfahren, welche Rolle Frankreich in der Welt spielen könnte, schimmert aus ihnen heraus. Dazu zeichnen sie ein unvorhergesehenes Bild der Zeit. Glänzend und schmerzlich.

Albert Kahn wurde im März 1860 als Abraham Kahn in Marmoutier geboren. Sein Vater Louis Kahn war Viehhändler. Nach der Annexion Elsass-Lothringens durch das Deutsche Reich behielt seine Familie die französische Staatsangehörigkeit. Mit sechzehn Jahren ging Abraham nach Paris, um als jüngster Angestellter bei der Bank Goudchaux zu arbeiten. Seitdem nannte er sich Albert. Abends studierte er Literatur, Wissenschaft und Recht an der École normale supérieure, wo der Philosoph Henri Bergson sein Lehrer war. Die beiden Männer verband eine lebenslange Freundschaft.

Kahn machte bald Karriere beim Bankhaus Goudchaux, und nach einer Teilhaberschaft gründete er 1898 in der Rue de Richelieu in Paris sein eigenes Bankhaus: La banque Kahn. Mit Hilfe seines Kapitals begann er, sein Werk für den Frieden aufzubauen. Dieses Œuvre bestand unter anderem in der Bereitstellung von Reisestipendien: *Les bourses de voyage Autour du Monde* (ab 1898). Die Stipendien ermöglichten es Studenten, über die ganze Welt zu reisen und das Wissen zu erwerben, an das er so inständig glaubte. Es ging ihm darum, das Verständnis für die Unterschiede zwischen den Menschen zu fördern. Passend zu seinen Ideen und in Ergänzung der Stipendien gründete Kahn 1902 das Diskussions- und Forschungsforum *La société Autour du Monde*. Er war verantwortlich für die Einrichtung des Lehrstuhls *Géographie humaine* am Collège de France im Jahr 1912 und rief 1916 das nationale Komitee für soziale und politische Studien ins Leben. Im Jahr 1929 finanzierte Albert Kahn das erste Zentrum für präventive Medizin für Studenten in Straßburg. In seinem Garten ließ er ein biologisches Labor bauen, um die Mikro-Kinematografie zu perfektionieren. Und während all der Jahre, zwischen 1908 und 1931, arbeitete er an dem vielleicht größten Teil seines Lebenswerkes: dem *Archiv des Planeten*.

Alfred Dutertre war wirklich der Chauffeur und Automechaniker von Albert Kahn. In seinem Tagebuch notiert er: »Im November 1905 trat ich im Alter von einundzwanzig Jahren in den Dienst.« Dutertre schrieb sein Tagebuch, das *Journal de route de mon voyage autour du monde*, während seiner ersten großen Reise mit Albert Kahn. Es ist vor allem ein sachlicher Bericht; der junge Chauffeur notiert gewissenhaft die Transportmittel, das Wetter und die Namen der Leute, die Kahn unterwegs besucht. Er erwähnt, dass er fotografieren gelernt hat, aber nirgendwo liest man, was er davon hielt oder was er sich dachte. Auf manchen Seiten, wo er etwas ausführlicher von einem bestimmten Ereignis berichtet, meinte ich eine gewisse Bestürzung zu bemerken; so widmet er der chinesischen Sitte des Füßebindens immerhin eine halbe Seite. *Der Archivar der Welt* ist ein Roman, ich habe die Fakten benutzt, um Fiktion schreiben zu können.

Über Alfred Dutertre ist sonst nichts bekannt, zumindest habe ich bis auf zwei Fotos nichts finden können. Das erste zeigt den jungen Dutertre auf einem Felsen in der Nähe der Niagarafälle. Auf dem zweiten Foto sehen wir ihn zu Pferde; eine kerzengerade Gestalt in langem schwarzem Mantel auf einem Schimmel, irgendwo in der Nähe von Nikko, Japan, 1909.

Als Inspiration für den Roman dienten folgende Quellen:

Museum Albert Kahn, Paris

Alfred Dutertre, *Carnet Dutertre, Journal de route de mon voyage autour du monde. Novembre 1908, Mars, 1909.*
Anatole France, *Lettre ouverte à Gustave Hervé* (Datum unbekannt).
Anatole France, P. Appell, H. Bergson, E. Boutroux, N. M. Butler, E. de Constant, A. Croiset, E. Lavisse, C. Richet. *De la guerre. Un manifeste des universités françaises*, 3. November 1914.
Anonym, *De Constantinople à Beyrouth*, 1914.
Anonym, *Dossier de presse: Les bourses de voyage Autour du Monde.*
J. Antoine, *Notes sur la Dalmatie*, 1923.
Jean Brunhes, *Lettre de Jean Brunhes à Passet*, 1912.
Marguerite Mespoulet, *Carnet d'Irlande, Clichés photographiques en couleurs pris en Irlande pour monsieur Kahn*, 1913.
Sophie Coeuré und Frédéric Worms (Hrsg.), *Henri Bergson et Albert Kahn: Correspondances.* Uitgeverij Desmaret, 2003, in Zusammenarbeit mit dem Musée Albert Kahn.
David Okuefuna, *The Wonderful World of Albert Kahn.* BBC Books, 2008.
Anders Beer Wilse, »Le banquier français«, Kapitel aus: *Norsk landskap og norske menn*, Verlag J. G. Tanum, 1943.

Rijksmuseum Amsterdam

Hans Rooseboom, »Autochromes in Nederland, of: het begin van de kleurenfotografie (I)«, in: *Bulletin van het Rijksmuseum*, Jahrgang 55, Nr. 4/2007.

Hans Rooseboom, »Autochromes in Nederland, of: het begin van de kleurenfotografie (II)«, in: *Bulletin van het Rijksmuseum*, Jahrgang 56, Nr. 4/2008.

Weitere Quellen

Brian W. Coe, *De camera, van Daguerre tot nu*. Uitgeverij Focus, 1982.

Henri Bergson, »Die Höflichkeit« (Rede, gehalten am 30. Juli 1885 am Lycée Clermont-Ferrand. Erneut gehalten als Lehrer am Lycée Henri IV, 1892), in: *Pantheon der Nobelprijswinnaars literatuur 33*, Uitgeverij De Toorts, Haarlem 1963.

Martin Gilbert, *Een eeuw joods leven*. Uitgeverij Tirion, 2001.

James Joyce, *Ein Porträt des Künstlers als junger Mann*. Übersetzt von Klaus Reichert. Suhrkamp, 1972.

Rudyard Kipling, »If any question why we died tell them because our fathers lied«, in: *Epitaphs of the War*, www.kiplingsociety.co.uk.

Passagierlisten, via GG Archives Passenger lists, www.gjenvick.com.

An Bord der Avon
Überfahrt von Brasilien nach Portugal, September 1909

Gruppe Frauen vom Stamm Ouled Naïl, Bou Saada, Algerien, ca. 1910

[Bauarbeiten in der Eichstraße, im Hintergrund der Turm der Oberrealschule (heute Markgraf-Ludwig-Gymnasium)], Baden-Baden, Deutschland, 12. August 1912

Zwei Mönche am Yonghegong [»Palast des Friedens und der Harmonie«], Peking, China, 1912–1913

Reiter an Wasserlauf [Jalkhanz Kuthugtu Damdinbazar (?)], nahe Urga, Mongolei, 17. Juli 1913

Junge Frau mit gebundenen Füßen, Tai Shan-Massiv, China, 9. Juni 1913

Französischer Soldat beim Briefeschreiben, Soissons, Aisne, Frankreich, Juni 1917

Herstellung von Damaskus-Teppichen im syrischen Waisenhaus [Innenhof der Maison Chamieh], Damaskus, Syrien, 9. Oktober 1921

Typische Drusenknaben, Qanawat, Syrien, 14. Oktober 1921

Bewohner eines zerstörten Hauses, der in einen hohlen
Baumstamm gezogen ist, Alaşehir, Türkei, 8. Januar 1923

Gruppe Frauen, Meknès, Marokko, 3. Juli 1926

Bildnachweis

S. 255: An Bord der Avon. Überfahrt von Brasilien nach Portugal, September 1909
Auguste Léon – Autochrom 12 × 9 cm
Inv. A 69 596 X
© Département des Hauts-de-Seine, musée départemental Albert-Kahn – collection Les Archives de la Planète

S. 256: Gruppe Frauen vom Stamm Ouled Naïl, Bou Saada, Algerien, ca. 1910
Jules Gervais-Courtellemont – Autochrom 9 × 12 cm
Inv. A 82
© Département des Hauts-de-Seine, musée départemental Albert-Kahn – collection Les Archives de la Planète

S. 257: [Bauarbeiten in der Eichstraße, im Hintergrund der Turm der Oberrealschule (heute Markgraf-Ludwig-Gymnasium)], Baden-Baden, Deutschland, 12. August 1912
Auguste Léon – Autochrom 9 × 12 cm
Inv. A 4098
© Département des Hauts-de-Seine, musée départemental Albert-Kahn – collection Les Archives de la Planète

S. 258: Zwei Mönche am Yonghegong [»Palast des Friedens und der Harmonie«)], Peking, China, 1912–1913
Stéphane Passet – Autochrom 12 × 9 cm
Inv. A 3996
© Département des Hauts-de-Seine, musée départemental Albert-Kahn – collection Les Archives de la Planète

S. 259: Reiter an Wasserlauf [Jalkhanz Kuthugtu Damdinbazar (?)], nahe Urga, Mongolei, 17. Juli 1913
Stéphane Passet – Autochrom 9 × 12 cm
Inv. A 3957
© Département des Hauts-de-Seine, musée départemental Albert-Kahn – collection Les Archives de la Planète

S. 260: Junge Frau mit gebundenen Füßen, Tai Shan-Massiv, China, 9. Juni 1913
Stéphane Passet – Autochrom 12 × 9 cm
Inv. A 1353
© Département des Hauts-de-Seine, musée départemental Albert-Kahn – collection Les Archives de la Planète

S. 261: Französischer Soldat beim Briefeschreiben, Soissons, Aisne, Frankreich, Juni 1917
Fernand Cuville (Fotografische Abteilung der Armee) – Autochrom 12 × 9 cm
Inv. A 12 281
© Département des Hauts-de-Scine, musée départemental Albert-Kahn – collection Les Archives de la Planète

S: 262: Herstellung von Damaskus-Teppichen im syrischen Waisenhaus [Innenhof der Maison Chamieh], Damaskus, Syrien, 9. Oktober 1921
Frédéric Gadmer – Autochrom 12 × 9 cm
Inv. A 29 365 S
© Département des Hauts-de-Seine, musée départemental Albert-Kahn – collection Les Archives de la Planète

S. 263: Typische Drusenknaben, Qanawat, Syrien, 14. Oktober 1921
Frédéric Gadmer – Autochrom 12 × 9 cm
Inv. A 29 587 S
© Département des Hauts-de-Seine, musée départemental Albert-Kahn – collection Les Archives de la Planète

S. 264: Bewohner eines zerstörten Hauses, der in einen hohlen Baumstamm gezogen ist, Alaşehir, Türkei, 8. Januar 1923
Frédéric Gadmer – Autochrom 12 × 9 cm
Inv. A 37 254
© Département des Hauts-de-Seine, musée départemental Albert-Kahn – collection Les Archives de la Planète

S. 265: Gruppe Frauen, Meknès, Marokko, 3. Juli 1926
Georges Chevalier – Autochrom 9 × 12 cm
Inv. A 49 932 S
© Département des Hauts-de-Seine, musée départemental Albert-Kahn – collection Les Archives de la Planète

Die Sammlungen des Albert-Kahn-Museums
vom: Département des Hauts-de-Seine,
Musée départemental Albert-Kahn

Das Albert Kahn-Museum des Départements Hauts-de-Seine beherbergt *Les Archives de la Planète*, eine Anfang des 20. Jahrhunderts erstellte Sammlung unbewegter und bewegter Bilder über die Diversität der Völker und Kulturen.

»Stereoskopische Fotografie, Projektionen, Kinematograph – diese und andere Verfahren möchte ich im großen Stil nutzen, um dauerhaft Aspekte, Praktiken und Ausprägungen menschlicher Aktivität zu dokumentieren, deren endgültiges Verschwinden nur noch eine Frage der Zeit ist.« Albert Kahn, Januar 1912.

Albert Kahn (1860–1940) ist getrieben vom Ideal eines universellen Friedens. Nach seiner festen Überzeugung fördert die Kenntnis fremder Kulturen Respekt und friedliche Beziehungen zwischen den Völkern. Sehr früh ahnt er zudem, dass seine Zeit immer schnelleren gesellschaftlichen Umwälzungen unterliegen wird und dass bestimmte Lebensweisen für immer untergehen werden.

Aus dieser Erkenntnis heraus gründet er das *Archiv des Planeten* und entsendet von 1909 bis 1931 ein Dutzend Fotografen, die in etwa fünfzig Ländern die verschiedenen kulturellen Realitäten festhalten.

Das Projekt nimmt solche Ausmaße an, dass er die wissenschaftliche Leitung dem Geografen Jean Brunhes (1869–1930) überträgt, einem der Begründer der Humangeografie in Frankreich.

Zum Einsatz kommen zwei Erfindungen der Gebrüder Lumière: der Kinematograph (1895) und das Autochromverfahren (1907), das erstmals die Fertigung farbiger Fotografien ermöglicht.

Das *Archiv des Planeten* umfasst etwa hundert Filmstunden und zweiundsiebzigtausend Farbfotografien – es handelt sich um die weltweit bedeutendste Sammlung von Autochromen.

Nach dem Bankrott des Bankiers Albert Kahn 1931 erwarb das Département Seine sein Anwesen in Boulogne-sur-Seine und rettete damit den Park, die Gebäude, aber auch die Autochrom- und Filmsammlungen.

Eigentümer des Museums ist heute das Département Hauts-de-Seine; 2002 erhielt es den Status *Musée de France*.

Nach den aktuellen Umbaumaßnahmen eröffnet 2021 ein neuer Ausstellungsbereich nach dem Entwurf des japanischen Architekten Kengo Kuma. Erstmals wird dort ganzjährig ein Teil der Sammlungen von Objekten, Autochromen und Filmen zu sehen sein.

Besuchen Sie die Sammlung online unter
http://collections.albert-kahn.hauts-de-seine.fr/

Mit Dank an Delphine Allannic, Magali Mélandri, Valérie Perlès und Martine Ruby.